Cornelia Richter

Amélie und der Froschkönig

Roman

Impressum

1. Auflage 2016
Herstellung und Verlag: BoD – Books on Demand,
Norderstedt
© 2016 by Fred Freiberg – Cornelia Richter, Autor
Buchcover: Fred Freiberg
Lektorat & Satz: Stefan Stern, wortdienstleister.de
ISBN: 978-3-7481-0820-7

1. Kapitel

Ich schwöre, beim Leben meiner Mama, dass ich eher schüchtern bin und mich bei Bekanntschaften mit Männern, die mir gefallen, immer sehr schwertue. Ich bin, wie man so schön sagt, eine ausgesprochen hübsche Mittzwanzigerin, die so bezaubernd lächeln kann, dass eigentlich jeder Mann weiche Knie bekommen müsste, wenn er mich nur sieht, und mein roter Haarschopf tut sein Übriges. Er verleiht meinem hübschen Gesicht eine besonders interessante Note und die kleinen Sommersprossen, die meine Wangen zieren, geben meinem Aussehen etwas Freches, Burschikoses und man kann mich schon von Weitem erkennen, vor allem, wenn sich das Licht der Sonne in meinem Rotschopf widerspiegelt. Mein Gott, werden Sie jetzt denken, die ist aber ganz schön eingebildet. Weit gefehlt, das ist die Meinung meiner Freunde und Bekannten. Ich hingegen hasse meine roten Haare und meine Sommersprossen. Gut, mag ja sein, dass ich einigermaßen attraktiv bin, aber für ein Titelbild auf der Vogue reicht es allemal nicht. Was, und das muss ich ganz ehrlich gestehen, mich aber überhaupt nicht interessiert.

Ich bin eher ein häuslicher Typ, was aber nicht heißt, dass ich rumlaufe wie Lieschen Müller, nein, nein. Ich habe schon einige extravagante Klamotten im Schrank hängen und wenn mir danach ist, kann ich auch eine »Femme fatale« sein, wissen Sie. So gesehen ist das, so glaube ich, eine gesunde Mischung.

Meine Freundin Conny hingegen würde schon eher als Französin durchgehen. Sie hat brünettes langes Haar, einen strammen Hintern und schöne lange Beine, die dafür gesorgt haben, dass sie mindestens eins fünfundsiebzig groß ist. Ihr Gesicht, was soll ich sagen, ich liebe ihr Gesicht, mag wie sie lacht und überhaupt, ist sie nicht das, was man unter einer typischen Deutschen versteht. Kurzum, ich liebe sie einfach, und sie ist meine beste Freundin.

Ich allerdings habe das Gefühl, dass irgendwann mal ein Wikinger durch meine Familie geritten sein muss, wegen der roten Haare, meine ich. Als ich noch zur Schule ging, haben mich immer alle »sorcière rouge« genannt, was so viel heißt wie »rote Hexe«. Eine nicht sehr nette Bezeichnung, wie ich finde. Aber recht bald habe ich aufgehört, mich darüber zu ärgern. Irgendwann habe ich mich dann entschieden, selbstbewusster zu werden, ich habe aber trotzdem noch alle Register der Bescheidenheit gezogen, nur weil ich nicht den Eindruck erwecken wollte, eingebildet zu sein. Da auch ich eine immerhin stattliche Größe von eins dreiundsiebzig erreicht habe und das alles ohne die Pumps, die ich so gerne trage, ist es natürlich unbedingt erforderlich, dass mein männlicher Begleiter schon ein Gardemaß von mindestens eins fünfundachtzig haben muss. Ein zusätzliches Handicap, bei der Suche nach einem Mann, ist dies allemal, denn die französischen Männer sind nach meinen Erfahrungen eher etwas kleiner geraten. Allerdings muss ich mich einmal selbst loben. Ich habe Charme und eine Ausstrahlung, von der die Männer immer wieder aufs Neue begeistert sind. Wie oft hat meine Freundin Conny dieses Kompliment schon gemacht. Aber sie ist meine Freundin und daher war sie, nach meinem damaligen Verständnis, nicht wertneutral. Ich wünsche mir, dass mir irgendwann ein Kerl über den Weg läuft, der mich komplett aus den Schuhen haut.

Ich habe ein kleines schnuckeliges Bistro in der Rue Bonaparte, im 6. Arrondissement in Paris, und meine Gäste sind durchweg alles Normalbürger, die noch, bevor sie zur Arbeit gehen, bei mir reinspringen, auf die Schnelle einen Café Crème trinken, und mit einem Croissant in der Hand dem Bus hinterherlaufen. Von dieser täglichen Hektik unberührt sind allerdings ein paar intellektuelle Spinner, die sich zwischendurch immer wieder in meinem Bistro treffen, um sich, wie sie betonen, auf höchstem geistigem Niveau auszutauschen. Sie sitzen dann stundenlang zusammen und einer übertrifft den anderen mit der Darstellung seiner künstlerischen Fähigkeiten. Wenn man ihren Worten glauben will, sind sie allemal besser als ein Pablo Picasso oder ein Ernest Hemingway. Aber so ganz ernst meinen sie das sicherlich nicht mit ihrem intellektuellen geistigen Austausch, denn einen Blick, wenn eine schöne Frau in das Bistro kommt oder auf der Straße am Fenster vorbeigeht, riskieren sie allemal, so viel Zeit muss sein.

2. Kapitel

Es war ein ganz normaler Freitagmorgen, als ich noch etwas verschlafen das Bistro aufsperrte. Ich war spät dran und da ich noch einiges zu tun hatte, war es auch entsprechend hektisch, um alles für den kommenden Tag vorzubereiten. Conny saß, wie fast jeden Morgen, bei mir und trank hastig ihren geliebten Café Crème, weil sie mal wieder nicht rechtzeitig aus den Federn gekommen war. Die Zeit drängte, denn sie war mehr als zu spät dran. Ich hantierte in meiner kleinen Küche und klapperte lautstark mit dem Geschirr herum.

Einen Augenblick später bemerkte ich, wie ein kleines Etwas, einem Derwisch gleich, aus der Tür hervorschoss und schnurstracks auf Conny zulief, vor ihr stehen blieb und mit einer unglaublichen Hingabe ihre Hand leckte, die seitlich an ihrem Stuhl herunterbaumelte. Es war *Petit Fleur*, dieser Teufelsbraten, der sich an Conny zu schaffen machte. Sie stellte sich auf ihre Hinterpfoten und schaute Conny aus ihren großen treuen Hundeaugen an, dass ihr das Herz dahinzuschmelzen drohte, und sie nicht anders konnte, als sie auf ihren Schoß zu nehmen. Sie wackelte ein paar Mal mit ihrem Hinterteil, bis sie die für sie bequemste Position gefunden hatte, und blieb dann, zu keinem weiteren Kompromiss bereit, störrisch wie ein Esel, auf ihrem Schoß sitzen.

Ich hatte die beiden schon die ganze Zeit beobachtet und mich köstlich über die Vergewaltigung durch Petit Fleur amüsiert. Ich schnitt eine Grimasse, verzog meinen Mund zu einem breiten Grinsen und verschwand lachend in der Küche. Conny war verzweifelt. Sie schaute auf ihre Uhr und überlegte krampfhaft, wie sie aus dieser verfahrenen Situation wieder herauskam. Petit Fleur thronte inzwischen wie ein Imperator auf ihrem Schoß und Conny hatte das untrügliche Gefühl, dass sie nicht die Absicht hatte, diesen eroberten Thron in naher Zukunft zu verlassen.

»Amélie«, rief sie verzweifelt, »Amélie, bitte hilf mir. Wie werde ich dieses kleine Monstrum wieder los?« Wieder schaute sie auf ihre Uhr.

»Oh mein Gott«, rief sie erschreckt aus, »es ist bereits 9.45 Uhr und um 10.00 Uhr muss ich im Verlag sein.« Sie hatte eine wichtige Verlagskonferenz und die durfte sie unter keinen Umständen versäumen.

»Petit Fleur, komm hierher und lass Conny in Ruhe.« Keine Reaktion. Dieses kleine Biest wollte einfach seinen eroberten Platz nicht mehr verlassen. Würde Conny sie jetzt herunterschmeißen, hätte sie vielleicht einen unerbittlichen Feind, der sie nie wieder anschauen würde, aber es musste sein. Prompt kam es so, wie ich es befürchtet hatte. Als sie wieder den Boden des Bistros erreicht hatte, lief sie wie eine hysterische Liebhaberin hinter ihr her und bellte so laut, dass alle Gäste erstaunt die Köpfe hoben. War Conny nun ein Unmensch, nur weil sie aufgestanden war, um zur Arbeit zu gehen? Na ja, wie auch immer, das ist halt der Unterschied zwischen Mensch und Tier.

Das nächste Mal, als Conny das Bistro betrat, lief Petit Fleur durch die Reihen der Gäste, blieb neugierig vor ihnen stehen, schnupperte an ihnen herum und trottete dann, völlig desinteressiert, weiter. In dem Augenblick als sie Conny erblickte, machte sie plötzlich kehrt und würdigte sie keines weiteren Blickes, kläffte nur einmal kurz und verschwand dann in der äußersten Ecke des Bistros und ward nicht mehr gesehen.

Conny kam völlig ratlos zu mir in die Küche. »Was ist denn mit der los?«

»Die ist sauer auf dich«, erwiderte ich lachend und rührte weiter in meinem Topf, in dem ich immer meine französische »Zwiebelsuppe nach Amélies Art« zubereitete. Übrigens ist dies ein altes Rezept meiner Großmama. Die Suppe hatte sie immer gekocht, wenn ich in den Ferien bei ihr zu Besuch war. Sie lebte bis zu ihrem Tode in einem kleinen schnuckeligen Häuschen in der Normandie. Für mich war es immer ein aufregendes Erlebnis, wenn mich meine Mama in den Zug setzte und ich mutterseelenallein nach Deauville fuhr, nur bewaffnet mit einem kleinen Rucksack, in dem sich all meine Utensilien befanden, die ich für meinen Aufenthalt benötigte. Sie hatte mir nach ihrem Tode doch sehr gefehlt und ich habe oft geweint, weil ich sie so sehr vermisste. Als kleines Andenken an sie habe ich mich dann entschlossen, diese besagte »Zwiebelsuppe nach Amélies Art« auch meinen Gästen anzubieten. Jedes Mal, wenn ich ihnen dieses Vermächtnis meiner Großmama servierte, brachen sie in Begeisterungsstürme aus. Viele kamen nur wegen dieser vorzüglichen Zwiebelsuppe in mein Bistro, aber natürlich auch meinetwegen, weil ich so nett und so liebenswürdig bin.

Conny war fast täglich bei mir, bestellte sich wie üblich ein Croissant und trank dazu einen Café Crème, der im Übrigen in ganz Paris seinesgleichen sucht, so glaube ich wenigstens. Sie ist Journalistin, wissen Sie, und schon aus diesem Grund ist ihr das Schreiben nicht ganz fremd. Als ich ihr vorschlug, doch einen Roman zu schreiben, lehnte sie dies natürlich entrüstet ab.

»Amélie, es tut mir sehr leid. Ich schreibe keinen Roman, auch wenn es ein Roman über dich und Petit Fleur ist.«

»Conny, bitte tu mir den Gefallen«, quengelte ich, schmiegte mich an sie und gab ihr einen schmatzenden Kuss auf die Wange. Ihr Französisch war sehr gut und ihre Affinität für alles, was mit Paris zu tun hatte, war schon immer sehr ausgeprägt und so entschloss sie sich kurzerhand, sich ein Domizil in dieser wunderschönen Stadt zu suchen. Sie bewarb sich bei der Tageszeitung »Le Monde« und innerhalb kurzer Zeit hatte sie den Job. Seitdem ist sie Redaktionsleiterin.

»Conny, bitte schreib doch ein Buch über uns, über das Leben in Paris. Es sind so viele schöne und lustige Dinge passiert, dass daraus bestimmt eine nette Komödie wird.« So oder so ähnlich lag ich ihr fast jeden Tag in den Ohren.

»Schau, du bist Journalistin, hast Humor, warum solltest du dann nicht ein Buch schreiben, das den Leuten gefällt?«

Ich hatte mit Petit Fleur schon so viele kuriose Dinge erlebt, dass ich der Meinung war, man müsse darüber unbedingt schreiben. Ob es nun ein Roman oder so was Ähnliches wurde, überließ ich natürlich meiner lieben Conny, die ich irgendwann so weit hatte. Über den Begriff Roman oder Kurzgeschichte wollte sie mit mir allerdings nicht diskutieren, das käme ja wohl auch darauf an, wie viel ich ihr zu erzählen hätte, meinte sie. Da ich sie ja nun ganz gut kannte, ahnte sie wohl auch schon mit Schrecken, was da auf sie zukommen würde. Allein aus diesem Grund redete sie mit Engelszungen immer wieder auf mich ein, wollte mich von dieser fixen Idee abbringen, aber sie hatte keine Chance. Ich war so von dieser genialen Idee überzeugt, dass ich ihr stundenlang erzählte, was Petit Fleur in ihrem bisherigen Leben, auf ihren kurzen Hundebeinen, schon so alles angestellt hatte. Eine ihrer Geschichten, die ich ihr erzählte, fand sie wohl so schön, lustig und bewegend, dass sie plötzlich Feuer und Flamme war und sich spontan entschloss, darüber eine Geschichte zu schreiben und somit ihren Vorsatz »Nein, ich schreibe keinen Roman, niemals« komplett über den Haufen warf.

Wenn Sie allerdings glauben, dass ein Hund noch lange keine Liebe macht, dann irren Sie sich aber gewaltig, denn Sie kennen meinen kleinen Liebling Petit Fleur noch nicht.

3. Kapitel

»Amélie, denk bitte daran, dass du heute noch zum Großmarkt fahren musst«, rief meine Mama mir zu, »vergiss nicht, wir haben morgen eine größere Gesellschaft und da gibt es noch Einiges zu tun.« »Ja, Mama, ich weiß«, erwiderte ich etwas mürrisch, denn eigentlich hatte ich keine große Lust, schon wieder auf dem Markt rumzurennen und mir das Genörgel der Händler über die schlechten Geschäfte anzuhören. Petit Fleur spürte, dass wieder ein großes Erlebnis bevorstand und rannte ganz aufgeregt durch die Wohnung, lief bis zur Tür, kam schwanzwedelnd zurück, kläffte, um ihrer Freude auf ein Abenteuer den nötigen Nachdruck zu verleihen. Das ging so lange, bis ich den Autoschlüssel in die Hand nahm, mir meinen Mantel überzog und die Wohnungstür öffnete. Petit Fleur stürmte an mir vorbei und rannte, so schnell sie die kurzen Beine trugen, die Treppe hinunter. Mit einem Satz sprang sie auf den Beifahrersitz des Lieferwagens und thronte dort wie eine Hündin von Adel, der die ganze Welt gehörte.

Während ich mich durch den dichten Berufsverkehr der Innenstadt quälte und keinen Fluch ausließ, der dann auch sehr deutlich meinem Mund entschlüpfte, weil mir mal wieder so ein Verkehrsraudi die Vorfahrt genommen hatte, hüpfte Petit Fleur auf ihrem Sitz hin und her und kläffte alles an, was so ähnlich wie ein Hund aussah. »Petit, jetzt hör endlich mit dem Rumgehüpfe auf«, rügte ich dieses verrückte Etwas auf dem Beifahrersitz. Das hätte ich mir auch sparen können, denn sie ließ sich durch nichts, auch nicht durch meine tadelnden Worte, stören. Vorsichtshalber hatte ich vor einiger Zeit, so als reine Vorsichtsmaßnahme, hinter die Sitze ein Fangnetz gespannt, um zu verhindern, dass dieses Ungetüm von Hund wie eine Verrückte in den Laderaum des Wagens sprang und bei der nächsten Vollbremsung, wie von einer Feder katapultiert, wieder auf dem Vordersitz landete.

Entnervt gab ich auf, denn ich stellte schon vor einiger Zeit fest, dass Petit Fleur mich erzog und nicht umgekehrt, wie es eigentlich sein sollte. Nach einer halben Stunde war ich endlich angekommen und fuhr erleichtert durch die Einfahrt des Großmarktes bis zur Halle 5, in der ich immer einkaufte.

Eigentlich sollte Petit Fleur ja im Auto bleiben, aber als ich die Tür öffnete, sauste sie zwischen meinen Beinen hindurch und war schon auf dem Weg zu ihrem besten Freund Jacques, der hier einen Stand mit den erlesensten Zutaten hatte, mit denen ich für meine morgigen Gäste ein göttliches Menü zubereiten wollte. Plötzlich vernahm ich ein Geräusch hinter mir, das nichts Gutes verhieß. Mit einem lauten Knall fiel eine Kiste mit Auberginen zu Boden und riss zur gleichen Zeit zwei Gläser mit eingelegten südländischen Früchten mit, die, wie kann es auch anders sein, mit einem lauten Splittern am Boden zerbarsten. Ich ahnte nichts Gutes und hatte auch sehr schnell die Übeltäterin ausgemacht, die mit einem Anflug von schlechtem Gewissen zwischen zwei Bündeln Grünzeug hervorlugte.

Es war Petit Fleur, die sich einen erbitterten Kampf mit dem herumliegenden Gemüse geliefert hatte. Ihr treuherziger Blick sollte mir wohl signalisieren, dass sie dieses Chaos rein zufällig ausgelöst hatte. Trotzdem verharrte sie noch eine geschlagene Viertelstunde unter dem Tisch und wartete so lange, bis sich die Wogen der Empörung, über ihr ungehöriges Verhalten, gelegt hatten.

Erstaunlich war es allemal, was an diesem wundervollen Sommertag noch alles geschah, und ich meine das durchaus im positiven Sinne. Ich hantierte gerade in der Küche, damit die anwesenden Gäste so schnell wie möglich in den Genuss ihrer bestellten Getränke und Leckereien kamen. Ich stand an der Kaffemaschine, um drei Café Crème zuzubereiten, als plötzlich ein Blitz aus heiterem Himmel auf mich niedersauste und mir fast den Verstand raubte. Die Tür öffnete sich und herein kam ein Adonis von einem Mann. Ich muss in diesem Moment so belämmert dreingeschaut haben, dass mich meine Gäste entgeistert ansahen und belustigt mit dem Kopf schüttelten. Vor Schreck fielen mir fast die Tassen aus der Hand.

»Oh, mein Gott, das ist er, das ist der Mann, von dem ich schon seit ewigen Zeiten geträumt habe«, schoss es mir durch den Kopf. Mir wurde ganz schwindelig, meine Knie zitterten und ich schaffte es gerade noch, die bestellten Café Crème auf dem Tisch abzustellen.

Verwundert sahen mich einige Gäste an. »Ist Ihnen nicht gut?«, fragte eine besorgte ältere Dame, die mich beobachtet hatte und sah, wie ich plötzlich schwankte und fast das Gleichgewicht verlor. Ich lächelte verlegen zurück: »Nein, nein Madame, es ist alles in Ordnung.« Ich konnte ihr ja wohl schlecht erzählen, dass da gerade ein Mann hereingekommen war, der mich völlig aus dem Gleichgewicht gebracht hatte.

Immer wieder schaute ich zu ihm herüber, aber dieser arrogante Pinsel würdigte mich keines Blickes, starrte nur, der realen Welt entrückt, in der Gegend herum. Wie ein Bohémien thronte er in seiner Ecke, trug einen bunten Schal, locker um seinen Hals drapiert, und auf dem Kopf saß ein breitrandiger Schlapphut, den er anscheinend sogar im Bett aufbehielt, denn er machte keinerlei Anstalten ihn abzunehmen, so wie es sich gehört, wenn man ein Restaurant betritt. Waren seine Zurückhaltung und seine Maskerade wirklich echt? Er sprach kein Wort, nickte nur, als ich ihn ansprach und doch hatte er etwas, was mich irritierte. Trotz seiner Maskerade sah er aus wie ein ganz normaler Mensch, wobei ich mir in diesem Moment nicht ganz sicher war, was eigentlich normal ist und was nicht. Ich einigte mich dann auf den Begriff anders. Er war einfach anders. Er war halt ein Künstler und die haben bekanntermaßen seit jeher eine eigene Art, sich zu kleiden. Jedem das seine, so viel Toleranz muss sein. Er saß an seinem Tisch, nippte ab und zu an seinem Kaffee und blätterte gelangweilt in einer Illustrierten.

Plötzlich öffnete sich die Tür des Cafés, eine elegant gekleidete Dame, mittleren Alters, trat ein und ging direkt auf ihn zu. Sie machte einen sehr gepflegten Eindruck. Ihr beigefarbenes Kostüm, unter dem sich eine bunte Bluse mit einem ausladenden Kragen befand, war aus feinstem Stoff gefertigt und hatte sicherlich eine Menge Geld gekostet. Dazu trug sie hochhackige dunkelbraune Schuhe aus feinstem Wildleder. Unter ihrem rechten Arm wurde eine Handtasche sichtbar, die genau zu ihren Wildlederschuhen passte, ihre Sonnenbrille hatte sie elegant in ihr toupiertes tizianrotes Haar gesteckt. Sie war dezent geschminkt, ihre Lippen hatte sie mit einem roten Lippenstift nachgezogen, was ihrem schon etwas faltigen Gesicht einen doch leicht erotischen Ausdruck verlieh. Na ja, sagen wir mal, sie war ein kleiner Hingucker, nicht mehr und nicht weniger. Hinter ihr trottete ein kleiner Hund, der Petit Fleur zum Verwechseln ähnlich sah, schnupperte an jedem Tischbein, lief dann mit kurzen Trippelschritten zu dem Stuhl, auf den sich die Dame niedergelassen hatte und blieb brav neben ihr sitzen, um wenige Minuten später blitzschnell hinter dem Tresen zu verschwinden. Ich beobachtete, dass die Dame sich dem jungen Mann zuwendete und mit einem vorwurfsvollen Gesicht auf ihn einredete.

»Alain, nun setzt um Gottes willen diesen fürchterlichen Hut ab und leg den Schal weg, dein öffentlicher Auftritt ist schon längst beendet.« Folgsam nahm er ihn ab und legte ihn mitsamt dem Schal auf einen Stuhl neben sich. Ich hörte nur wie er ihr zuflüsterte: »Nicht so laut, Tante Charlotte, das muss doch nicht gleich jeder hören.«

Es war ihm wohl ausgesprochen peinlich, dass sie ihn vor all den Leuten bloßstellte, die sowieso schon die ganz Zeit zu ihnen herüber starrten. Ein Anflug von Röte überzog sein Gesicht und er hustete verlegen.

»Schau an«, dachte ich, »jetzt gefällst du mir schon viel besser.« Er war groß, mindestens ein Meter neunzig, hatte dunkle leicht gelockte Haare, und nachdem er seine unpassende Verkleidung abgelegt hatte, fiel mein Blick auf ein sehr männliches Gesicht ... und schon spürte ich wieder diese verdammten Schmetterlinge in meinem Bauch, die mich schon bei meinem ersten Blickkontakt mit ihm total aus dem Gleichgewicht gebracht hatten.

»Also«, resümierte ich, »die Dame, die neben ihm am Tisch saß, war wohl ganz offensichtlich seine Tante und ihr Name war Charlotte. Sie kamen wohl von einer Vernissage, also musste er Künstler sein, der Kleidung nach zu urteilen ein Maler, Bildhauer, Fotograf oder so was ähnliches.«

Da ich eine ausgesprochene Affinität für Menschen mit künstlerischen Ambitionen habe, war ich schon allein deshalb an einer näheren Bekanntschaft mit ihm interessiert.

Aber dies ist natürlich nicht der einzige Grund, warum er auf mich so einen nachhaltigen Eindruck machte. Immer wieder schaute ich zu ihm herüber und lächelte ihn so lange an, bis er mein Lächeln erwiderte, und es sogar schaffte, mich länger als fünf Sekunden anzuschauen.

Ich verschwand blitzschnell hinter der Theke, um mich für ihn schön zu machen, richtete mein etwas zerzaustes Haar und zog meine Lippen nach. Dann fiel mein Blick auf das Hundekörbchen, in dem Petit Fleur immer dann verschwand, wenn ihr das laute

Geschnatter der anwesenden Gäste auf die Nerven ging, und traute meinen Augen nicht. Petit Fleur und Petit Fleur Nummer zwei lagen, friedlich aneinandergekuschelt, in diesem Körbchen und schliefen. Ich musste bei diesem Anblick lächeln. Ich hatte mich aber schon die ganze Zeit gewundert, wo Petit Fleur geblieben war, denn sonst turnte sie immer zwischen den Stühlen im Café umher und flirtete mit den anwesenden Gästen.

Ich beobachtete sehr aufmerksam, was in der Ecke geschah, in der Alain und seine Tante Charlotte saßen. Ich hatte allerdings den Eindruck, dass Alain etwas irritiert war, denn er schaute immer wieder zu mir herüber. Unterhielten sie sich über mich, oder was hat dieser ständige Blickkontakt zu bedeuten? Waren es Blicke der Zuneigung, oder war es nur ein Beobachten, um zu sehen, ob ich seinen Ansprüchen genügen könnte? Ganz sicher war ich mir nicht, doch als ich an ihren Tisch trat, um sie nach weiteren Wünschen zu fragen, spürte ich, wie Alain seinen Blick senkte und nicht in der Lage war, mir in die Augen zu schauen. Tante Charlotte hingegen taxierte mich mit unverhohlener Neugier. Sie betrachtete mein Gesicht, scannte meinen ganzen Körper, bis hinunter zu meinen Beinen, die ja nun wirklich schlank und wohlgeraten waren, und ihr Blick verharrte dann auf meinen Schuhen und ich hatte das Gefühl, dass diese nicht so ganz ihren Vorstellungen entsprachen.

»Liebe Tante Charlotte, renn' du mal den ganzen Tag hin und her, du würdest sehr schnell deine Pumps in die Ecke werfen«, dachte ich und schaute sie dabei mit einem herausfordernden Grinsen an. Damit war die Angelegenheit für mich erledigt und ich widmete mich wieder meiner Arbeit, nicht ohne zu bemerken, dass Charlotte mich weiter aus der Ferne musterte, als ich den Tisch verließ und hinter der Theke verschwand. Also ehrlich gesagt, ganz glücklich war ich nicht, dass er seine überaus anspruchsvolle Tante mit hierher geschleppt hatte, denn wäre sie nicht dabei, wäre vieles einfacher gewesen.

Plötzlich, wie aus heiterem Himmel, gellte ein lauter Pfiff durch das Bistro und es folgte der gebieterische Ruf: »Cherie, komm sofort hierher.« Es war Tante Charlotte, die so uncharmant nach ihrem Hund pfiff, dass man fast einen Hörsturz bekam und die anwesenden Gäste erschreckt hochfuhren. Es vergingen keine zehn Sekunden, als Cheries Kopf vorsichtig hinter der Theke hervorlugte, und nachdem sie sich umgedreht hatte und Petit Fleur hinter sich wähnte, tippelte sie schwanzwedelnd auf Tante Charlotte zu.

Ich staunte nicht schlecht, als ich plötzlich Petit Fleur hinter ihr sah, die sich nun ohne zu zögern neben Cherie auf ihr Hinterteil setzte und ebenfalls zu Charlotte hinaufstarrte. Ein Akt der Solidarität unter Tieren schien mir diese Geste zu sein, denn die beiden hatten anscheinend schon eine innige Freundschaft geschlossen. Was mich allerdings etwas verwirrte, war, dass auch Cherie, bei näherer Betrachtung, eine Hundedame war.

»Sehr ungewöhnlich«, dachte ich und musste dabei unwillkürlich lächeln, denn ich hätte wetten können, dass Cherie ein Männchen war, das sich

Hals über Kopf in Petit Fleur verliebt hatte. Hatten tatsächlich zwei Hundedamen die Zuneigung zueinander entdeckt? Mir war nie zuvor aufgefallen, dass Petit Fleur derartige Ambitionen hatte. Aber warum eigentlich nicht? Was beim Menschen möglich war, musste ja wohl bei den beiden nicht unmöglich sein. Nun wäre ja, wie ich mir eingestehen musste, der Name Cherie nicht ganz passend für einen Hund männlichen Geschlechts. Aber, und das wusste ich aus eigener Erfahrung, haben ja Hundebesitzer die seltsame Begabung, ihren Hunden die ungewöhnlichsten Namen zu geben, die einen erschreckt zusammenfahren ließen. Wie konnte man eine Boxerhündin mit gutem Gewissen *Petit Cherie* nennen, oder einer französische Bulldogge, die noch dazu ein Rüde war, den albernen Namen *Chipie* geben? Eine verrückte Welt war das, finde ich.

Aber so genau kannte ich die Beweggründe für derartige Entgleisungen natürlich nicht. Sei's drum. Charlotte unterbrach ihre Gedanken mit einem Winken, das wohl nichts anderes bedeuten sollte, als dass sie jetzt bezahlen möchte, mais vite, wenn es geht. Sie erhob sich, schnappte Alains Hut und diesen albernen Schal, warf mir noch einmal einen prüfenden Blick zu, der allerdings nichts Gutes verhieß, denn ich sah, wie sich auf ihrer botoxgeglätteten Stirn, trotz aller Bemühungen ihren Unmut zu verbergen, eine kleine Zornesfalte bildete.

Ich war in diesem Moment davon überzeugt, dass sie bemerkt haben musste, dass Alain und ich immer wieder Blicke austauschten. Und das waren Blicke, die so bedeutungsvoll waren, dass auch

Tante Charlotte sich einen Reim darauf gemacht haben musste, dass mit uns beiden irgendetwas nicht stimmte.

Ich ging, nachdem der Zerberus mit Namen Charlotte verschwunden war, zu Alain an den Tisch und setzte mich zu ihm. »Bonjour Alain, mein Name ist Amélie.«

»Woher wissen Sie meinen Namen?«, fragte er ein wenig erstaunt. Ich lächelte. »Habe ich zufällig gehört, als Ihre Tante Charlotte mit Ihnen sprach«, erwiderte ich spontan.

»Sagen Sie mal, belauschen Sie immer die Gespräche Ihrer Gäste?« Es klang ein bisschen unfreundlich, wie er das sagte.

»Nein, nein«, erwiderte ich verlegen, »das war reiner Zufall, weil ich in der Nähe war.«

Sollte ich ihm sagen, dass er mir von dem Moment an, als er das Bistro betrat, gefallen hat?

»Lieber nicht«, sagte meine innere Stimme, »sag lieber, dass du ihn sehr nett findest, und warte ab, was er darauf antwortet.«

»Im Übrigen finde ich Sie sehr nett.« Er schaute mich entgeistert an.

»Sie finden mich sehr nett. Warum? Sie kennen mich doch gar nicht.«

»Könnte man aber ändern«, fügte ich leise hinzu, »möchten Sie noch etwas zu trinken? Einen Café Crème oder so?«

»Ein Café Crème wäre mir sehr recht«, erwiderte er mit einem versöhnlichen Augenzwinkern. Ich erhob mich von meinem Platz, ging hinter die Theke und hantierte an der Kaffeemaschine herum, ließ einen heißen, cremigen Kaffee in die vorgewärmte Tasse laufen und ging zu seinem Tisch zurück.

»Mit Milch und Zucker?«, fragte ich fürsorglich. »Nur mit Zucker«, erwiderte er gönnerhaft und wartete doch tatsächlich so lange, bis der Zucker in seiner Tasse war. Ich schaute ihn lächelnd an: »Umrühren müssen Sie aber schon selbst, oder soll ich das auch noch für Sie machen?«

Er ergriff den Löffel, der auf der Untertasse lag, und begann heftig in seiner Tasse zu rühren. Er brummelte etwas vor sich hin, lehnte sich dann aber gemütlich in seinem Stuhl zurück, schaute mich an, lächelte sein charmantestes Lächeln, zögerte einen Augenblick, so als müsse er erst einmal überlegen, was er mir als Nächstes sagen wollte.

»Ich«... Er machte eine kleine Pause und begann von Neuem. »Ich finde Sie auch sehr nett. » Wir schauten uns ratlos an, so als wüssten wir im Moment nicht, wie wir mit dieser Art von Komplimenten umgehen sollten.

»Wir finden uns also beide sehr nett, Sie mich und ich Sie, das ist ja wunderschön. Eigentlich die besten Voraussetzungen, um sich besser kennenzulernen, finden Sie nicht?«

Er war plötzlich so locker und zugänglich. Vielleicht lag es ja daran, dass Tante Charlotte nicht mehr an seiner Seite saß, denn sie machte einen sehr strengen und nicht gerade freundlichen Eindruck auf mich. Die erste Hürde war, dank ihrer Abwesenheit, schon mal genommen. Petit Fleur stand neben dem Tisch und schaute anscheinend mit großem Interesse auf das, was sich zwischen Alain und mir abspielte. Sie wedelte die ganze Zeit mit ihrem Hinterteil, während wir uns angeregt unterhielten. Hatte sie den siebten Sinn? Hatte sie gespürt, dass wir beide uns sympathisch waren? Es schien so, denn sie wich die ganze Zeit nicht von unserer Seite, umkreiste mich, umkreiste ihn, bedachte uns beide zwischendurch mit einem zärtlichen Stupser und schaute mich dabei an, als wollte sie uns in den nächsten Minuten miteinander verkuppeln.

Und dann hörte ich aus seinem Munde etwas, was so herrlich klang, als würden Engelchöre das Halleluja singen.

»Amélie, ich möchte Sie gerne wiedersehen.« Mir stockte vor lauter Überraschung der Atem. Hatte ich jetzt richtig gehört? Wollte er wirklich ein Rendezvous mit mir? Und plötzlich waren sie wieder da, diese unzähligen Schmetterlinge, die durch meinen Bauch sausten wie eine Horde wildgewordener Hummeln.

Endlich, ich werde ihn wiedersehen, oh mein Gott, es ist mein Glückstag. Als er mich im Ton eines Beamten fragte: »Haben Sie mal einen Zettel, ich möchte Ihnen gerne meine Telefonnummer und meine Adresse aufschreiben«, riss es mich aus all meinen Träumen und Illusionen. Hoffentlich war er nicht auch im richtigen Leben so ein pedantischer Typ, denn diese Sorte von Männern lag mir ganz und gar nicht.

»Wart's ab, liebe Amélie«, sagte ich zu mir, »und wenn das so sein sollte, kannst du ihn noch immer zum Teufel jagen.«

Trotz dieser Vorbehalte war ich doch sehr aufgeregt, griff mit zitternden Händen in die Tasche, in der meine Geldbörse steckte, zog einen Zettelblock heraus und legte ihn auf den Tisch, direkt vor seine Nase.

»Haben Sie auch etwas zu schreiben?« Ein verlegenes Lächeln umspielte meine Lippen.

»Pardon, hätte ich fast vergessen.« Ich reichte ihm einen Bleistift und er begann zu schreiben. Währenddessen rutschte ich aufgeregt auf meinem Stuhl umher und konnte es kaum erwarten, dieses Stück Papier, mit seiner Adresse und der Telefonnummer, in den Händen zu halten. Hastig kritzelte ich meinen Namen und meine Telefonnummer auf einen Zettel und schob ihn zu ihm hinüber. Er nahm ihn und steckte ihn, fast achtlos, in die Tasche seines Jacketts.

»Rufen Sie mich an und sagen Sie mir, wann es Ihnen recht ist.« Er bezahlte, ging auf mich zu und reichte mir lächelnd die Hand, so als würde er sich von einem Geschäftsfreund verabschieden.

»Ich freue mich auf unser Wiedersehen.« Beim Hinausgehen drehte er sich noch einmal um: »Lassen Sie sich aber nicht zu lange Zeit, versprochen?«

»Versprochen,« flüsterte ich ihm hinterher. Er öffnete die Tür und ging, ohne sich noch einmal umzudrehen, die Rue Bonaparte hinunter.

Inzwischen hatte sich mein Bistro geleert, die letzten Gäste waren gegangen. Petit Fleur lag mal wieder in seinem Schlummerkörbchen, anscheinend hatte sie Liebeskummer, denn als ich ihr das Köpfchen streichelte, schaute sie mich aus traurigen Augen an. Ich ging zur Tür, drehte den Schlüssel im Schloss und setzte mich an den Tisch, an dem ich zuvor mit

Alain gesessen hatte. Der Zettel, auf dem Alains Adresse und Telefonnummer standen, lag noch immer auf dem Tisch.

Ich ergriff ihn und las mit klopfendem Herzen: Alain Dupont, Téléphone 143678992, Rue de Lille 78.

»Rue de Lille, das ist doch ganz in meiner Nähe«, frohlockte ich, streichelte zärtlich dieses wundervolle Stück Papier, steckte es in mein Portemonnaie und verstaute es, wie einen Schatz, in meiner Handtasche. Der Abend neigte sich über Paris, ich verschloss vergnügt die Tür des Bistros hinter mir und ging die Rue Bonaparte hinunter, in Richtung Seine.

Ich war bester Laune, was ja auch kein Wunder war, nach diesem erfreulichen Tag. Langsam schlenderte ich über die Pont Neuf in Richtung Tuelerien, setzte mich dort auf eine Bank und genoss jeden Augenblick dieses wunderschönen Abends. Ich schaute den Liebespärchen zu und stellte mir vor, dass ich bald mit Alain hier sein würde und die gleichen verliebten Gefühle haben würde, wie die, die jetzt neben mir saßen, und mich, das musste ich gestehen, doch ein wenig eifersüchtig machten. Ich beobachtete voller Freude ein älteres Ehepaar, das an mir vorüber ging, mir einen freundlichen Blick zuwarf und mich lächelnd grüßte.

Überall sah ich zufriedene fröhliche Menschen. Auf dem Grün der Wiesen tollten ein paar Teenager umher, liefen lachend hinter einem Ball her, den sie sich voller Übermut zuwarfen. Dann erhob ich mich, es war inzwischen 20.30 Uhr und es wurde langsam Zeit nach Hause zu gehen. Mama würde sicherlich schon mit dem Abendessen auf mich warten. Fröhlich schwenkte ich meine Tasche, in der sich dieses von Hand geschriebene Kleinod befand, als ich über die Pont Neuf in Richtung Rue Bonaparte ging. Dieser Glücksbringer, in ungelenken Buchstaben auf einen Zettel geschrieben, hatte in mir ein unglaubliches Glücksgefühl ausgelöst. Immer wieder sah ich dieses Stück Papier vor mir und hätte vor lauter Glück laut schreien können: »Alain Dupont, welch ein schöner Name ... und welch ein gut aussehender stattlicher Mann.«

Ich werde ihn morgen anrufen, werde mich mit ihm verabreden und mit ihm Hand in Hand durch die Straßen gehen, mich gemütlich in ein Café an der Seine setzen und mit ihm plaudern, ihm tief in die Augen schauen, meine Hände in die seinen legen. Vielleicht würde ich ihn auch küssen und ihm damit zeigen, wie sehr ich ihn mochte. Bei diesen Gedanken schlug mein Herz wie wild und meine freudige Erwartung war grenzenlos.

Seit einer geschlagenen Stunde telefonierte ich am nächsten Morgen meinem Traummann hinterher. Die letzte Ziffer war noch nicht ganz gewählt, als schon wieder dieses nervende Besetztzeichen ertönte. *Tut, tut, tut.* Alles mit einer Eintönigkeit, die mich an den Rand des Wahnsinns trieb.

»Merde«, fluchte ich leise vor mich hin, »das darf doch wohl nicht wahr sein, das ist doch nicht normal, dass so ein Kerl wie er stundenlang telefoniert?« Ich konnte mich nicht erinnern, jemals einen Mann gesehen zu haben, der länger als fünf Minuten telefonierte. Dieser Alain jedoch brachte es tatsächlich fertig, ohne Unterbrechung eine geschlagene Stunde auf sein Gegenüber einzureden. So lange war es her, als ich meinen ersten Versuch unternahm, ihn zu erreichen. Immer wieder *tut, tut, tut*.

Resigniert gab ich es nach endlosen vergeblichen Versuchen auf. Natürlich war meine gute Laune, die ich noch eine Stunde zuvor hatte, nicht gerade gestiegen, was ja irgendwie auch verständlich war. Wütend warf ich mein Telefon in meine Handtasche und machte mich auf den Weg ins Café. Nun ist Geduld noch nie meine Stärke gewesen, ein Umstand, den auch meine Mama ständig bemängelte, aber in diesem Fall konnte man sicherlich verstehen, dass ich ein klein wenig ungehalten war. Mein Ohr brummte und ich hatte das Gefühl, immer noch dieses verflixte Tuten zu hören, obwohl ich es schon längst ausgeschaltet hatte, und es in den unergründlichen Tiefen meiner Handtasche verschwunden war. Erschöpft und genervt ließ ich mich auf einen Stuhl fallen.

Ich werde es noch einmal versuchen, nahm ich mir vor, und wenn es wieder nicht klappen sollte, kann mir der Kerl gestohlen bleiben. Ich wählte die Nummer, die ich zuvor schon gefühlte hundert Mal gewählt hatte und es geschah ein kleines Wunder, so glaubte ich zumindest. Plötzlich hörte ich dieses nervige Tuten nicht mehr. Der Ruf ging raus und nach einer geraumen Zeit des Wartens wurde der Hörer aufgenommen. Es meldete sich eine Frau, eine junge Frau, wie ich vermutete.

»Wer ist denn dort?«, fragte sie und ich war nun völlig durcheinander. Mit allem hatte ich gerechnet, aber nicht damit, dass plötzlich ein weibliches Wesen am anderen Ende war.

»Kann ich bitte Alain sprechen? Mein Name ist Amélie Colbert.«

»Tut mir leid, Mademoiselle, aber ich kenne keinen Alain.«

»Das kann nicht sein, ich habe doch seine Nummer gewählt, er heißt Alain Dupont und seine Telefonnummer ist 143678992 und er wohnt in der Rue de Lille 78.«

Die junge Dame an anderen Ende räusperte sich: »Hören Sie Mademoiselle, hier ist 143678997 und ich wohne nicht in der Rue de Lille 78, haben Sie mich verstanden. Sie müssen die falsche Nummer gewählt haben.« Ich verlor fast den Verstand, hatte ich doch eine ganze Stunde hinter ihm hertelefoniert und jetzt dieses Desaster.

»Entschuldigen Sie bitte die Störung.« Ich drückte auf den roten Knopf meines Telefons und war nun genau so weit, wie vor einer Stunde. Nennt man so etwas Schicksal, oder war es die Prüfung vor dem großen Glück? Ich wusste es nicht.

Ich hatte gerade das Gespräch beendet, als mein Telefon unmissverständlich einen Ruf von sich gab, den ich kaum überhören konnte. Es war die Anfangsmelodie von Edith Piafs Chanson »Non, je ne regrette rien«, die ich über alles liebte. Es war meine geliebte Freundin Conny, die am anderen Ende war und jetzt auf eine Antwort wartete, ob sich in Sachen Alain schon etwas getan hatte. Ich ahnte natürlich, was sie mich gleich fragen würde.

»Na, wie ist es, hast du schon mit ihm telefoniert, wann trefft ihr euch denn nun und zu guter Letzt: Bist du jetzt glücklich? Und prompt kam es so, wie ich vermutet hatte.

»Salut cherie, wie geht es dir?« Sie wartete gar nicht erst meine Antwort ab, sondern legte sofort los. »Na, wie ist es, hast du schon mit ihm telefoniert, wann trefft ihr euch denn nun« und zu guter Letzt » ... bist du jetzt glücklich?« Ich schwieg.

»Amélie, was ist passiert?«, fragte sie voller Sorge, denn sie hatte sofort gespürt, dass irgendetwas nicht in Ordnung war.

»Vom Glücklichsein bin ich meilenweit entfernt und die Schmetterlinge in meinem Bauch haben sich erst einmal schlafen gelegt. Ich habe ihm den ganzen Tag hinterhertelefoniert und ihn nicht erreicht.« »Hat er dich denn noch nicht angerufen?«, fragte sie mich und als ich dies verneinte, schimpfte sie wie ein Rohrspatz.

»Dieser Schuft«, kommentierte sie meine Antwort. »Anstatt froh zu sein, dich gefunden zu haben, meldet er sich nicht, ich verstehe das nicht.«

»Vielleicht«, gab ich zu bedenken, »ist ihm ja etwas dazwischen gekommen, oder er musste dringend verreisen und ist gar nicht zu Hause.«

»Ich versuche es halt später noch einmal. Irgendwann muss es ja mal klappen.«

Ich erinnere mich noch genau an den Tag, als meine erste große Liebe zerbrach. Er war Student an der Sorbonne, hieß Emile und er war ein so süßer Junge, dass ich mich, als ich ihn das erste Mal sah, Hals über Kopf in ihn verliebte. Kennengelernt hatte ich ihn in unserem Bistro, das damals noch meiner Mama gehörte. Zwischenzeitlich bin ich jetzt für alles verantwortlich, was damit zu tun hat. Mama hilft mir allerdings, wo sie kann, und dafür bin ich ihr sehr dankbar.

4. Kapitel

Aber nun zurück zu Emile, eine Zeit lang waren wir sehr glücklich, aber kurz nachdem er sein Physikstudium beendet hatte, bekam er ein Angebot von der New York University. Ohne zu überlegen, packte er von heute auf morgen seine Siebensachen und ließ mich einfach sitzen. »Wir können uns ja schreiben und miteinander telefonieren«, versprach er mir, »ich bin ja bald wieder in Paris.« Am Anfang klappte das auch noch ganz gut. Wir telefonierten, schrieben uns Mails, doch nach einiger Zeit wurden seine Nachrichten immer spärlicher und dann hörte ich überhaupt nichts mehr von ihm. Das ist jetzt fünf Jahre her. Ich habe lange gebraucht, bis ich die Trennung überwunden hatte. Irgendwann kam mir der Zufall zur Hilfe und ich hörte im Radio das Chanson »Non je ne regrette rien« von Edith Piaf, das mich zu Tränen rührte und emotional so stark berührte, dass ich stundenlang auf meinem Sofa saß und heulte. Dann entschloss ich mich, dieses Chanson, das mir so nahe gegangen war, auf mein Telefon zu laden, damit ich immer daran erinnert werde, diese sehr schmerzhafte Episode mit Emile zu vergessen:

Non, je ne regrette rien
Nein, gar nichts
Nein ich bedauere nichts, nichts ...
Ich habe bezahlt, weggefegt, vergessen
Ich habe mit der Vergangenheit abgeschlossen!

Mit meinen Erinnerungen
habe ich meine Sorgen und Freuden verbrannt
Ich brauche sie nicht mehr
Weggefegt meine Liebschaften
und all ihr Gejammer weggefegt
für immer Ich beginne bei Null Nein gar nichts...
denn mein Leben, mein Glück beginnt heute mit
dir

Ich fühlte mich von allen guten Geistern verlassen, auch der Liebesgott Amor hatte mich im Stich gelassen, dieser miese Verräter. Einigermaßen betrübt kam ich zu Hause an. Petit Fleur musste schon mitbekommen haben, dass ich die Treppe herauf kam, denn ich hörte sie schon wild kläffend hinter unserer Wohnungstür herumspringen.

»Salut Mama«, sagte ich, als ich übel gelaunt die Wohnung betrat. Mir war eigentlich nicht zum Lachen, aber als ich Petit Fleur sah, wie sie »Weibchen« machte, an mir emporsprang und vor Freude auf den Parkettboden unserer Diele pinkelte, musste ich doch lachen und meine schlechte Laune hielt sich fortan in erträglichen Grenzen.

Mama rief mir mit einem vorwurfsvollen Unterton zu: »Amélie, wo warst du so lange, ich warte schon eine geschlagene Stunde mit dem Abendessen auf dich.«

»Mama, es tut mir sehr leid«, erwiderte ich genervt, »ich hatte noch etwas zu erledigen.«

Was sollte ich ihr sagen? Hätte ich ihr sagen sollen, dass ich stundenlang versucht hatte, einen Typ anzurufen, mit dem ich mich treffen wollte? Schlimm genug, dass ich es noch nicht einmal fertigbrachte, ein Rendezvous zu arrangieren.

»Amélie, du bist eine bedauernswerte Versagerin«, ging ich mit mir ins Gericht.

Mama nahm ihre Schürze ab, die sie immer trug, wenn sie kochte, um zu verhindern, dass sie sich bekleckerte, kam ins Wohnzimmer und setzte sich neben mich. Petit Fleur lag schon die ganze Zeit auf meinem Schoß und scherte sich einen Dreck darum, dass ich nicht in bester Stimmung war.

»Amélie, da hat vorhin so ein junger Mann angerufen und nach dir gefragt.« Zu Tode erschreckt fuhr ich hoch, so, als wäre mir der Heilige Geist persönlich erschienen. Ich dachte zuerst an Jaques aus dem Großmarkt, denn ich hatte bei ihm eine Bestellung aufgegeben, die er mir am nächsten Morgen liefern sollte. Aber das konnte nicht sein, denn Mama kannte ihn und sie hätte mit Sicherheit gesagt, dass es Jacques war, der angerufen hatte. Ich vermutete, dass er irgendwelche Probleme mit der Lieferung hatte, aber das wiederum konnte auch nicht sein. Aber was sollte er auch sonst von mir wollen?

Er hatte noch nie versucht, mir zu nahe zu treten, er ist zwar sehr nett, aber absolut nicht mein Typ. Außerdem ist er verheiratet und hat zwei Kinder.

»War es Jacques, Mama?«

»Wie kommst du denn auf Jacques?«, fragte sie mich mit einem erstaunten Gesicht. »Es war ein ...« Sie zögerte einen Augenblick. »Warte mal, ich hab mir seinen Namen aufgeschrieben.«

Sie stand auf, ging zum Buffet, das in unserer Küche stand und kam, mit einem Zettel in der Hand, zurück. Sie nahm ihre Lesebrille zur Hand und setzte sie auf ihre Nase. Das dauerte aber viel zu lange, wie ich fand, denn ich platzte fast vor Neugier. Endlich hatte sie es geschafft, schob sie auf ihre Nasenspitze, um noch besser sehen zu können.

»Also«, begann sie, »er heißt Alain Dupont und wollte dich sprechen und da du nicht zu Hause warst, habe ich ihm gesagt, er soll später noch einmal anrufen. Vorsichtshalber habe ich ihm mal deine Mobilnummer gegeben, damit ihr euch nicht wieder verfehlt.

»Ich hoffe, es ist dir recht.« Ein verständnisvolles Lächeln umspielte ihren Mund, dann fuhr sie fort: »Er hat irgendetwas von einer Galerie erzählt und dass er den ganzen Tag damit beschäftigt war, eine Ausstellung vorzubereiten.

Ich lachte, nahm sie in die Arme und küsste sie. »Du bist die beste Mama der Welt«, lobte ich sie überschwänglich.

»Jaja«, erwiderte sie lachend, »ich weiß und wenn es nicht nach deinem Willen geht, bin ich wieder die Böse.«

Ich sprang auf und hatte in diesem Augenblick nicht daran gedacht, dass Petit Fleur noch immer auf meinem Schoß saß. In hohem Bogen flog sie auf den Boden, kläffte ein paar Mal wütend und verzog sich wie eine Verstoßene ins Badezimmer, wo ihr Schlummerkörbchen stand.

»Mein Gott Amélie, bist du blöd.« Plötzlich fiel mir ein, dass ich einen Fehler gemacht hatte. Kein Wunder, dass ich nichts von ihm gehört hatte, und ich dumme Gans bin die ganze Zeit in der Stadt herumgerannt und habe auf seinen Anruf gewartet. So etwas kann auch nur mir passieren. Ich hatte ihm, statt meiner Mobilnummer, die Telefonnummer von zu Hause gegeben. C'est la vie, so ist das Leben. Dummheit muss bestraft werden. Auf jeden Fall hatte ich meine Schmetterlinge wieder und konnte vor lauter Aufregung nicht schlafen.

Aber mit meiner Vermutung, dass er ein Fotograf oder Maler war, hatte ich wohl recht. Wahrscheinlich war er so ein brotloser Künstler, der seine erste Ausstellung bekommen hatte, und ausgerechnet mir musste mal wieder einer aus der *Kategorie arm* über den Weg laufen und ich musste mich zu allem Überfluss auch noch in ihn verlieben.

Er hatte sich wahrscheinlich in seinen einzigen Anzug geworfen, sich irgendwo einen Hut geliehen und ein Tuch seiner Tante um den Hals geschlungen. Seine Tante Charlotte hatte ihn wohl zu einer Vernissage in eine andere Galerie begleitet und für ihn die Werbetrommel gerührt, denn sie schien ganz offensichtlich einige einflussreiche Leute zu kennen. Ich hatte ja immer, das muss ich ganz ehrlich gestehen, von einem Märchenprinzen geträumt, der eines Tages in mein Bistro kommt und mich wach küsst, stattdessen war mir mal wieder so ein armer Schlucker über den Weg gelaufen. Wenn das so weitergeht, stehe ich noch mit siebzig Jahren in meinem Bistro, verkaufe meine viel gepriesene *Zwiebelsuppe nach Amélies Art* und alles zum Wohle meiner Gäste.

Ich wurde durch das Schellen meines Telefons aus meinen Gedanken gerissen. »Hoffentlich ist es Alain«, betete ich insgeheim und als ich auf das Display schaute, sah ich in leuchtenden grünen Buchstaben seinen Namen: *Alain Dupont.* In diesem Moment stockte mir der Atem und die Schmetterlinge in meinem Bauch drehten eine Ehrenrunde. Endlich.

»Amélie Colbert«, krächzte ich halb besinnungslos ins Telefon und hörte auf der anderen Seite nur ein fröhliches Lachen.

»Habe ich Sie erschreckt, Amélie, wenn ja, tut es mir sehr leid.«

»Nein, nein, es ist alles in Ordnung«, stotterte ich und wusste genau, dass dies meine erste Lüge am heutigen Tag war. Nichts war in Ordnung, aber überhaupt nichts. Ich hatte die ganze Nacht kaum geschlafen und seit dem ich wusste, dass er angerufen hatte, hatte ich ein chronisches Magenleiden, auch Lampenfieber genannt, und doch ... Es war schön, seine Stimme zu hören. Ein Widerspruch? Wohl kaum, denn wenn man verliebt ist, werden die irrwitzigsten Gedanken und Handlungen zur Realität. Dieses Gefühl hatte ich das letzte Mal bei Emile, na Sie wissen schon, das war der Typ von der Uni, der dann nach Amerika abgehauen ist und mich mit meinem ganzen Schmerz alleingelassen hatte, dieser elende Schuft.

»Ich möchte Sie für heute Nachmittag zu einem Kaffee einladen. Sagen wir um 3.00 Uhr?«

»Um 3.00 Uhr? Ja das geht in Ordnung«, erwiderte ich blitzschnell, um ihm nicht die Möglichkeit zu geben, es sich doch noch anders zu überlegen, obwohl Mama noch nichts davon wusste. Aber irgendwie würde ich das schon hinbekommen. Schließlich musste sie mich ja im Bistro vertreten und ich hoffte inständig, dass sie nichts anderes vorhatte.

5. Kapitel

Ich war so beseelt von dem Gedanken, Alain in einer Stunde zu treffen, dass ich alles um mich herum vergaß. Ich wäre fast in ein Auto gelaufen, als ich völlig in Gedanken die Straße überquerte. Ein lautes Kreischen der Bremsen riss mich aus meinen Träumen.

»He, du blöde Kuh, hast du keine Augen im Kopf?«, rief ein entnervter Mittvierziger aus seinem heruntergekurbelten Seitenfenster. Ich hob entschuldigend die Hand, lächelte ihn dankbar an und war froh, dass er soeben mein Leben gerettet hatte. Vor einiger Zeit wäre ich noch zu seinem Auto gegangen und hätte ihm einen Vortrag gehalten, dass man so etwas nicht zu einer Dame sagt. Aber heute? Ich war glücklich, schwebte auf Wolke sieben und wollte mir von keinem die Schmetterlinge aus meinem Bauch verjagen lassen. Ich schlug den Weg zu den Tuilerien ein, setzte mich dort auf eine Bank und genoss den Duft der Kastanienbäume, deren weiße Spitzen so vielversprechend aus dem satten Grün der Blätter hervorlugten. Der Frühling kündigte sich an, nicht nur in der Natur, sondern auch in meinem Herzen, das vor freudiger Erwartung in meiner Brust hüpfte wie ein Gummiball, den man in die Luft geworfen hatte. Auf einer Bank neben mir beobachtete ich ein junges Pärchen, das sich verliebt in den Armen lag und Zärtlichkeiten austauschte. Ich hörte ihr Flüstern, sah ihre Hände, wie sie sich liebkosten. Jede ihrer Berührungen spürte ich in meinen Gedanken so intensiv, dass erregte Hitzewellen meinen ganzen Körper überzogen und mich in einen Schwebezustand erotischer Gefühle versetzten.

In einiger Entfernung hatten ein paar Straßenhändler eine große Decke ausgebreitet und boten den Passanten ihre Imitate von Gucci und Prada zum Kauf an. Eine Frau ging mit ihren beiden kleinen Töchtern vorbei, die übermütig herumhopsten und ihrer Freude über den schönen Tag durch fröhliches Lachen zum Ausdruck brachten.

All diese kleinen Begebenheiten erfüllten mich mit große Freude, während ich auf der Bank saß und meinen Gedanken nachhing. Noch eine halbe Stunde. Eine Zeit, die mir so unendlich lang vorkam. Mit beschwingten Schritten ging ich in Richtung Pont Neuf, vorbei an einer Gruppe Japanerinnen, die fröhlich plappernd auf der Brücke standen und alles fotografierten, was sie für sehenswert erachteten.

Aufgeregt ging ich hin und her, schaute immer wieder auf meine Uhr. Die Zeit schien stehen geblieben zu sein, jede Minute schien endlos. Es waren nur noch fünfzehn Minuten, doch diese kamen mir vor, als würde ich noch Tage auf das Treffen mit Alain warten müssen. Ich nestelte in meiner Tasche herum, nahm zum wiederholten Mal mein Mundspray in die Hand und sprühte wie wild in meinem Mund herum. »Man weiß ja nie«, dachte ich. Vielleicht würden wir uns ja küssen und da gäbe es doch wohl nichts Schlimmeres, als wenn ich Mundgeruch hatte.

»Blödsinn«, flüsterte meine innere Stimme. »Erstens hast du bisher nie Probleme mit Mundgeruch gehabt und zweitens weiß du nicht, ob er dich überhaupt küsst.«

Und trotzdem, ich war so aufgeregt, dass ich, immer wenn ich mich in einer derartigen Situation befand, Dinge tat, die ich mir im Nachhinein nicht mehr erklären konnte.

Wir hatten uns auf der Pont Neuf verabredet und es war kurz vor 5.00 Uhr. Plötzlich sah ich wie ein kleiner wieselflinker Hund um die Ecke lief und direkt auf mich zukam. »Was will denn Petit Fleur hier?«, schoss es mir durch den Kopf.

»Petit Fleur, was willst du hier? Komm sofort hierher.« Wie wild fuchtelte ich mit meinen Armen in der Luft umher, doch dieser kleine Vierbeiner, der Petit Fleur zum Verwechseln ähnlich sah, scherte sich einen Dreck darum, was ich zu ihm sagte. Er hüpfte um mich herum, sprang an mir hoch und schnupperte an meinen Schuhen.

Er sah aus wie Petit Fleur und war ein Jack Russel wie Petit Fleur, doch dann schaute ich ihm zwischen die Beine und sah den kleinen Unterschied. Es war ein Rüde, der bei mir die Witterung einer Hundedame aufgenommen hatte und das veranlasste ihn ganz offensichtlich, sich so daneben zu benehmen. Er war wohl ganz verrückt nach so einem weiblichen Wesen wie Petit Fleur.

»Da stehst du diesem kleinen Derwisch aber in Nichts nach«, sagte meine innere Stimme mit einem Anflug von Schadenfreude.

Plötzlich hörte ich die Stimme einer alten Dame: »Hercules, komm sofort hierher«, sie wedelte mit ihrem Spazierstock und bedeutete ihm damit, sich sofort bei ihr einzufinden. Ich amüsierte mich köstlich, als ich diese Szene beobachtete. Wie kann man ein so kleines Wesen nur Hercules nennen, ausgerechnet einen Winzling, der nie die Bodenhaftung verliert? Das wäre ja genau so, als würde man zu einem Riesen *Petit Cherie* sagen.

Hercules jedenfalls machte plötzlich eine rasante Kehrtwendung, die einer perfekten Pirouette ähnelte, und stürmte zurück zu der Bank, auf der die alte Dame, mit einem üppigen Designerhut ausgestattet, saß. Sie erhob sich, rückte ihren Hut auf ihrem Kopf zurecht und tippelte mit kleinen Schritten um die nächste Ecke.

Ich schaute bestimmt zum hundertsten Mal sehnsüchtig auf meine Uhr. Mittlerweile war es 15.15 Uhr und Alain war immer noch nicht da. Traurig und von seiner Unzuverlässigkeit genervt, lief ich auf und ab, aber dieser Schuft ließ sich nicht blicken.

»Was bildet sich dieser Typ eigentlich ein? Meint er allen Ernstes, er könnte so etwas mit mir machen?«

Insgeheim schmiedete ich schon Rachepläne, wie ich ihm das heimzahlen konnte. Inzwischen war schon eine halbe Stunde vergangen und ich entschloss mich, den Heimweg anzutreten. Was sollte es bringen, wenn ich hier noch länger rumstehen würde? Nichts. Ich werde zurück in mein Bistro gehen und mich um meine Gäste kümmern.

Mama hatte mir großzügigerweise freigegeben, um sich in meiner Abwesenheit um das Bistro zu kümmern, damit ich endlich Ruhe gab, denn die ganze Woche hatte ich ihr schon von diesem Typ namens Alain vorgeschwärmt. Mama war allerdings von Anfang an skeptisch, und warum? Er war, und das musste sie neidlos anerkennen, einfach ein bisschen zu hübsch.

Allerdings mag es auch daran gelegen haben, dass dieser Typ Mann nun ganz und gar nicht ihrem Beuteschema entsprach. Nach ihrer Vorstellung musste ein Mann ein richtiger Kerl sein, charmant und mit Beschützerinstinkt. Diese ganzen weichgespülten Schönlinge, die in jeden Spiegel glotzten, waren absolut nicht ihr Ding. Obwohl, und das gestand sie ihm zu, er durfte schon ein bisschen verrückt sein.

Als sie sich mal wieder sehr intensiv nach einem Mann umschaute, vertraute sie mir in einer schwachen Stunde eines ihrer Geheimnisse an und dies war dann für mich die eindeutige Aufforderung, ihr wieder mal stundenlang zuzuhören.

Also, wie gesagt, es war ein so verrückter Typ, den sie da kennengelernt hatte, dass es ihr schon fast peinlich war, wenn sie sich mit ihm in der Öffentlichkeit sehen ließ. Er trug diese verrückten Lederklamotten mit Fransen an den Ärmeln, und gehörte zu den Typen, die meistens breitbeinig auf einer Harley saßen, durch die ganze Stadt tuckerten und jedem zuwinkten, ob der das nun wollte oder nicht. An einem Abend, sie hatte sich mit ihm zu einer Theaterveranstaltung verabredet, tauchte er doch tatsächlich in seinen Lederklamotten auf und scherte sich keinen Augenblick darum, dass die Anderen ihn wie einen ausgemachten Kulturbanausen anglotzten. Er tuckerte mit seiner Harley bis vor das Hauptportal des Theaters, stellte in aller Ruhe seine Maschine an der Stelle ab, an der er abgestiegen war, klemmte sich seinen Helm unter den Arm und folgte Mama mit stolzen Schritten ins Theater. Das ungläubige Kopfschütteln der anderen Besucher quittierte er mit einem selbstgefälligen Grinsen.

Als ich Mama fragte, warum sie sich denn mit einem derartigen Typen eingelassen hatte, antwortete sie mit einem verklärten Lächeln: »Weißt du, Cherie, er war einfach unglaublich amüsant und ein phantastischer Liebhaber und im Bett ... sie machte eine kleine Pause, »im Bett sind alle Männer nackt und er war – zu meiner großen Freude – besonders nackt, wenn du weißt, was ich meine.« So viel zur Lebensphilosophie meiner Mama.

Ich weiß auch nicht mehr, warum mir gerade, während ich immer noch auf Alain wartete, diese Geschichte mit Mama in den Sinn kam.

Also wo waren wir vorhin stehen geblieben? Ach so, ja, bei mir, die immer noch darauf wartete, dass das Rendezvous mit Alain nun endlich beginnen würde. Ich ging von der Pont Neuf auf die Rue Dauphine, als ich plötzlich wie angewurzelt stehen blieb. War das nicht Alain, der neben einer Blondine ging und aufgeregt auf sie einredete? Aber nein, das konnte nicht sein, denn schließlich war ich doch mit ihm verabredet. Trotzdem beschleunigte ich meine Schritte und war fast neben ihm, als ich ihn erkannte.

Es war tatsächlich Alain, der wie ein Pfau neben ihr herstolzierte, plötzlich stehen blieb, sie streichelte und ihr einen Kuss auf die Wange gab. Was ich aber nicht bemerkte, war, dass er sie nicht auf den Mund küsste und das, gestatten Sie mir diese Bemerkung, war für ein verliebtes Pärchen eigentlich unüblich, vor allem in der Stadt der Liebe. Normalerweise machten sie doch die reinsten Yogaübungen, knutschten stundenlang herum, ohne Luft zu holen, blieben plötzlich in inniger Umarmung mitten auf dem Gehweg stehen und es interessierte sie nicht einen Augenblick, ob sich andere darüber aufregten. Ich dachte nur voller Zorn daran, dass Alain mich schon bei unserem ersten Rendezvous versetzt hatte. Ich starrte der Blondine kopfschüttelnd auf ihren knackigen Hintern und stieß leise, nicht ganz stubenreine Flüche aus.

»Dieser verdammte Crétin«, schoss es mir durch den Kopf und meine Empörung kannte keine Grenzen. Er war so mit dieser blonden Schlampe beschäftigt, dass er weder nach rechts noch nach links schaute. Hätte er dies getan, dann hätte er mich entdecken müssen, denn ich war nur wenige Meter hinter ihm.

Mit stolzen Schritten ging ich an ihm vorbei und zischte ihm das Wort: *Arschloch* zu, was mir augenblicklich zornige Blicke seiner Begleiterin einbrachte. Sie war eine lange, etwas hochnäsige Blondine, die so auffallend mit ihrem Hintern wackelte, das sie fast das Gleichgewicht verlor.

In diesem Moment schaute er zu mir herüber, bekam einen knallroten Kopf, was für diese Art von Männern eher selten ist, drehte sich zu Tode erschreckt weg und tat so, als wenn er mich nicht gesehen hätte und doch hatte ich das Gefühl, dass ihm bei meinem Anblick der Schreck durch sämtliche Glieder gefahren sein musste und er wohl am liebsten in die Seine gesprungen wäre.

Wutentbrannt lief ich die Straße entlang und schimpfte wie ein Rohrspatz.

»Dieser verdammte Schuft. Er verabredet sich mit mir und rennt dann mit einer aufgetakelten Blondine durch die Stadt und ich dumme Gans, muss ihm auch noch über den Weg laufen.«

Es war ein Scheißtag. Ich wollte erst einmal zur Ruhe kommen und ging ins Le Pré aux Clercs, das ebenfalls in der Rue Bonaparte lag, und setzte mich dort an einen freien Tisch. Überall saßen angeregt plaudernde Gäste, lachten und genossen das Leben, tranken Café, aßen Macarons, Petits Fours und andere wohlschmeckende Kleinigkeiten aus der Patisserie des Cafés. Ich betrachtete diese fröhliche Gesellschaft, doch in meinem Kopf spukte noch immer die seltsame Begegnung mit Alain herum. Josephine, eine Freundin, die in diesem Café arbeitete, trat von mir unbemerkt an meinen Tisch.

»Bonjour, Amélie, was ist los mit dir? Du machst so ein trauriges Gesicht.« Ich schaute sie nur kurz an, ging aber nicht weiter auf ihre Frage ein. Ich wollte Josephine nicht erzählen, dass Alain mich versetzt hatte und stattdessen mit einer anderen durch die Stadt rannte. Für mich war diese Geschichte eine schmerzhafte Niederlage, die nicht jeder kennen musste. Nun war Josephine zwar nicht jedermann, aber einen so engen Kontakt, wie zu Conny, hatte ich nun auch wieder nicht.

»Jetzt nicht«, knurrte ich und Josephine verstand sofort, dass ich nicht darüber sprechen wollte. Sie legte mir die Hand auf den Arm und streichelte mich.

»Was kann ich dir Gutes tun?«, fragte sie mit einem mitleidvollen Lächeln im Gesicht.

»Bringst du mir bitte einen Café au lait und ein Croissant?«

»Cherie, bitte sei mir nicht böse, aber über das andere sprechen wir bei Gelegenheit.«

»Ist schon gut, sprich darüber wann du willst.« Dann drehte sie sich um und ging in das Café zurück. In diesem Augenblick schellte das Telefon in meiner Handtasche. Edith Piaf sang mein Chanson und alle anwesenden Gästen hörten andächtig zu, wie ihre Stimme aus den Tiefen meiner Handtasche tönte. Die anwesenden Gäste schauten amüsiert zu mir herüber und beobachteten mich, wie ich verzweifelt in der Tasche herumkramte und dieses verdammte Ding erst nach einigen erfolglosen Versuchen in den unergründlichen Tiefen meiner Tasche fand.

Schon bei meinem ersten Blick auf das Display sah ich, dass es Alain war, der auch noch die Frechheit besaß, mich nach dieser unerfreulichen Begegnung anzurufen.

»Amélie, bitte leg nicht auf, hör mir erst mal zu.« Hatte ich da gerade einen flehenden Unterton in seiner Stimme gehört?

»Warum sollte ich dir zuhören, kannst du mir das mal sagen?« Und dann kam dieser berühmte Satz, den ich schon tausendmal gehört hatte und der mich jedes mal in Rage versetzte.

»Es ist nicht so, wie es aussieht, bitte glaube mir, ich werde dir alles erklären. Bitte nicht böse sein.«

»Deine Erklärungen kannst du dir an den Hut stecken, darauf lege ich keinen Wert mehr.« Ich war so wütend, dass ich mit einem hochroten Kopf an meinem Tisch saß und ihn am liebsten in Stücke gerissen hätte, wenn er mir über den Weg gelaufen wäre.

»Ich wäre gerne zu unserer Verabredung gekommen, aber leider ist mir etwas dazwischen gekommen«, antwortete er kleinlaut.

Ich drohte fast vor Wut zu platzen, als ich diese unverschämte Antwort hörte. Etwas dazwischen gekommen. Eine derart dreiste Lüge hatte ich ja noch nie gehört, na warte Bürschen, das wirst du noch bereuen.

»So, und was war das auf der Pont Neuf vor einer Stunde? War sie das wichtige Ereignis. Wie sehr du dir ein Rendezvous mit mir gewünscht hast, hast du mir ja vor einer Stunde mit dieser bühnenreifen Aufführung bewiesen, und übrigens«, fügte ich mit einem sarkastischen Unterton hinzu: »Das, mon ami, sagen alle, die bei solchen Eskapaden erwischt worden sind, also lass dir gefälligst eine andere Ausrede einfallen.

»Au revoir, Monsieur menteur.« Ich drückte auf die rote Taste meines Telefons und steckte es, mit einem Gefühl des Triumphes, zurück in meine Handtasche. Es hatte mir gutgetan, dieser Canaille mal richtig die Meinung zu sagen. Als Josephine mir den bestellten Café au lait und das Croissant servierte, war ich wie verwandelt. Ich lächelte, als hätte ich gerade eine ausgiebige Seelenwäsche hinter mir, und genau so fühlte ich mich auch. Befreit von dem Schmutz, den andere auf mich geworfen hatten. Ich hatte seine Hilflosigkeit gespürt und das schlechte Gewissen hatte ihn anscheinend so sehr geplagt, dass er jede von meinen Antworten widerspruchlos hinnahm. So wurde aus einer anfänglichen Niederlage ein überlegener Triumph meiner Souveränität und das tat mir unglaublich gut.

Der Abend war nicht gerade das, was man als gelungen bezeichnen konnte. Ich saß im Wohnzimmer, heulte vor Wut und fluchte was mein von Schmerz gepeinigter Körper hergab. Petit Fleur saß auf meinem Schoß, schaute mich, immer, wenn sie wieder einen Schluchzer hörte, mit traurigen Augen an und verkroch sich noch tiefer in meinen Armen, so, als wollte sie sagen: »Ich bleib bei dir und wenn es für ewig ist.«

Zum Glück war Mama an diesem Abend nicht daheim, sie war mit zwei Freundinnen in die Oper gegangen, ich glaube es wurde Rigoletto von Giuseppe Verdi gegeben, übrigens Mamas Lieblingskomponist, den ich zwar kannte, aber für klassische Musik konnte ich mich noch nie erwärmen und somit war Giuseppe Verdi keiner, der mich vor Begeisterung jubeln ließ. Aber wie sagt man so schön, jedem das Seine. Im Anschluss wollten sie noch etwas essen gehen. Das war mir unter diesen Umständen natürlich ganz recht, denn so konnte ich nach Herzenslust heulen und die unflätigsten Worte benutzen, ohne dass sie es hörte.

6. Kapitel

Alain, der seit der unfreiwilligen Begegnung mit mir ständig mit einem schlechten Gewissen herumrannte, ging am nächsten Morgen in den kleinen Blumenladen in der Rue de Grenelle. Hier waren die Blumen zwar teurer als in anderen Arrondissements, weil in dieser Straße die ältesten Adelsfamilien und viele Neureiche von Paris wohnten und diese Tatsache hatte bekanntlich, in jeder Stadt, unauslöschliche Spuren hinterlassen. Finanziell zumindest.

Er hatte sich den Ratschlag seines Freundes Vincent Briac zu Herzen genommen: »Man kann bei Frauen viel verkehrt machen, aber wenn du ihnen Blumen mitbringst, schmelzen sie dahin wie Eis in der Sonne.« Er musste es schließlich wissen, denn er war ein bekannter Pariser Seelendoktor und ein absoluter Frauenversteher, was ihnen jede Frau bestätigen kann, die jemals seine Dienste in Anspruch genommen hat. Auch sein Freund Maurice gab ihm denselben Rat, obwohl Alain wusste, dass er bereits viermal verheiratet war und dieser Ratschlag nicht gerade in sehr glaubwürdigem Licht erschien. Aber einen Versuch wert war es allemal.

»Bon, das ist eine wunderbare Idee«, dachte er und betrat den Laden. Er blieb einen Augenblick stehen und sog die frische feuchte Luft ein, die nach allerlei wohlriechenden Frühlingsdüften roch.

Vasen mit rosa und blauen Hortensien, frisch geschnittene Rosen in allen Farben, zarte Ranunkeln in verschiedenen Pastellfarben, blaue Vergissmeinnicht und langstielige Tulpen waren dekorativ auf Holzgestellen an den Seitenwänden aufgereiht und gaben dem Raum etwas Liebliches, etwas Frühlingshaftes.

Hinter einem weiß gestrichenen Tisch stand eine nette dunkelhaarige Frau, die ihn mit einem fröhlichen: »Bonjour Monsieur, was darf es sein?«, begrüßte. Alain stand etwas unschlüssig im Laden umher. Als er sich nach einer geraumen Zeit noch immer nicht entscheiden konnte, wandte er sich hilfesuchend der Fleuristin zu, die geduldig hinter dem weißen Tisch stand und darauf wartete, dass er ihr endlich seine Wünsche mitteilte.

»Madame, bitte helfen Sie mir«, stotterte er verlegen. »Stellen Sie mir doch einen Strauß für eine junge Dame zusammen, so als kleine Wiedergutmachung für ein Versäumnis, verstehen Sie?«

Sie nickte verständnisvoll: »Darf ich raten, Sie haben ein Rendezvous versäumt, stimmt's?« Alain nickte zustimmend.

»Na, dann werde ich Ihnen mal einen besonders schönen Strauß stecken, damit Sie Ihre Herzdame wieder versöhnen.« Sie lächelte, ging zu den Vasen und Kübeln, nahm hier eine Rose, ergriff dort den Stil einer üppig gewachsen Hortensie und kam kurze Zeit darauf, mit einem Arm voll bunter Blütenpracht zurück, steckte sie zusammen und hielt zu Alains großer Überraschung kurze Zeit darauf einen Blumenstrauß in der Hand, der ihn zu Beifallsstürmen hinriss.

»Chapeau, Madame, ein wirkliches Kunstwerk, vielen Dank.« Er bezahlte und ging mit beschwingten Schritten über die Pont Neuf, bog dann in die Rue Bonaparte ein, um kurze Zeit darauf Amélies Bistro zu betreten. Genau um diese Zeit war ich auf der Heimfahrt vom Markt, wo ich bei Jacques den Vorrat für die nächsten Tage eingekauft hatte.

Was allerdings in meiner Abwesenheit in unserem Bistro vor sich ging, wusste ich in diesem Augenblick noch nichts. Hätte ich es allerdings gewusst, hätte ich wahrscheinlich eine längere Stadtrundfahrt durch Paris gemacht. Mama hatte mich in der Zwischenzeit im Bistro vertreten. Als ich zurück kam, war das Bistro ziemlich gefüllt, alle Plätze waren besetzt und ich wunderte mich doch ein wenig, dass am frühen Morgen schon so viel Betrieb war. »Sehr ungewöhnlich«, dachte ich, als ich mich umschaute. Wie ich feststellte, war das Bistro fest in japanischer Hand. Ungefähr drei Dutzend junge Japanerinnen saßen wild gestikulierend an den Tischen und schnatterten hemmungslos durcheinander, allerdings in einer Sprache, die ich nicht verstand. Ich hatte bei meiner Ankunft nicht bemerkt, dass ungefähr hundert Meter von uns entfernt ein riesiger Reisebus stand, an dessen Front ein kleiner Japaner lehnte und genüsslich eine Zigarette rauchte. Als mein Blick auf den Tisch fiel, an dem eine Woche zuvor Alain mit seiner Tante Charlotte gesessen hatte, stockte mir der Atem. Da saß doch tatsächlich Alain mit dieser Blondine und beide schauten neugierig zu mir herüber. Ohne sie eines Blickes zu würdigen, ging ich in die Küche, in der Mama einige Bestellungen unserer Gäste vorbereitete. »Mama, was will dieser Kerl hier?«, fragte ich sie und bekam vor Wut einen hochroten Kopf.

»Cherie, er ist ein Gast wie jeder andere, was hast du gegen ihn? Er hat dir doch nichts getan.«

»Er hat mir nichts getan? Es ist der Typ, mit dem ich verabredet war und der mich mit dieser Blondine, die da neben ihm sitzt, hintergangen hat. Findest du nicht, dass dies reicht, um wütend zu sein?«

»Das wusste ich nicht«, erwiderte Mama schuldbewusst. »Es tut mir sehr leid für dich.« Ich spürte, wie Tränen der Enttäuschung in mir aufstiegen. Ich lehnte mich hilfesuchend an ihre Schulter. Sie strich mir über die Haare, küsste mich auf die Stirn, wie sie es immer getan hatte, als ich noch ein Kind war und Kummer hatte.

»Du wirst jetzt hinausgehen und ihn zur Rede stellen, vielleicht ist es ja ganz harmlos gewesen.« »Mama, das werde ich nicht tun«, erwiderte ich trotzig, »was ich gesehen habe, habe ich gesehen.«

Aber so schnell gab Mama nicht auf, sie weigerte sich, die beiden Gäste zu bedienen, und forderte mich auf, dies zu tun.

»Wie lange sollen die beiden denn noch auf ihre Bestellung warten, nun mach schon und bring die Sachen an ihren Tisch.« Widerwillig nahm ich das Tablett, auf dem zwei Café Crème und ein Teller mit Croissants und Butter standen. Vor ihrem Tisch blieb ich stehen und schaute in zwei lächelnde Gesichter. »Was sollte das jetzt?«, schoss es mir durch den Kopf. Wollen die mich hier auf den Arm nehmen?

»Salut Amelié!«, rief mir Alain zu und er machte dabei ein Gesicht, als wäre er Weltmeister im Dauergrinsen geworden. »Darf ich dir meine Schwester Denise vorstellen? Sie ist Korrespondentin bei Le Monde in London und gestern hier angekommen, um mich zu besuchen.«

Mir fiel fast vor Schreck das Tablett aus der Hand. Denise schaute zu mir auf, erhob sich dann und begrüßte mich mit einer herzlichen Umarmung.

»Bonjour Amélie, es tut mir sehr leid, dass ich Ihnen gestern Alain weggenommen habe, aber ich muss morgen früh wieder nach London zurück und ich habe ihn lange nicht gesehen. Ich hoffe, Sie verzeihen mir.«

Alain hatte uns die ganze Zeit wortlos zugehört und mich angesehen. Plötzlich spürte ich, wie seine Hand die meine ergriff und sie nicht mehr losließ.

»Wir sprechen später«, flüsterte er mir zu und schaute mich bittend an, ihm doch zu verzeihen.

Mir fiel ein Stein vom Herzen, als ich hörte, wie harmlos diese ganze Geschichte war. Mama hatte doch recht, diese kluge alte Dame, die lächelnd hinter der Theke stand und zu uns herüber schaute. Alain stand auf und zauberte aus einer Ecke des Bistros einen wunderschönen Blumenstrauß hervor, den er dort versteckt hatte, kam auf mich zu und gab mir einen Kuss auf die Wange.

»Für dich, Amélie, für die Unannehmlichkeiten und den Ärger, den du mit uns hattest.« Ich war sprachlos, musste diese unerwartete Überraschung erst einmal verkraften, nahm den Blumenstrauß und ging in die Küche, um sie dort abzustellen. Mama stand da, hatte die Hände über ihrem Bauch gefaltet und schaute mich triumphierend an.

»Also doch harmloser als du gedacht hast, mein Schatz, es wird alles nicht so heiß gegessen ... na du weißt schon.«

»Wie es gekocht wird«, vollendete ich lachend den Satz und fiel ihr freudestrahlend um den Hals. »Mama, ich bin sehr glücklich.«

Mein Blick fiel auf Petit Fleurs Kuschelkörbchen. Da lagen diese beiden Hundedamen friedlich schlummernd und hatten alles um sich herum vergessen.

»Nun geh schon raus und setz dich zu ihnen, ihr habt doch sicherlich einiges zu besprechen.«

»Ja Mama, ich gehe gleich, aber zuerst muss ich noch mit Conny telefonieren.« In diesem Moment war mir eingefallen, dass auch sie bei »Le Monde« arbeitet und eigentlich müsste sie Denise Dupont kennen, auch wenn sie in London arbeitet.

Ich wählte ihre Nummer und nach wenigen Sekunden war Conny am Apparat.

»Hallo Cherie, wie geht es dir, ich hoffe, dass dein Liebster endlich bei dir ist.« Sie lachte.

»Ja er ist da, sitzt hier in unserem Bistro und seine Begleiterin ist angeblich seine Schwester.«

»Höre ich da etwa Misstrauen in deinen Worten, los komm raus damit.« Man konnte förmlich hören, wie groß ihr Interesse war, endlich zu erfahren, was geschehen war.

»Conny«, fuhr ich fort, kennst du eine Denise Dupont, sie soll bei »Le Monde« in London als Korrespondentin arbeiten.«

Einen Augenblick war Stille. Ungeduldig wartete ich auf Connys Antwort.

»Ja, ich glaube ich kenne sie. Ist das so eine große Blonde?«

»Ja, das ist sie«, erwiderte ich und spürte, wie meine Unsicherheit verschwand und sich stattdessen Freude und Zuversicht in meinem Innern ausbreiteten.

»Conny, Liebes, ich danke dir, du bist ein Schatz.«

»Cherie, wofür dankst du mir? Hauptsache ist doch, dass du wieder glücklich bist.«

Ich legte den Hörer auf, jetzt war endlich alles geklärt. Alain war kein Betrüger, Denise war seine leibliche Schwester und nicht, wie ich eine Zeit lang vermutete, seine heimliche Geliebte. Der einzige Vorwurf, den ich ihm machte war, dass er mich gestern so schmählich im Stich gelassen hatte, aber das musste ich ihm wohl verzeihen, schon seiner Schwester Denise zuliebe. Nun war ich bereit, mich zu ihm an den Tisch zu setzen und mit ihm zu sprechen. Denise und Alain Dupont saßen immer noch an dem Tisch, hatten in der Zwischenzeit wohl schon den dritten Café Crème getrunken und warteten geduldig, dass ich mich endlich an ihren Tisch setzte. Als ich auf sie zuging, stand Denise auf und kam lächelnd auf mich zu.

»Er wartet schon sehnsüchtig auf dich. Ich wünsche dir viel Glück. Ich gehe inzwischen in die Stadt, habe noch etwas zu erledigen.« Mit einem Augenzwinkern drückte sie meine Hand und verschwand.

Mit klopfendem Herzen ging ich an seinen Tisch und setzte mich zu ihm. Wieder ergriff er meine Hand und schaute mich an.

»Amélie, es tut mir sehr leid, dass ich gestern nicht zu unserem Rendezvous gekommen bin, aber meine Schwester hat mich ganz überraschend besucht und ich habe sie so lange nicht gesehen, versteh mich bitte, dass ich mich für sie entschieden habe.«

»Alain, hör auf, mir irgendwelche Geschichten zu erzählen, ich bin die ganze Zeit in der Stadt herumgerannt und habe auf dich gewartet und dann habe ich dich mit dieser Frau gesehen. Kannst du dir vorstellen, wie ich mich gefühlt habe?«

»Aber es war doch meine Schwester und nicht irgendeine Frau«, erwiderte er mit einem reumütigen Ausdruck im Gesicht.

»Ja und?«, erwiderte ich wütend. »Woher sollte ich wissen, dass es deine Schwester ist, sag es mir. Du hättest mich wenigstens anrufen können.«

»Hab ich doch getan, aber ich habe dich nicht erreicht. Deine Mama war am Telefon und hat mir deine Mobilnummer gegeben, und du hast mich, als ich dich anrief, behandelt, als wäre ich ein Lügner. Ich kam ja nicht dazu, dir alles zu erklären. Erinnerst du dich noch?«

»So eine verdammte Scheiße, ich hab's vermasselt«, schoss es mir durch den Kopf, »hätte ich ihm wenigstens einen Augenblick zugehört, hätte sich alles aufgeklärt. Du bist eine dumme Gans meine Liebe und hast es nicht andern verdient.«

Ich schaute ihn an, stand auf, stellte mich neben ihn und küsste ihn mit einer Leidenschaft, die sogar mich überraschte. Wie auf Kommando starrten die Gäste zu uns herüber. Sie hatten bemerkt, dass sich an unserem Tisch etwas ganz Besonderes tat. Eine neue Liebe war geboren und das war in dieser Stadt immer etwas ganz Besonderes. »C'est la vie, c'est l'amour«, tönte es zu uns herüber und alle klatschten vor Begeisterung.

Mein Gott, war mir das peinlich. Ich bekam einen knallroten Kopf und hustete verlegen. Alain hingegen lehnte sich in seinem Stuhl zurück und genoss es mit einem triumphierenden Lächeln im Gesicht.

»Komm küss mich noch einmal, es war wunderbar«, foppte er mich und sein Gesicht hatte den Ausdruck eines jugendlichen Liebhabers, der zum ersten Mal von einer Frau geküsst wurde. Was ja eigentlich die ganze Situation völlig auf den Kopf stellte, denn er war bestimmt zehn Jahre älter als ich, so grob geschätzt, denn sein wahres Alter hatte er mir noch nicht verraten, dafür war auch die Zeit des Kennenlernens viel zu kurz.

»Hör jetzt endlich auf damit«, zischte ich ungehalten, sprang auf und verschwand mit gesenktem Kopf in die Küche. Mama stand da und amüsierte sich köstlich, wie blöd ich mich angestellt hatte.

»Ich weiß Mama, es ist nicht optimal gelaufen«, gab ich zähneknirschend zu. »Nicht optimal gelaufen?« Sie bekam fast einen Lachkrampf, »Das war gar nichts, Cherie, das kannst du besser.« Sie ging an den Schrank, in dem die Champagnergläser standen, zählte die Gäste, die sich noch im Bistro befanden, zauberte vier Flaschen Champagner aus dem Kühlschrank und ging mit dem Tablett zu jedem einzelnen der verbliebenen Gäste. »Champagner für alle«, rief sie fröhlich, »es lebe das Liebespaar.«

Als der letzte Gast gegangen war, stand Alain auf, verabschiedete sich mit einem eleganten Handkuss von Mama: »Merci, Madame, es war schön bei Ihnen.« Er blieb vor mir stehen und nahm mich in die Arme.

»Was hältst du davon, wenn du mich morgen besuchen kommst? Dann kann ich dir auch mein Atelier zeigen, damit du weißt, was ich den ganzen Tag so treibe. Sagen wir um drei Uhr?«

Freudestrahlend sagte ich zu. Jeder, der einmal verliebt war, wird sich erinnern, wie aufregend die Nacht vor dem ersten Rendezvous war. Ich war so aufgeregt, dass ich die ganze Nacht wach lag, mich hin und her wälzte, zwischendurch in eine Art Halbschlaf fiel, in dem sich die wildesten Szenarien abspielten. Gott sei Dank konnte ich mich am nächsten Morgen nicht mehr daran erinnern, was für meine seelische Verfassung sicherlich nicht das Schlechteste war. Um halb drei machte ich mich auf den Weg, hatte natürlich zuvor noch geduscht, mich geschminkt, meine Haare gewaschen und geföhnt und eine Sünde von Kleid angezogen. Als krönenden Abschluss sprühte ich mich noch mit einem verführerischen Parfüm ein, genau an den Stellen, an denen er rumschnuppern würde. Mama wünschte mir viel Glück und dann zog ich von dannen und hatte das Gefühl, ich war auf dem Weg zum Schafott, allerdings war dies nur symbolisch, denn meinen Kopf hatte ich schon längst verloren und mein Herz dazu.

7. Kapitel

Ich ging die Rue de Lille entlang und suchte nach dem Haus mit der Nummer 78. Vor einem reich verzierten Tor aus Schmiedeeisen kam ich an und schaute verdutzt auf das Schild, das an einen weißen Mauervorsprung montiert war.

Auf dem oberen Schild war der Name eines Arztes eingraviert: »Louis Joseph Seutin, Médecin et Chirurgien« las ich dort.

Darunter stand zu meinem Erstaunen der Name einer Person, die mir sehr wohl bekannt war: »Alain Dupont, Peintre et propriétaire d'une galerie d'art«.

Neugierig schaute ich durch das Tor und sah im Hintergrund einen mit Blumen und exotischen Pflanzen ausgestatteten Innenhof, eingegrenzt von einem, im rechten Winkel angeordneten, Herrenhaus im klassizistischen Stil.

»Nobel, nobel«, dachte ich, »von wegen armer Künstler und Hungerleider.« Da nahm sich meine kleine 3-Zimmer-Wohnung in der Rue Bonaparte eher bescheiden aus. Ich stand vor dem Tor, starrte neugierig in den Innenhof, aber es rührte sich nichts. Eine alte Dame kam die Straße hinunter. Ihr Hund lief vor ihr und kam direkt auf mich zu, blieb vor mir stehen und schnupperte an meinen Schuhen herum. Es war eine zottige Promenadenmischung, die da vor mir stand und sich alle Mühe gab, meine Schuhe abzulecken. Ich wich einen Schritt zurück und starrte verwundert auf die Dame, die jetzt direkt neben mir stand.

»Haben Sie auch einen Hund?«, fragte sie neugierig und schaute mich dabei wissend an. »Ja, ich habe auch einen Hund«, erwiderte ich und begriff noch immer nicht, was sie von mir wollte.

»Siehst du«, sie beugte sich zu ihrem Hund hinunter, »ich hab dir doch versprochen, dass wir ein Frauchen für dich finden.« Ich musste ein ziemlich dummes Gesicht gemacht haben, denn die alte Dame schaute mich verständnislos an.

»Hören Sie Kindchen, mein »Filou« ist gerade auf Brautschau, wissen Sie und hat wohl bei Ihnen die Witterung einer Hündin aufgenommen. Das heißt, dass er ganz scharf auf sie ist.«

Ihre Augen funkelten und ein frivoles Lächeln umspielte ihren Mund. Der Schreck stand mir ins Gesicht geschrieben. Wenn ich daran dachte, dass diese Promenadenmischung und meine Petit Fleur ... um Gottes willen, nein, das war eine Horrorvorstellung, die mir fast die Sinne raubte. Als die alte Dame mir dann noch den Vorschlag machte, dass wir uns ja mal treffen könnten, damit die beiden sich besser kennenlernen, war ich mit meiner Geduld am Ende.

»Madame, ich möchte das nicht, verstehen Sie das nicht?« Dabei musste ich ihr wohl einen recht wütenden Blick zugeworfen haben, denn sie war zutiefst beleidigt, das spürte ich sofort, aber das war mir in diesem Moment völlig egal. Ich wollte meine Petit Fleur um jeden Preis vor dieser Frau schützen, die nur die Absicht hatte, meine Süße mit diesem sexsüchtigen Ungeheuer zu verkuppeln.

»Sie müssen entschuldigen«, sagte ich, immer noch ein wenig ungehalten, »ich werde erwartet.«

Wir standen noch einige Augenblicke vor dem Tor zu Alains Haus, als der Summer am Tor zum ich-weiß-nicht-wievielten Male seine Bereitschaft signalisierte, mich einzulassen.

»Au revoir, Madame, ich wünsche Ihnen noch einen schönen Tag.« Ich spürte, dass sie enttäuscht war, weil ich nicht auf ihren Vorschlag eingegangen war, denn sie hätte noch gerne mit mir ein wenig geplaudert und vor allem hätte sie ihren Filou zu gerne mit meiner süßen Petit Fleur verkuppelt. Ich weiß nicht warum, aber in diesem Moment musste ich an das Musical »La belle et la bête« (Die Schöne und das Biest) denken, das ich unlängst mit meiner Freundin Conny gesehen hatte.

Mit einem traurigen Blick schaute sie mich an: »Komm Filou, die Dame hat keine Lust mit uns zu plaudern.« Dann ging sie davon, drehte sich noch einmal zu mir um und rief mir etwas zu, was ich aber zum Glück nicht verstand. Filou, diese recht ausgefallende Mischung aus Briard und Bichon Frisé, schlich noch ein paar Mal um mich herum, hob dann unverschämterweise ein Bein und pinkelte mir doch tatsächlich auf die Schuhe. War es Rache oder wollte er mir damit zeigen, dass Petit Fleur seine neue Eroberung war?

Erst als die Dame mit ihrem Spazierstock auf das Pflaster des Gehwegs schlug, ließ er von mir ab und lief schuldbewusst hinter seinem Frauchen her. Ich klingelte erneut, drückte aber wohl aus Versehen auf den falschen Knopf. Augenblicke später ertönte ein leises Summen und eine Männerstimme rief mir aus der Sprechanlage in einem nicht gerade freundlichen Ton zu: »Nun kommen Sie doch endlich rein. Verdammt noch mal, was wollen Sie?«

Ich nannte meinen Namen: »Amélie Colbert. Ich möchte zu Monsieur Dupont.«

»Ich kenne weder eine Amélie Dingsbums noch einen Monsieur Dupont und nun lassen Sie mich in Ruhe«, log er frech, denn Alain kannte er mit Sicherheit, wohnten sie doch Tür an Tür. Dann knackte es laut und vernehmlich in der Leitung und das Gespräch war beendet. Ich war ziemlich aufgeregt, als ich mit weichen Knien durch den Innenhof ging. Plötzlich öffnete sich die Tür des Nebenhauses und ein gemütlich aussehender älterer Herr, in einem weißen Kittel, stellte sich mir in den Weg. »Das wird bestimmt dieser ausgesprochen witzige Docteur sein, der mich noch vor wenigen Augenblicken Amélie Dingsbums genannt hatte.

»Guten Tag Docteur«, grüßte ich ihn freundlich. Er schaute mich prüfend an: »Sind Sie nicht diese junge Dame, die vorhin hier geschellt hat?«

»Ja, das bin ich«, erwiderte ich wahrheitsgemäß. Wieder musterte er mich und hatte anscheinend Gefallen an mir gefunden. Sein Blick klebte an mir wie ein Heftpflaster auf nackter Haut. Er schob seine Brille auf seine Nasenspitze, um besser sehen zu können, und schaute eben dahin, wo Männer so hinschauen, wenn sie die Anatomie einer Frau betrachten. Das tun sie alle, denn das ist keine Frage des Alters.

»Sie sind aber eine ausgesprochen hübsche Person, wollen Sie zu mir?«, scherzte er. Mir gefiel die Art, wie er mit mir flirtete und seine Komplimente hatten ein gewisses Niveau, nicht so eine plumpe Anmache, wie es viele junge Männer heutzutage tun. Eine Frau will umworben werden, diskret und mit der nötigen Distanz, das ist es, was einer Frau gefällt und ich muss ganz ehrlich zugeben, obwohl er schon ein älterer Herr war, hatte mir das, was er sagte, sehr geschmeichelt.

Ich schaute immer wieder zu der Eingangstür hinüber und ich hoffte, dass jeden Augenblick die Tür aufging und Alain in seiner ganzen Pracht vor mir stand. Aber nichts geschah, er war anscheinend nicht zu Hause. Ich schellte erneut, aber zu meinem Erstaunen blieb die Tür verschlossen.

Mit einem prüfenden Blick schaute ich auf meine Uhr. War ich zu früh? Aber nein, es war kurz vor 15.00 Uhr und wir waren, soweit ich mich erinnerte, um diese Zeit verabredet. Hatte Alain vergessen, dass wir ein Rendezvous hatten? Einer Panik nahe, stellte ich meine Tasche auf einen Tisch, der sich neben dem Eingang befand, und setzte mich auf den daneben stehenden Stuhl ... und wartete. Tränen der Enttäuschung stiegen mir in die Augen. Plötzlich spürte ich, wie eine Hand meine Schulter berührte. Erschreckt fuhr ich zusammen und drehte mich um. Es war Alain.

»Ich habe auf dich gewartet, wo warst du?«, fragte ich und schaute ihn dabei mit einem vorwurfsvollen Gesicht an. »Ich hatte noch zu tun«, antwortete er und ich spürte die Unsicherheit in seiner Stimme. »Was war hier los?«, schoss es mir durch den Kopf.

Ich schaute ihn an. »Willst du mich nicht reinbitten, oder soll ich vor der Tür stehen bleiben?«

Ich sah, wie sich kleine Schweißperlen auf seiner Stirn bildeten. Immer wieder fasste er mit seinem Zeigefinger an seine Nase. Er suchte schon die ganze Zeit nach einer Ausrede, wie er mich abwimmeln konnte, das war mir klar, denn irgendetwas passte hier nicht zusammen. Ich werde so lange vor seiner Tür stehen bleiben, bis ich sein Geheimnis gelüftet hatte. Das fehlte mir noch, dass ich hier freiwillig das Feld räume.

Er schaute mich an, räusperte sich verlegen, und fasste sich, ich weiß nicht zum wievielten Male, an die Nase. Ich hatte mal irgendwo gelesen, dass Menschen, die sich während eines Gesprächs ständig an die Nase fassten, lügen würden und er, dieser Alain, besaß doch tatsächliche die Frechheit, mir irgendwelche Geschichten von einem nicht aufgeräumten Haus und chaotischen Zuständen in seiner Küche zu erzählen, und er könne mir diesen peinlichen Anblick seiner Unordnung nicht zumuten. Nun gibt es ja meiner Meinung nach zwei Arten von Lügen, die gemeinen und die barmherzigen, wobei ich Alains Lüge in die Kategorie *barmherzig* einordnen würde.

Ob nun gemein oder barmherzig: »Ich glaube dir kein Wort, mein lieber Alain.« Und dann sah ich die *unaufgeräumte Wohnung*, die splitternackt durch das Wohnzimmer lief und hastig im angrenzenden Badezimmer verschwand.

Verwundert rieb ich mir die Augen: »Ich kann nicht sehen, dass dein Haus unaufgeräumt ist, aber was ich sehen konnte, war eine nackte Frau, die blitzschnell im Bad verschwunden ist. Was hat das zu bedeuten Alain?«

»Und lass den Spruch ‚Es ist nicht so wie du denkst'. Es ist bestimmt so, wie ich denke.«

Ich war so wütend, dass ich ihn in diesem Moment zum Teufel wünschte, aber er kam auf mich zu und stellte sich vor mich. Wieder sah ich in die Tiefe dieser wundervollen braunen Augen, in die ich schon am heutigen Morgen geschaut hatte und die mich so magisch anzogen.

»Amélie hör mir bitte zu, es ist eine junge Studentin, die für mich Model gesessen hat, du musst mir einfach glauben.«

»Dir glauben, ich wüsste nicht, warum ich das tun sollte.«

Es vergingen einige Minuten, als sich die Tür des Badezimmers öffnete, eine junge Frau herauskam und auf Alain zuging.

»Was bekommen sie, Claudine?« Sie schaute ihn an und lächelte: »Wie immer, Monsieur.« Sie bedankte sich, als er ihr einen 50-Euro-Schein in die Hand gab, und verließ das Haus. Ich schaute ihr nach. Ein hübsches junges Ding war sie allemal und in meinem Innern hatte ich fast Verständnis dafür, dass ein Mann bei diesem Anblick auf dumme Gedanken kommen konnte.

»Es ist, und da wird mir jede Frau zustimmen, eine sehr zweideutige Situation«, schoss es mir durch den Kopf. »Hatte er sie nun für irgendwelche Liebesdienste bezahlt oder war sie tatsächlich *nur* sein Model, das er gezeichnet hatte?«

»Warte nur, mein lieber Alain, ich werde dir schon auf die Schliche kommen und solltest du mich belogen haben, kannst du was erleben, das schwöre ich dir«, dachte ich.

»Willst du nicht reinkommen?«, fragte Alain und verzog keine Miene. Nachdem er den ersten Schreck überwunden hatte, war er wieder der Alte. Souverän und liebenswürdig. Anscheinend war ihm wohl der Schreck in die Glieder gefahren, als ich diese kleine Nackte durch den Raum hüpfen sah. Nun gut, was sollte ich auch anderes denken, als dass er mit ihr geschlafen hatte, sofern man das, was sie gemacht hatten, als schlafen bezeichnen konnte. Was mich allerdings wunderte, war, dass er mir zur Begrüßung völlig bekleidet gegenüber trat. Keine verräterischen Spuren an seiner Kleidung, kein Lippenstift am Kragen seines blütenweißen Hemdes. Er trug sogar noch seine Schuhe. Sein Oberhemd befand sich noch immer in seiner Hose, also nichts, was darauf hindeutete, dass sie Sex miteinander hatten. Diese Erkenntnis war schon mal sehr beruhigend und bewog mich, nach kurzem Zögern einzutreten und ihm ins Atelier zu folgen.

An den Wänden hingen die schönsten Bilder, die ich je gesehen hatte. Sie mussten ein Vermögen wert sein. Obwohl ich in der Kunst nicht so bewandert bin, entdeckte ich doch einige, die mir bekannt vorkamen. Als erstes Bild seiner Galerie erkannte ich ein wundervolles Gemälde von Kandinsky, das mich durch seine märchenhafte Bildkomposition förmlich zum Träumen einlud. Bilder von Paul Gauguin, Andy Warhol, Pablo Picasso und Georges Braque, zogen mich derart in den Bann, dass ich alles um mich herum vergaß und wie fasziniert auf diese außergewöhnlichen Kunstwerke starrte. An die Atelierwand gelehnt, standen drei wundervolle Gemälde, die eigentlich nur von Alain stammen konnten. Sie standen dort still und geduldig und warteten auf ihre Vollendung. So langsam wurde mir klar, welchen Wert diese Meisterwerke hatten.

Ich lächelte still vor mich hin, als ich zum ersten Mal ernsthaft darüber nachdachte. Und ich hatte in meiner Naivität geglaubt, dass er ein mittelloser Hungerleider war, der Tag für Tag um seinem Lebensunterhalt kämpfen musste.

Alain stand die ganze Zeit schweigend neben mir und schaute mir mit einem Lächeln zu, wie ich, träumerisch versunken, die Gemälde betrachtete.

Auf einem Holztisch, der in der Mitte des Raumes stand, entdeckte ich eine Anzahl von Aktzeichnungen junger Frauen, die, wie achtlos hingeworfen, auf dem Tisch lagen und augenblicklich meine Neugier weckten. All die Dinge, die ich hier sah, hatten mich so beeindruckt, dass ich ihm einfach glauben musste, dass die Nackte, die ich zuvor gesehen hatte, tatsächlich nur ein Model war, das er gezeichnet hatte.

»Es ist wunderschön hier. Sind das alles deine Bilder?«

»Ja, das sind meine Kunstwerke, sogar die, die an der Wand stehen und noch nicht fertig sind«, erwiderte er lächelnd und konnte einen gewissen Stolz nicht verbergen.

»Hast du das Model von eben auch gezeichnet? Bitte zeig' es mir.«

Er ging mit mir zu der Staffelei, die mitten im Atelier stand. Und da sah ich sie. Ein hübsches nacktes

Ding von schätzungsweise zwanzig Jahren, die sich lasziv auf einem, mit einer Decke verhangenem, Sofa rekelte. Völlig natürlich und ohne jegliche verführerische Verrenkung lag sie da, und hatte trotz ihrer Natürlichkeit eine unschuldig erotische Ausstrahlung. Er hatte sie tatsächlich gezeichnet und ich war fasziniert von seiner Zeichentechnik und von seiner Begabung, sie mit wenigen Strichen zum Leben zu erwecken. »An einigen Stellen muss ich zwar noch nachbessern, aber ansonsten bin ich ganz zufrieden«, sagte er in einem Anflug von Bescheidenheit, die ihm aber sehr gut zu Gesicht stand, wie ich fand.

»Alain, es gibt nichts zu verbessern, es ist alles perfekt«, erwiderte ich bewundernd und in diesem Moment meinte ich es wirklich ehrlich.

Ich wäre aber keine Frau gewesen, wenn ich nicht auch noch nach so banalen Dingen wie: »Kanntest du die Frauen auf den Bildern alle persönlich, ich meine, hattest du was mit ihnen?«, gefragt hätte. Ich zeigte in Richtung der Aktbilder.

Erstaunt schaute er mich an. »Du meinst, ob ich mit ihnen geschlafen habe?« Er lachte schallend und sah mich mit einem ungläubigen Blick an. »Traust du mir das wirklich zu?«

»Hm, vielleicht«, antwortete ich ausweichend und spürte, wie ich einen knallroten Kopf bekam.

»Ich habe mal gelesen, dass Salvador Dalí eine Muse hatte«, bohrte ich weiter. »Kannst du mir erklären, was der Unterschied ist?«

Er grinste: »Weißt du, Salvador Dalí war ein Schwerenöter und hatte eines seiner Models zu seiner Muse auserkoren.«

»Hat er auch mit ihr geschlafen?«, war meine nächste Frage.

»Davon kannst du ausgehen«, erwiderte er mit einem süffisanten Unterton, »denn ihm war die Seelenverwandtschaft sehr wichtig und die konnte er nur herstellen, wenn sie eins waren. Du verstehst?«

»Ja, ich verstehe, aber was hat das eine mit dem anderen zu tun hat«, erwiderte ich ein wenig hilflos. Ich spürte, dass ihm meine Frage peinlich war, aber ich wollte es nun genau wissen, ob ihm das nun peinlich war oder nicht.

»Hattest du schon mal eine Muse? Komm raus damit, ich möchte es wissen.«

»Nein, diese Frauen waren nur Models, die ich gecastet hatte«, offenbarte er und schaute mich aus treuen Hundeaugen an.

»Wie lange brauchst du für solche Bilder?«, fragte ich interessiert und beobachtete ihn mit ganzer Aufmerksamkeit. Ich konnte in seinem Gesicht keine emotionale Regung erkennen und seine Aussage schien mir ziemlich ehrlich zu sein. Also beendete ich mein Verhör, das ihm ganz offensichtlich großes Vergnügen bereitete, denn er schmunzelte die ganze Zeit vor sich hin.

»Eine Stunde, wenn das Model gut ist«, antwortete er. Nachdem wir uns einen Moment lang nur in die Augen gesehen hatten, fragte ich ihn: » Würdest du mich auch auf diese Art zeichnen?« Diese Frage kam für ihn anscheinend ziemlich unerwartet. Wahrscheinlich hielt er mich für ein prüdes spießiges Mädchen, das ich keinesfalls war.

Aber als er meinen Gesichtsausdruck sah, der keinen Zweifel daran ließ, dass ich es ernst meinte, antwortete er: »Wenn du es wirklich willst, würde ich das sehr gerne tun.«

Ich weiß nicht mehr, was in mich gefahren war, aber ich war wild entschlossen, nackt vor ihm zu posieren. Da war er wieder, dieser unbedingte Wille eine Femme fatale zu sein, immer wieder hatte ich davon geträumt, mich irgendwann einmal auf ein solches erotisches Abenteuer einzulassen. Und jetzt war die Gelegenheit dazu und ich glaubte, ich würde es bitter bereuen, wenn ich mich nicht darauf einlassen würde. Als Alain meine vor Neugier funkelnden Augen sah, schmunzelte er: »Du kannst nach hinten gehen, um deine Kleider abzulegen und danach werde ich dich zeichnen.

Mit klopfendem Herzen ging ich in einen der hinteren Räume. Dort begann ich mich auszuziehen und plötzlich waren sie wieder da, diese verdammten Skrupel und die Angst, die Achtung vor mir selbst zu verlieren. »Was machte ich hier eigentlich? Ich entkleidete mich für einem noch völlig fremden Mann, der mich nackt zeichnen würde?«

»Bist du eigentlich von allen guten Geistern verlassen«, meldete sich mein Gewissen, wie kannst du dich splitterfasernackt einem Mann zeigen, und außerdem bist du gar nicht darauf eingerichtet.« »Bin ich nicht? Bin ich doch«, widersprach ich und fuhr unbeirrt fort, mich auszuziehen.

Als Letztes entledigte ich mich meines Höschens und betrachtete mich in dem Spiegel, der vor mir an der Wand hing. »Warum sollte ich eigentlich nicht?«, fragte ich mich, als ich mein Spiegelbild betrachtete. Schmale Hüften, lange schlanke Beine und knackige feste Brüste und ein strammer Hintern waren die durchaus sehenswerten Merkmale meines Körpers und warum sollte ich diese unter einem Baumwollpulli und in einer Jeans verstecken.

Ich gebe zu, dass ich etwas unbeholfen war, als ich im Evakostüm das Atelier betrat. Ich war nackt und mir war kalt, und ich fühlte mich in diesem Moment nicht besonders gut. Aber sollte ich jetzt einen Rückzieher machen, ohne dieses Gefühl der Genugtuung zu haben, von einem Künstler gezeichnet worden zu sein. Nein, das wollte ich nicht, immerhin war ich in Alain verknallt und hatte schon aufgrund dieser Tatsache einen Teil meiner Hemmungen abgelegt.

»Und danach? Was würde danach sein? Würden wir miteinander schlafen?« Diese Frage konnte ich mir nicht beantworten, ich wusste nur, dass ich nichts dagegen einzuwenden gehabt hätte. Alain hatte schon eine Leinwand aufgestellt und seine Arbeitsutensilien bereitgelegt. Es war kein Funken von Nervosität an ihm zu erkennen, während ich sehr aufgeregt war und eine innere Unruhe verspürte. Trotzdem fühlte ich mich wohl und sicher bei ihm. »Leg dich bitte auf das Sofa, da ist das beste Licht«, dirigierte er mich mit sanfter Stimme. Ich tat es und versuchte mich so graziös wie möglich auf dem Sofa zu platzieren. Ich hatte mich leicht zu ihm gedreht und mein rechtes Bein ausgestreckt, während ich das linke Bein leicht angewinkelt darüber gelegt hatte. So gelang es mir wenigstens, einen Teil meiner Blöße zu verdecken, denn ich hatte nicht die Absicht, ihm jetzt schon Teile meines Körpers zu zeigen, die ihn im Moment absolut nichts angingen. Die Arme hatte ich leicht angewinkelt neben meinem Kopf liegen, der leicht in Alains Richtung geneigt war.

»Ist es so okay?«, fragte ich etwas unsicher. »Ja, es ist wunderschön«, antwortete er und vertiefte sich nun völlig in seine Arbeit. Es sah sehr professionell aus, wie er so konzentriert zeichnete.

Ich hatte Zeit genug, ihn genau zu betrachten, und mir fielen Dinge auf, die ich vorher noch nie gesehen hatte. So hatte er zwei wunderschöne Grübchen, wenn er lachte, eine Reihe blütenweißer Zähne, die so ebenmäßig waren, dass ich ihn fast gefragt hätte, welcher Zahnarzt ihm diese Beißerchen verpasst hatte. Aber es passte alles zu ihm, er sah einfach gut aus, noch besser als ich ihn von gestern in Erinnerung hatte. Ich lag da, nackt auf dem Sofa, und träumte von diesem Mann und ich spürte, wie ich immer ruhiger wurde und meinen Körper, trotz Gänsehaut, eine wohlige Wärme durchflutete. Ich gab mich nun voll und ganz der Kunst hin, während ich meinem Traumkünstler zusah, wie er mit flinken Händen die Konturen meines Körpers auf das Papier zauberte.

Jede seiner fast schon grazilen Handbewegungen ließ erahnen, dass er sein Handwerk verstand, jeder Bleistiftstrich war genau an der Stelle, wo er hingehörte, und jedes Detail entsprach seiner künstlerischen Betrachtungsweise, keines meiner Körpermerkmale hatte er vergessen, sogar das Muttermal über meinem Bauchnabel zeichnete er mit einer bewundernswerten Hingabe. In diesem Moment hatte ich eine unglaubliche Hochachtung vor seinen künstlerischen Fähigkeiten. »Chapeau, Alain, ich bewundere dich«, dachte ich.

»Alain, es ist wunderschön geworden. Es ist das wohl beste Bild von mir.« Dabei schwindelte ich ein wenig, denn ich war noch nie ein Aktmodel, und Alain war der erste, der mich im nackten Zustand gezeichnet hatte.

»Bei einem so schönen Model kann man nicht viel falsch machen«, gab er mit einem charmanten Lächeln zurück.

»Model, mehr nicht?«, dachte ich und zog mich augenblicklich in meine Schmollecke zurück.

Ich war voller Erwartung und wartete die ganze Zeit darauf, dass er endlich über mich herfiel, aber nichts geschah. Er legte seine Zeichenstifte beiseite und ich trottete wie ein begossener Pudel in das Ankleidezimmer, zog mein Höschen an, zupfte mein T-Shirt zurecht und schlüpfte in meine viel zu enge Jeans, von der ich glaubte, dass ihn der Anblick meines strammen Hinterns in Rage bringen würde, aber weit gefehlt.

»Möchtest du auch einen Kaffee?«, rief Alain mir aus der Küche zu und als ich keine Antwort gab, schlich er zur Tür des Ankleidezimmers und öffnete sie. Zu sehen gab es hier allerdings nichts mehr, denn ich stand schon völlig angekleidet in der Mitte des Raumes. Erstaunt schaute ich ihn an.

»Ist irgendetwas?«, fragte ich und ich glaube, in diesem Moment klang meine Stimme nicht gerade sehr freundlich. Wo sollte meine gute Laune auch herkommen, er hatte in keiner Weise meine Erwartungen erfüllt und die Schmetterlinge in meinem Bauch hatten sich auch wieder schlafen gelegt.

»Ich wollte nur nach dir schauen, ob alles in Ordnung ist«, und aus seiner Stimme klang echte Besorgnis. »Was soll sein?, erwiderte ich barsch. »Ich stehe noch immer auf meinen zwei Beinen und einen Herzinfarkt habe ich auch nicht bekommen. Blödmann.«

»Möchtest du denn wenigstens einen Kaffee?«, fragte er erneut und als ich seine Frage bejahte, drehte er sich um und trollte sich zurück in seine Küche.

»Was ist mit diesem Kerl eigentlich los«?, schoss es mir durch den Kopf. »Bin ich so unattraktiv oder hat er Probleme mit Frauen?«

8. Kapitel

Niedergeschlagen und mit diesen trüben Gedanken im Kopf ging ich die Rue de Lille hinunter. Um ganz ehrlich zu sein, ich war traurig, sehr traurig sogar und gleichzeitig spürte ich, wie es in mir zu brodeln begann.

Sollte er doch glücklich werden mit seinen Models, für die er Geld bezahlte, nur um sie nackt zu sehen. Sollte er sich doch, wie dieser komische Dali, eine Muse suchen.

Ich spürte, wie meine Niedergeschlagenheit einer unbändigen Wut wich. Wie sich in mir alles gegen das Gefühl, mein Leben lang Single zu bleiben, sträubte. Meine Gefühle fuhren in diesem Moment Achterbahn, Hoffnungslosigkeit wechselte mit Zuversicht, Wut wechselte mit den absurdesten Gedanken, wie ich ihn zur Strecke bringen könnte. War es doch nur platonisch? Hatte er nur eine Freundin gesucht, die ihm bei Bedarf zur Seite stand? Oder steckte mehr dahinter? Plötzlich machte sich in meinem Innersten ein geradezu abscheulicher Verdacht breit.

Steckte vielleicht Tante Charlotte dahinter, der ich nicht gut genug war? Hatte sie vielleicht schon eine standesgemäße Frau für ihn ausgesucht? Während ich mit festen, schnellen Schritten die Straße hinunterging und leise vor mich hin schimpfte, malte ich mir aus, wie mir Tante Charlotte mit einem hinterhältigen Grinsen gegenübertrat und mich triumphierend angrinste.

»Kindchen, Sie sind für meinen Alain in keiner Weise standesgemäß, er hat etwas anderes verdient, als Sie armes Ding.«

Sie drehte sich um und ließ mich einfach in meiner grenzenlosen Hilflosigkeit stehen.

Dieser Gedanke hatte mich so aus dem Gleichgewicht gebracht, dass ich fast eine ältere Dame, die mir mit zwei Einkaufstaschen entgegenkam, über den Haufen rannte. Erschrocken blieb ich stehen und schaute sie anscheinend so geistesabwesend an, dass sie mich voller Mitleid fragte: »Ist Ihnen nicht gut, Mademoiselle?«

»Nein, nein«, erwiderte ich schnell, »es ist alles in Ordnung.« Und dann machte ich mich mit schnellen Schritten von dannen.

Sollte ich jetzt nach Hause gehen und mich von Mama trösten lassen? Ich wusste genau, was sie sagen würde.

»Amélie, wer die Sterne vom Himmel holen will, darf sich nicht wundern, wenn er von der Leiter fällt. Du warst ja schon immer sehr anspruchsvoll und keiner dieser Kerle war dir gut genug ... bla, bla, bla. Ich wollte mir das jetzt unter keinen Umständen anhören müssen, also machte ich mich auf den Weg zu meiner lieben Conny, die, so glaubte ich, als einzige Verständnis für mich hatte. Ich öffnete mit einem Schwung die Glastür zu ihrem Büro auf und stand plötzlich, für sie völlig unerwartet, vor ihrem Schreibtisch.

»Amélie?« Sie schaute mich erstaunt an. »Was machst du denn hier?«

»Ich wollte dich nur besuchen«, erwiderte ich mit einem leicht verlegenen Lächeln.

»Amélie«, sie lachte, »das glaube ich dir nicht, du hast doch was?«

Sie stand auf, strich ihren Rock glatt, kam auf mich zu und musterte mich mit prüfendem Blick.

«Was ist passiert?«, fragte sie mit sorgenvoller Miene. »Ist etwas mit deiner Mama?«

»Nein, nein«, erwiderte ich, »es ist viel schlimmer.«

»Weißt du was, mach dich erst mal ein bisschen frisch, und dann erzählst du mir alles der Reihe nach.«

Ich nickte, stand auf und verschwand in dem Waschraum, der sich in der Nähe ihres Büros befand. Als ich zurückkam und wie ein Häufchen Elend vor ihr stand, nahm sie mich in die Arme und streichelte tröstend meine Wangen. »Nun beruhige dich mal wieder, möchtest du einen Tee?«

Innerlich musste ich mich schütteln, als ich das Wort Tee hörte. Es war kein Tee, den sie ständig aufbrühte, es war ein Gemisch aus undefinierbaren Kräutern, das so widerlich schmeckte, dass man spätestens nach dem ersten Schluck das Gefühl hatte, man müsse für alle Sünden seines bisherigen Lebens Buße tun.

»Bitte keinen Tee«, stöhnte ich verzweifelt, »ich habe heute schon genug gelitten.« Sie überhörte es geflissentlich, ging in die Küche und stellte die Kaffeemaschine an.

Kurze Zeit darauf kam sie mit einer duftenden Tasse Café Crème zurück und stellte sie vor mich auf den Tisch. Ich nahm einen Schluck und schaute Conny genauso traurig an, wie es Petit Fleur immer tat, wenn sie ihre depressive Phase hatte.

»Sag mal, wie siehst du eigentlich aus, hat dich ein Bus gestreift?«

»Du hast recht, genau so fühle ich mich.« Mit einem lauten Seufzer ließ ich mich noch tiefer in den Sessel sinken, der vor ihrem Schreibtisch stand.

»Hat es nicht geklappt mit deinem Mann fürs Leben?«

Ich schüttelte den Kopf. »Alles Scheiße«, erwiderte ich leise.

»Und woher nimmst du diese Erkenntnis?«, fragte sie mit ungläubigem Gesicht. »Hast du irgendeinen Grund zu glauben, dass es beendet ist, bevor es richtig angefangen hat?«

Und dann erzählte ich ihr die Geschichte meines Besuchs. Erzählte ihr, dass ich fast eine Stunde vor seiner Tür gewartet hatte und als er sich dann endlich bequemte, mich hereinzubitten, flitzte ein Nackedei weiblichen Geschlechts durch sein Atelier, das ihm zuvor Model gesessen hatte.

»Und was hast du gemacht?«

»Ich habe ihn gefragt, ob er mich ebenfalls nackt zeichnen würde. Und stell dir vor, er hats getan.«

»Und was war danach?«, fragte mich Conny und ich konnte die Neugier in ihrer Stimme hören.

»Na nichts, ich habe mich wieder angezogen und bin gegangen.«

»Und deshalb bist du jetzt wütend?«

»Ja klar«, erwiderte ich empört, »oder wärst du das nicht?«

Conny brach in schallendes Gelächter aus, kam auf mich zu und umarmte mich.

»Ist das alles, was dich bedrückt? Was hast du erwartet? Hast du erwartet, dass er mit dir sofort in die Kiste hüpft und Liebe macht? Mein Gott, Amélie, sei doch froh, dass er ein Mann mit Grundsätzen ist.«

»Grundsätze? Aus welchem Jahrhundert bist du denn?« Ich schaute sie ungläubig an. »Das ist jetzt nicht dein Ernst, oder? Das ist zwar alles schön und gut, ich meine, das mit den Grundsätzen«, protestierte ich erneut, »aber diese Rücksicht musste er ja nicht unbedingt auf mich nehmen.«

»Schau, in den meisten Liebesfilmen reißen sich die Verliebten gleich nach dem ersten Kuss die Kleider vom Leib und hüpfen voller Begierde in das nächste Bett, das ihnen zur Verfügung steht, und mich hat er nur einmal geküsst, so wie man seine Mama küsst, dieser verdammte Schuft. Deshalb bin ich sauer, und zwar stinkesauer.«

Ich hatte mich richtig in Rage geredet, weil ich Alains Verhalten für eine große Ungerechtigkeit hielt und währenddessen ... lag Conny auf ihrer Schreibtischplatte und krümmte sich vor Lachen.

»Eine schöne Freundin bist du«, sagte ich, schmollte für einen Moment und dann prustete auch ich los und wir lachten, bis wir nicht mehr konnten. Die Situation war gerettet, mein Zorn war verflogen und Alain war in meinen Augen wieder der rücksichtsvolle Frauenversteher, der sich sehr viel Zeit ließ, wenn er um die Gunst einer Frau warb, zu viel Zeit, wie ich fand, aber das steht auf einem anderen Blatt.

Ich musste, während ich mit beschwingten Schritten die Rue Bonaparte in Richtung St.-German-de-Prés entlangging, immer noch an die Worte von

Conny denken. Vielleicht sollte ich tatsächlich dieser Geschichte keine große Bedeutung beimessen. Vielleicht war es wirklich so, wie sie sagte. Vielleicht hatte er tatsächlich ernste Absichten und sich allein aus diesem Grund die ganze Zeit zurückgehalten und keinerlei Annäherungsversuche unternommen. Vielleicht, vielleicht, immer wieder vielleicht. Ich konte es nicht mehr hören. Aber, leichter gesagt als getan. Ich hatte mich nun mal in diesen Kerl verliebt und niemand, so glaubte ich, konnte mich davon abbringen. Ich stand vor unserer Haustür, suchte in meiner Handtasche krampfhaft nach meinem Schüsselbund, der sich, wie konnte es auch anders sein, wieder mal in den äußersten Winkel versteckt hatte.

Endlich hielt ich ihn in der Hand und wollte den Schlüssel gerade in das Schloss stecken, als ich plötzlich den Summer der Haustür hörte. »Das ist wieder mal so typisch«, dachte ich, »Mama hat sicherlich schon die ganze Zeit am Fenster gestanden und so lange gewartet, bis sie mich sah, ist dann schnurstracks zur Tür gegangen, um die Zeit der Abrechnung zu verkürzen.

Ich war noch nicht ganz in der Wohnung, als ich Mamas Stimme hörte und die klang nicht gerade sehr freundlich: »Sag mal, wo kommst du jetzt eigentlich her? Hast du mal auf die Uhr geschaut, wie spät es ist?« Mir verschlug es fast die Sprache, als ich ihre Gardinenpredigt hörte.

»Mama«, ich machte eine Pause, »darf ich dich daran erinnern, dass ich alt genug bin und keine Gouvernante mehr brauche?« Sie hatte wohl in diesem

Moment gemerkt, dass sie sich im Ton vergriffen hatte und versuchte, sich beschwichtigend zu rechtfertigen: »Ich habe mir halt Sorgen gemacht, kannst du das nicht verstehen?«

»Nein Mama, das kann ich nicht. Hör endlich auf, mich wie ein kleines Kind zu behandeln.«

Petit Fleur muss wohl gespürt haben, dass zwischen Mama und mir dicke Luft war und hatte sich in ihr Schlummerkörbchen zurückgezogen und ihren Kopf zwischen ihren Vorderpfoten vergraben. Nichts hören, nichts sehen, war schon immer ihre Devise, wenn sie spürte, dass Ärger in der Luft lag.

Mama warf mir einen letzten strafenden Blick zu und verschwand in ihrem Zimmer. Als Petit Fleur gemerkt hatte, dass sie nicht mehr gefährlich werden konnte, kam sie auf leisen Pfoten zu mir, richtete sich auf und schaute mich fragend an.

»Ja, du kannst hier bleiben, die Luft ist rein.«

Sie hielt den Kopf schief, bellte kurz, um dann mit einem gekonnten Sprung auf meinem Schoß zu landen. Hier saßen wir nun, ich und meine Hundedame Petit Fleur, und nichts auf der Welt konnte unsere traute Zweisamkeit stören. So glaubten wir wenigstens. Aber das ging nur so lange gut, bis es plötzlich und unerwartet an unserer Tür schellte. Mit einem wilden Satz sprang Petit Fleur von meinem Schoß und lief wild kläffend zur Tür.

Ich öffnete und hörte, wie von unten ein kleiner Vierbeiner die Treppe hinaufstürmte. Ich sah nur noch ein Knäuel von zwei Hundeleibern, die wie wild umhersprangen.

Cherie, Petit Fleurs Auserwählte, sprang an mir

empor, wedelte vor Freude mit dem Schwanz und leckte mir die Hand.

»Cherie, wo kommst du denn her?«, fragte ich erstaunt und es war eine durchaus berechtigte Frage, die ich da stellte, denn irgendjemand war mit ihr gekommen, da war ich ganz sicher. Und dann kam er auch schon die Treppe herauf, ein riesiger Blumenstrauß, hinter dem sich eine männliche Gestalt verbarg, die ich im ersten Moment durch seine – durchaus gelungene – Tarnung nicht erkannte. Aber die Vermutung lag nahe, dass es eigentlich nur Alain sein konnte, den anscheinend das schlechte Gewissen in die Rue Bonaparte getrieben hatte.

»Bist du inkognito hier oder warum versteckst du dich?« Ich wusste, eine solch blöde Frage hatte ich schon lange keinem Menschen mehr gestellt, aber mir fiel in diesem Moment nichts ein, was nur im Ansatz geistreicher war.

»Bon soir, Amélie, ich wollte dir nur ein paar Blumen bringen und mich für heute Nachmittag entschuldigen. Die Situation muss dich sehr irritiert haben. Du bist so schnell verschwunden und ich konnte mich noch nicht einmal von dir verabschieden.«

»Oh ja, mein Freund, das war es und ... ich wusste in diesem Moment nicht, was ich davon halten sollte, mach das nicht noch einmal mit mir, hörst du?«

Während wir versuchten, die Gewitterwolken, die zwischen uns hin und her wanderten, zu vertreiben, amüsierten sich unsere beiden Vierbeiner auf das Köstlichste. Sie lagen wie ein verliebtes Ehepaar auf der Couch und schmusten miteinander. Petit Fleur sah zu mir herüber, als wollte sie sagen: »Nehmt euch mal ein Beispiel an uns, es geht auch anders.« In diesem Moment hatte ich das Gefühl, dass sie mir zuzwinkerte. Irgendwie hatte mich diese scheinbar belanglose Szene beschämt und ich bat Alain, doch einzutreten.

Mama wäre nicht meine Mama, wenn sich nicht die Neugier aus ihrem Zimmer getrieben hätte. Sie wollte unbedingt erfahren, welche Person männlichen Geschlechts es zu später Stunde wagte, in ihr Refugium einzudringen. Das auch ich hier wohnte, hatte sie anscheinend total vergessen. Sie steckte also ihren Kopf zur Tür ihres Zimmers heraus und als sie Alain erspähte, der immer noch wie ein begossener Pudel mitten im Zimmer stand, ging in ihr eine seltsame Verwandlung vor. Sie strahlte über das ganze Gesicht, schlich sich zu ihm, und ihre Worte waren so honigsüß, dass ich kaum glauben konnte, was ich da hörte.

»Willkommen, Alain, welch eine Freude, Sie zu sehen, und der Blumenstrauß … einfach bezaubernd.«

»Darf ich Ihnen etwas zu trinken anbieten, ach bitte nehmen Sie doch Platz.«

Ich war gar nicht mehr da, war von dem Moment an transparent, als sie Alain entdeckt hatte.

Sie warf mir einen missbilligenden Blick zu, so als wollte sie sagen: »So macht man das mein Kind, muss ich dir denn immer alles vormachen?«

In diesem Moment hasste ich sie, weil ich genau wusste, dass sie recht hatte und ich schämte mich … aber nur ein wenig.

9. Kapitel

Also ich muss ehrlich gestehen, dass ich manchmal ganz schön anstrengend bin, und das hatte Alain in der Zwischenzeit wohl auch gemerkt. Petit Fleur und Cherie hatten dagegen überhaupt keine Probleme, wenn es um die gegenseitige Sympathie ging. So ein Hundeleben ist wohl doch nicht so schlecht, wie man immer behauptet. Sie waren das Paradebeispiel für eine *vorbildliche Beziehung unter Tieren*, die von Anfang an in vollster Harmonie vonstattenging. Sie waren wohl das glücklichste Liebespaar in ganz Paris. Und ich? Der Ruf aus meinem Innersten war laut und deutlich zu vernehmen, und nett war er auch nicht, was ja auch nicht verwunderlich war.

»Amélie«, so tönte meine innere Stimme, »jetzt solltest du dich aber wirklich mal selbst zur Ordnung rufen. Da kommt dieser Alain in bester Absicht und mit einem Riesenblumenstrauß zu dir in die Wohnung, deine Mama schmilzt fast dahin und du dumme Gans hast nichts Besseres zu tun, als dich schmollend zurückzuziehen. So Cherie, wird das nie was mit euch beiden.«

Der Abend wurde dann aber doch noch sehr unterhaltsam, denn Mama zog alle Register ihrer Koketterie, die Alain charmant lächelnd, mit einem Seitenblick zu mir, zur Kenntnis nahm.

»Erzählen Sie mir ein wenig von sich. Ich darf doch Alain zu Ihnen sagen? Ich heiße Claudine.« Sie neigte sich zu ihm herüber und ohne seine Antwort

82

abzuwarten legte sie ihre Hand besitzergreifend auf seinen Arm, was mich allerdings nicht gerade zu einem freundlichen Blick herausforderte. In der knappen Stunde, die er bei uns verweilte, hatte er Mama mehr von sich erzählt, als ich in der ganzen Zeit unserer Bekanntschaft von ihm erfahren hatte. Und das, das muss ich zugeben, ärgerte mich ungemein. Als er sich nach einer Stunde und dem vierten Glas Rotwein verabschiedete, waren beide in einer recht ausgelassenen Stimmung, herzten und küssten sich, so als würden sie sich schon jahrelang kennen.

»Bon Nuit, Claudine, vielen Dank für Ihren freundlichen Empfang und schlafen Sie gut. Ich hoffe, wir sehen uns bald wieder.«

In diesem Moment dachte ich, ich würde träumen, denn er ergriff doch tatsächlich ihre Hand, die sie ihm auch bereitwillig entgegenstreckte, und hauchte ihr galant einen Kuss auf den Handrücken.

»Das hoffe ich auch, Alain.« Sie winkte ihm hinterher, als er die Treppe hinunterging, und kicherte dabei wie ein Teenager. Der Besuch von Alain war also eine Punktlandung, zumindest für Mama.

»Nein, so ein reizender junger Mann und so galant«, schwärmte sie fortwährend und man konnte fast glauben, dass sie sich Hals über Kopf in ihn verliebt hatte.

Irgendwie hatte ich das Gefühl, dass sie mich mit ihrer Euphorie unter Druck setzen wollte, nun endlich zum Gegenangriff überzugehen. Bezüglich der Zuneigung zu Alain, meine ich. Aber ich hatte noch immer meine Zweifel, ob er mich wirklich wollte. Galanterie hin, Galanterie her. Irgendwie ging mir seine Zurückhaltung so langsam auf die Nerven, zumal ich ihm ständig signalisierte, dass ich an mehr als nur an einer Seelenverwandtschaft interessiert war. Aber dieser Kerl war kalt wie ein Eisblock, so glaubte ich zumindest, bis er mich drei Tage später, zu meinem Erstaunen, vom Gegenteil überzeugte.

Mama hatte am nächsten Tag allen Gästen unseres Bistros vorgeschwärmt, was Alain doch für ein sympathischer und gut aussehender junger Mann wäre, und dass sie sich riesig darüber freuen würde, wenn er recht bald ihr Schwiegersohn wäre. Mir waren ihre Lobeshymnen ausgesprochen peinlich. Irgendwann hatte ich genug davon und stellte sie in der Küche zur Rede.

»Mama, hör endlich auf damit, das kann man ja nicht aushalten. Hast du eigentlich mal gesehen, wie süffisant grinsend mich die Gäste anschauen, wenn ich an ihnen vorbeigehe?«

»Ich verstehe deine Aufregung nicht«, erwiderte sie trotzig, »du solltest froh sein, dass dich dieser Mann auserwählt hat.«

»Mama, hör endlich mit diesem Blödsinn auf, du hast wohl vergessen, dass ich auch noch ein Wörtchen mitzureden habe. Ich will jetzt nichts mehr davon hören, hast du mich verstanden?«

Sie hingegen scherte sich nicht darum, sondern plauderte weiterhin munter drauflos, und ließ sich durch nichts auf der Welt von ihrem Vorhaben abbringen, jedem, der in ihrer Nähe war, meine Liebesgeschichte zu erzählen, ob dieser es nun hören wollte oder nicht. Und außerdem, was heißt hier

Liebesgeschichte, er hat mich ja noch nicht einmal geküsst, dieser Feigling.

Ich hatte in diesem Augenblick das Gefühl, dass ich ein wenig laut wurde, denn ich bemerkte, dass die anwesenden Gäste mich erstaunt anschauten. Mich hatte ihre ganze Geschwätzigkeit derart in Rage gebracht, dass es mir egal war, ob die Gäste unser Streitgespräch hörten oder nicht.

Eine ältere Dame zog an meinem Rockzipfel, als ich an ihr vorbei ging.

»Kindchen«, flüsterte sie mir mit sorgenvoller Miene zu, »Sie sollten sich gut überlegen, ob sie ihn nehmen, denn Ihre Mama schwärmt in den höchsten Tönen von ihm und das ist sehr verdächtig.«

»Wie recht sie doch hat«, ging es mir durch den Kopf, aber andererseits war ich froh, dass sie ihn so sympathisch fand.

Doch diese frivole Bemerkung der alten Dame ließ mich nicht mehr los. Mama war eine durchaus attraktive Frau um die fünfzig, sie war also noch in den besten Jahren und allem Weltlichen sicherlich nicht abgeneigt und ich denke, dass sie sehr viel Erfahrung hatte, was das Körperliche anbetraf. Und wie sie Alain gegenüber aufgetreten war, gab bei näherer Betrachtung zu den wildesten Spekulationen Anlass. Andererseits konnte ich mir nicht vorstellen, dass Mama sich hinter meinem Rücken an Alain heranmachen würde. Nein, so etwas würde sie nie tun!

»Du bist ja eifersüchtig«, erwiderte Conny lachend, als ich ihr von dem überraschenden Besuch Alains erzählte. Für einen Augenblick fehlten mir die Worte. Darüber hatte ich noch gar nicht nachgedacht, aber irgendwie hatte sie recht und das erschreckte mich. Ich war eifersüchtig auf meine eigene Mutter.

»Jetzt mal ganz ehrlich, Cherie«, erwiderte ich, als ich mich so einigermaßen von dem Schock dieser Erkenntnis erholt hatte, »glaubst du, dass da etwas dran ist.«

Conny räusperte sich. »Deine Mama hat damit doch nur gezeigt, wie sympathisch ihr Alain ist, nie im Leben würde sie auf die Idee kommen, dein Glück zu zerstören. Und nun beruhige dich mal wieder.«

»Leichter gesagt als getan«, dachte ich, denn ich rannte schon die ganze Zeit aufgeregt, mit dem Telefon in der Hand, umher. Petit Fleur drehte mit mir eine Runde nach der anderen durch die Wohnung, blieb zwischendurch immer wieder neben mir stehen, schaute mich aus ihren großen treuen Hundeaugen an, so als wollte sie sagen: »Ich fühle mit dir und kann sehr gut verstehen, dass du so aufgeregt bist.«

Ihre Nähe tat mir sehr gut und ich beruhigte mich wieder, setzte mich im Wohnzimmer in einen Sessel, goss mir ein Glas Rotwein ein und tat dann etwas, was ich noch nie getan hatte. Ich ging in das Zimmer meiner Mama, kramte so lange in den Schubladen ihrer Kommode umher, bis ich die Schachtel mit ihren Zigaretten gefunden hatte, steckte mir eine an und ging zurück ins Wohnzimmer, setzte mich in den Sessel und paffte, bis ich die Hand nicht mehr vor Augen sehen konnte.

Petit Fleur hatte aus meinem Fehltritt natürlich die Konsequenzen gezogen und verzog sich beleidigt in ihr Schlummerkörbchen. Ich konnte Mama allerdings nicht verstehen, dass sie sich immer dann eine Zigarette ansteckte, wenn sie aufgeregt war, denn bei mir bewirkte der erste Zug an diesem Glimmstängel das genaue Gegenteil. Mir wurde schwindelig, ich rannte auf die Toilette und erschrak, als ich in den Spiegel schaute. Ich war leichenblass und in meinem Kopf drehte sich alles. Von diesem Tag an rührte ich keine Zigarette mehr an und wenn ich mich noch so abgrundtief schlecht fühlte.

Was allerdings am nächsten Tag geschah, war so unglaublich, dass es mir in meinen kühnsten Träumen nicht eingefallen wäre. Ich hatte gerade das Bistro aufgeschlossen und alles für den kommenden Tag vorbereitet, als die Tür aufging und eine total overstylte Frau eintrat und sich, ohne ein einziges Wort zu sagen, an einen Tisch in der Nähe der Eingangstür setzte. Sie war sehr elegant gekleidet, hatte ein beigefarbenes Kostüm an, dazu die die passenden Schuhe und wie es bei dieser Art von Frauen üblich ist, natürlich die passende Handtasche.

Sie bestellte einen Café au lait. Ich stand an der Kaffeemaschine und musterte sie eingehend.

»Warum kommt die schon zu so früher Stunde in mein Bistro?«, fragte ich mich, denn sie sah nicht so aus, als wäre sie rein zufällig hier. Vielleicht hatte sie ja eine Verabredung und wollte die morgendliche Ruhe nutzen, um wichtige private oder geschäftliche Gespräche zu führen. Was auch immer ihre Absicht war, auf jeden Fall hatte ich sie hier noch nie gesehen.

Ihre dunkelbraunen Haare hatte sie sich mit ein paar silbernen Kämmen auf ihrem Kopf zurecht gesteckt und darauf thronte eine Sonnenbrille. Sie trug einen seidenen Schal in den schönsten Pastelltönen, den sie geschickt um ihren schlanken Hals drapiert hatte, an dem Zeigefinger ihrer linken Hand trug sie einen sehr auffälligen Ring mit einem außergewöhnlichen Ornament, das mir unglaublich bekannt vorkam. Irgendwo hatte ich es schon mal gesehen, konnte mich aber, trotz größter Anstrengungen, nicht mehr daran erinnern.

Sie hatte einen makellosen Teint und wunderschöne dunkle, ausdrucksvolle Augen. Ich war so in meine Betrachtung versunken, dass ich gar nicht bemerkte, wie sie unruhig mit ihren rot lackierten Fingernägeln auf die Tischplatte kopfte, um mir zu dokumentieren, dass ich mich gefälligst beeilen sollte, damit sie endlich ihren Kaffee trinken kann.

»Mademoiselle«, rief sie mir ungeduldig zu, »es wäre sehr nett, wenn Sie mir endlich meinen Kaffee bringen würden, ich habe nicht den ganzen Tag Zeit.«

»Excusez-moi, Madame, ich komme sofort.«

Dann eilte ich zu ihrem Tisch und servierte ihr den Kaffee, wobei ich mich natürlich mit einer ehrfurchtsvollen Geste für das Versäumnis entschuldigte, was sie mit einem huldvollen Lächeln zur Kenntnis nahm.

»Madame, ich hoffe, meine Frage ist jetzt nicht zu indiskret, leben Sie auch hier in der Gegend?« Sie schaute mich mit einem missbilligenden Blick von oben bis unten an und tat so empört, als hätte ich sie nach ihrem Alter gefragt.

»Ach, wissen Sie«, erwiderte sie mit einem näselnden Unterton, »ich bin rein zufällig hier, weil ich mit jemandem verabredet bin, der hier ganz in der Nähe wohnt. Aber dann verstummte sie, kramte in ihrer Tasche herum und holte so etwas Ähnliches wie einen Terminkalender hervor, in dem sie mit Eifer herumblätterte. Nachdem sie etwa eine halbe Stunde gewartet und bereits den zweiten Kaffee bestellt hatte, wurde es ihr anscheinend zu dumm. Sie ergriff ihr Mobiltelefon und wählte mit flinken Fingern eine Nummer auf ihrem Display. Nachdem sie einen Augenblick gewartete hatte, hörte sie wohl die Mailbox, die sie aufforderte, eine Nachricht zu hinterlassen.

Ihre Stimme klang verärgert, als sie sich mit den Worten: »Alain, ich bin hier in einem Café auf der Rue Bonaparte, ich glaube es heißt »Amélies Bistro« oder so ähnlich, ich sitze hier und warte auf dich, melde dich, wenn du diese Nachricht abhörst.«

Dann beendete sie das Gespräch und legte das Telefon neben ihrer Tasse auf den Tisch. Mir blieb fast das Herz stehen, als ich den Namen Alain hörte. Zu allem Überfluss fiel mir auch noch eine Tasse herunter, die scheppernd auf dem Boden zerbrach.

»Das kann nur einer sein, mein Alain«, durchfuhr es mich wie ein Blitz. Warum ausgerechnet er mir so spontan einfiel, dafür hatte ich allerdings keine plausible Erklärung, denn es gab ja in Paris sicherlich tausende Männer, die alle Alain hießen. Ein untrügliches Gefühl und mein weiblicher Instinkt sagten mir, dass ich mit meiner Vermutung richtig lag.

Und als hätte ich es geahnt. Fünf Minuten später öffnete sich die Tür und herein kam, noch reichlich zerzaust, Alain. Mit hochrotem Kopf und hastigen Schritten durchquerte er den Raum, würdigte mich keines Blickes und steuerte direkt auf den Tisch zu, an dem diese besagte Dame saß.

»Alain«, sie warf ihm einen wütenden Blick zu, »ich habe bereits eine halbe Stunde auf dich gewartet, meinst du ...« Sie machte eine Pause, um ihren Worten den nötigen Nachdruck zu verleihen. »Meinst du, ich habe nichts anderes zu tun?« Vorbei war es mit seiner Souveränität. Er hatte sich einen Anpfiff eingefangen, der sich sehen lassen konnte, und das Peinliche an der ganzen Sache war, ich hatte es gehört.

Aufgeregt griff er nach ihrer Hand und tätschelte ihren Handrücken, bis sie sich beruhigt hatte. Und das dauerte so lange, bis mir der Kragen platzte und ich mit einem lauten Hustenkonzert seine Aufmerksamkeit einforderte. Er schaute zu mir herüber und zuckte, mit einem Ausdruck des Bedauerns, mit den Schultern. Immer wieder warf er mir einen hilflosen Blick zu. Aber ich konnte ihm nicht helfen, er musste sich schon selbst gegen diese weiblichen Attacken wehren.

Ich beobachtete diese Szenerie trotzdem mit großer Skepsis, denn ich ging natürlich davon aus, dass es seine Geliebte war, die ich noch nicht kannte. Das machte mich, je länger sie in meinem Bistro saßen, immer wütender und am liebsten wäre ich an ihren Tisch gegangen und hätte ihm eine schallende Ohrfeige verabreicht. Da dies aber nicht möglich war, musste ich damit so lange warten, bis diese Schnepfe wieder weg und ich mit ihm allein war. Ich malte mir schon die Beschimpfungen, die ich ihm an den Kopf werfen wollte, in meinen Gedanken aus und da waren die Worte Mistkerl und feiges Arschloch noch von der harmlosen Sorte.

Die ganze Zeit, während sie am Tisch saßen, redete nur sie, machte ihm Vorwürfe, warum er sich nicht schon früher darum gekümmert hat und überhaupt, es würde ihr keinen Spaß mehr machen, wenn das so weiterginge. Ich verstand zwar nicht, worum es ging, hatte aber die ganze Zeit das Gefühl, dass es sich hierbei um sehr persönliche Dinge handelte.

Er saß da wie ein Häufchen Elend und hörte sich geduldig ihre Beschimpfungen an.

»Wie kann man sich diese Beschimpfungen gefallen lassen und kein Wort erwidern, mein Gott, das ist doch ein Waschlappen«, dachte ich und lief völlig frustriert in die Küche, »so was kann man doch nicht heiraten.«

Plötzlich stand sie mit einem Ruck auf, machte dies aber so ungeschickt, dass der Stuhl nach hinten kippte und mit einem lauten Krachen zu Boden fiel. Inzwischen aber waren schon einige Gäste in meinem Bistro und quittierten diese emotionale Entgleisung mit einem verständnislosen Kopfschütteln. Sie riss ihren Mantel von dem Kleiderständer, der in ihrer Nähe stand, stopfte die Unterlagen, die noch auf dem Tisch herumlagen, hastig in ihre Aktentasche und verschwand mit einem Fluch, dessen Wiederholung mir meine gute Kinderstube verbietet, durch die Tür meines Bistros und schlug sie hinter sich zu.

»Was war das denn jetzt?«, ich schaute Alain ungläubig an, »ist die immer so hysterisch?«

Mit offenen Mund stand er da und bekam kein Wort heraus.

»Na dann viel Spaß mit deiner Geliebten«, ich drehte mich um und ließ ihn einfach stehen. Ganz ehrlich, mehr hatte er in diesem Moment auch nicht verdient, dieser Schlappschwanz. Doch meine Einschätzung seiner Person, war, so musste ich kurz darauf feststellen, ein Riesenfehler, den ich begangen hatte, denn plötzlich stand Alain neben mir und fluchte wie ein Rohrspatz.

»Diese blöde Gans bringt mich noch um den Verstand, ich hätte mich schon längst von ihr trennen sollen.«

Also war meine Vermutung, dass die beiden etwas miteinander hatten, doch richtig. Komischerweise hatte ich von Anfang an das richtige Gefühl.

»Wie lange kennst du sie schon? Aber ich warne dich, sag mir die Wahrheit, sonst sind wir geschiedene Leute.«

»Bitte?«, fragte er mit scheinheiligem Grinsen. »Was soll das, seit wann bin ich dir Rechenschaft über meine beruflichen Dinge schuldig.«

»Berufliche Dinge, dass ich nicht lache, das glaubst du doch wohl selbst nicht.«

»Verdammt noch mal.« Er hatte einen knallroten Kopf vor Wut. »Sie ist meine Agentin und hat soeben ihre Arbeit hingeschmissen, soll ich mich vielleicht darüber freuen?«

»Ich glaube dir nicht, dass das alles war. Sei einmal in deinem Leben aufrichtig.« Ich wandte mich ab und meine Augen füllten sich mit Tränen.

»Verdammt noch mal, ja, ich hatte mal was mit

ihr, aber das ist schon Jahre her.«

»Also doch, ich habe es geahnt, du bist ein verdammter Heuchler.«

»Nein, das bin ich nicht, du musst mir einfach glauben.«

»So? Warum sollte ich das tun? Sag es mir!« Ich schaute ihn aus großen traurigen Augen an, als er so vor mir stand. Plötzlich nahm er meine Hände in die seinen und trat ganz dicht an mich heran.

»Bitte glaube mir, nur das eine Mal.«

Seine Stimme klang weich und zärtlich. Seine Augen schauten mich flehend an. Ich hatte Alain noch nie so erlebt und Zweifel wurden in mir wach. Vielleicht hatte ich ihm doch Unrecht getan. Ich war wieder mal auf Versöhnungskurs, wie so oft, seit ich ihn kannte, aber mir war im Augenblick danach. Also ließ ich mein Misstrauen beiseite und widmete mich wieder schöneren Gedanken.

»Endlich, es geschehen noch Zeichen und Wunder«, dachte ich, und mein Herz hüpfte vor Freude. Doch im nächsten Moment schreckte er zurück, so als hätte er sich zu nah ans Feuer gewagt und sich die Finger verbrannt.

Jetzt war ich mit meiner Geduld am Ende. Welcher Teufel ihn auch ritt, aus meiner Sicht gesehen, ritt er genau in die falsche Richtung. Ich zog ihn an mich und als ich sein Gesicht berührte und seine weiche glatte Haut spürte, überkam es mich und es geschah das, was eigentlich schon lange geschehen sollte.

Ich schaute ihm tief in die Augen und flüsterte leise: »Sei kein Frosch und küss mich.«

Ich hatte diesen magischen Satz kaum ausgesprochen, als ich seine warmen Lippen auf den meinen spürte und wir taten das, worauf ich schon so lange gewartet hatte. Wir küssten uns, nicht so wie man eine Freundin küsst, sondern so, wie man einen Menschen küsst, in den man sich verliebt hat.

10. Kapitel

Zwei Tage später. Es war Mittwoch. Mama war an diesem Tag im Bistro und kümmerte sich um die Dinge, die ich sonst erledigte, weil ich auch mal einen freien Tag brauchte. Ich hatte länger geschlafen, und war, nachdem ich noch eine Viertelstunde in meinem warmen Bett gekuschelt hatte, aufgestanden, hatte mich geduscht und saß ungeschminkt am Frühstückstisch, trank einen Kaffee und biss genießerisch in mein Croissant, das ich dick mit Butter bestrichen hatte. Es schmeckte einfach köstlich. Im Hintergrund lief leise Musik. Die »Le Parisienne« lag vor mir auf dem Tisch und ich studierte die Neuigkeiten, die auf der Welt geschehen waren. Petit Fleur lag auf meinem Schoß, hatte sich ganz gemütlich zusammengerollt und schlief. Es war einfach herrlich, mal so ganz losgelöst vom täglichen Alltagsstress, mit meinen Gedanken allein zu sein.

»Ich könnte doch eigentlich Alain besuchen«, ging es mir durch den Kopf. Gesagt, getan. Als ich mich erhob und Petit Fleur meinen Schoß verlassen sollte, war ihr das gar nicht recht. Sie warf mir einen bösen Blick zu und weigerte sich, diesen warmen kuscheligen Platz, auf dem sie sich so wohl fühlte, zu verlassen. Ich streichelte ihren Kopf, beugte mich zu ihr herunter und flüsterte ihr ins Ohr.

»Komm Cherie, ich habe noch etwas zu erledigen, sei lieb und geh runter von mir.«

Sie rührte sich nicht und blieb einfach liegen, alle guten Worte halfen nichts, sie bewegte sich nicht von der Stelle. Ich musste schon etwas energischer werden und als sie spürte, dass ich es ernst meinte, knurrte sie, sprang herunter, würdigte mich keines weiteren Blickes und verzog sich unter Protest in ihr Schlummerkörbchen.

Ich ging ins Bad, schminkte mich und zog mich an. Ich hatte schon die ganze Zeit bemerkt, dass Petit Fleur nur auf diesen Moment gewartet hatte, um sich an meine Fersen zu heften. Sie schlich hinter mir her, wohin ich auch ging, lag vor der Tür meines Zimmers und beobachtete mich. Sah mir zu, wie ich nackt in meinem Zimmer stand und meine Unterwäsche anzog, in mein Kleid schlüpfte, meine Schuhe überstreifte und mich in die Diele begab. Sie immer hinter mir her. Sie folgte mir in die Küche und als ich meine Tasche in die Hand nahm, vollführte sie einen wahren Veitstanz, wedelte mit dem Schwanz, sprang hin und her, lief zur Tür, glaubte, dass sie mit mir gemeinsam einen Spaziergang durch die Stadt machen konnte.

Ich zog meinen Mantel an, öffnete die Tür und wollte mich gerade von ihr verabschieden, als sie plötzlich verschwunden war. Augenblicke später sah ich sie und bekam fast einen Lachanfall. Da kam doch dieses kleine Biest auf mich zu und hatte tatsächlich ihre Hundeleine zwischen den Zähnen, blieb vor mir stehen und ließ sie mir direkt vor die Füße fallen. Sie stand vor mir und schaute mich aus ihren kleinen braunen Knopfaugen an und gab ein so jämmerliches Geräusch von sich, dass ich es nicht übers Herz brachte, sie allein zu lassen.

»Na gut, du Quälgeist, dann kommst du eben mit.«

Vor Freude sprang sie an mir hoch und zerrte am Saum meines Mantels. Ich öffnete die Tür und sie raste an mir vorbei, lief wie eine Verrückte die Treppe hinunter und blieb kläffend vor der verschlossenen Haustür stehen. Widerstandslos ließ sie sich die Hundeleine anlegen und trabte voller Unternehmungslust neben mir her.

Langsam gingen wir die Rue Bonaparte hinunter, statteten meiner Mama noch einen kurzen Besuch ab und gingen dann über die Pont Neuf in Richtung Rue de Lille. Als ich vor dem Gebäude stand, in dem Alain und dieser nette Docteur wohnten, wollte ich gerade auf den Klingelknopf drücken, als mich eine Stimme davon abhielt.

»Mademoiselle, das würde ich jetzt nicht tun, Monsieur Dupont hat weiblichen Besuch und da scheint dicke Luft zu sein, denn die beiden schreien sich schon eine geraume Zeit an.«

Es war der nette Docteur Seutin, der in seinem Vorgarten stand und zu mir herüberschaute.

»Warten Sie, ich lasse Sie rein.« Er ging zu seinem Haus und drückte auf den Türöffner. Mit einem leisen Klicken sprang die Tür auf und ich spazierte mit Petit Fleur zu dem netten Monsieur, der jetzt wieder in seinem Vorgarten stand und mich lächelnd anschaute.

»Sagen Sie«, eröffnete er das Gespräch, »kennen wir uns nicht? Waren Sie nicht schon einmal hier und haben auf Monsieur Dupont gewartet?«

»Ja, das war ich«, erwiderte ich und war erstaunt, dass er in seinem Alter noch ein so gutes Gedächtnis hatte und sich an meinen Besuch erinnern konnte.

»Sie können sich zu mir auf die Terrasse setzen und mit mir einen Kaffee trinken, bis sich da drüben die Gewitterwolken verzogen haben, möchten Sie?«

»Ja, sehr gerne«, erwiderte ich, »das ist sehr nett von Ihnen und ich nehme Ihre Einladung gerne an.«

Er führte mich auf die Terrasse und bot mir einen bequemen Gartensessel an, der an einem runden Tisch stand und zu gemütlichem Verweilen einlud. Petit Fleur verschwand unter dem Sessel, in dem ich saß und machte es sich dort bequem.

»Bin gleich zurück«, rief der Docteur mir zu und verschwand in der Küche, um einen Kaffee zu kochen. Ich hatte das Gefühl, dass er sehr oft allein war, denn ich konnte spüren, wie sehr er sich über meinen unverhofften Besuch freute. Kurze Zeit später kam er mit einem Tablett aus der Küche, auf dem zwei Tassen mit dampfendem Kaffee standen. Die Kekse, die er auf einem kleinen Silberteller servierte, schmeckten so abscheulich, dass ich sie am liebsten ausgespuckt hätte, ich vermutete, dass dieses halbvertrocknete Gebäck das Verfalldatum seit geraumer Zeit überschritten hatte.

»Haben Ihnen meine Kekse geschmeckt?«, fragte er und sah mich erwartungsvoll an.

»Die hat meine Frau selbst gebacken, aber sie ist leider vor acht Jahren gestorben.«

Ich brachte es nicht übers Herz, ihm die Wahrheit zu sagen, und lobte seinen Kaffee und die leckeren Kekse und sah, wie sein Gesicht vor Freunde strahlte.

»Was ist da los, Monsieur Seutin?«, fragte ich ihn

und wäre vor Neugier fast geplatzt, wenn er meine Frage nicht beantwortet hätte.

»Monsieur Dupont hat Damenbesuch und ich würde Ihnen raten, sein Haus im Moment nicht zu betreten.«

Petit Fleur, die die ganze Zeit friedlich schlafend unter meinem Sessel saß, sprang plötzlich auf und blieb mit wedelndem Schwanz stehen, als sich plötzlich die Tür in Alains Haus öffnete, Cherie herausstürmte und direkt auf Petit Fleur zuschoss. Sie sprangen wie wild aneinander hoch und verzogen sich dann in eine verschwiegene Ecke der Terrasse.

Augenblicke später rannte die Frau, die ich schon am Tag zuvor in meinem Bistro gesehen hatte, mit schnellen Schritten aus dem Haus, drehte sich noch einmal um und rief Alain, der in der geöffneten Tür stand, zu: »Du bist ein Arschloch, ein gottverdammtes Arschloch!« Dann ging sie mit schnellen Schritten auf das Eingangstor zu und verschwand, ohne sich noch einmal umzudrehen. In diesem Fall musste ich ihr recht geben, aber ansonsten hasste ich sie. Ich kannte zwar nicht ihren Namen und hatte noch nie mit ihr gesprochen, aber ich hasste sie. Vielleicht lag das auch daran, dass sie mir ständig in die Quere kam und ich Angst hatte, Alain, der ja nun mein Alain war, zu verlieren. Es war also Zickenkrieg auf höchster Ebene und das behagte mir absolut nicht.

Was war nur mit dieser Person los? Immer wieder tauchte sie in meinem Leben auf und ich wusste nicht, was sie darin zu suchen hatte. Meine Stimmung war natürlich auf dem Nullpunkt angelangt, als ich sah, mit wem er sich gestritten hatte. Hatte sie immer noch was mit ihm, war sie deswegen beim ihm aufgetaucht, um ihm eine Szene zu machen? Ich blieb erst einmal ganz ruhig bei Monsieur Docteur sitzen und wartete so lange, bis ich das Gefühl hatte, dass Alain sich abgeregt hatte. Plötzlich rief er Cheries Namen, bekam aber verständlicherweise keine Antwort, denn die hatte besseres zu tun, als auf sein Rufen zu reagieren. Er kam auf die Terrasse von Monsieur Docteur zu und da entdeckte er mich.

»Amélie, was machst du denn hier? Ich habe dich gar nicht erwartet.«

»Das dachte ich mir«, erwiderte ich und schaute ihn böse an.

»Ich glaube, du bist mir eine Erklärung schuldig, findest du nicht?«. Ich war es langsam leid mit ihm und sollte er keine plausible Erklärung für das haben, was gerade geschehen war, würde ich für immer aus seinem Leben verschwinden.

Als ich ihn aber näher betrachtete, hatte ich doch das Gefühl, dass er eine einleuchtende Erklärung parat hatte. Er sah aus wie ein Maler, der gerade eine Farborgie gefeiert hatte. Er war über und über mit Farbe bekleckert, so als hätte man ihn mit den verschiedensten Farbtuben bespritzt. Sein schönes weißes Oberhemd, das er sicherlich am Morgen gewaschen und gestärkt aus der Wäscherei geholt hatte, war völlig ruiniert. Es war so bunt wie ein Regenbogen nach einem Gewitterschauer. Vorsichtig trat er auf mich zu, zuckte hilflos mit den Schultern und gab mir, obwohl ich ihm meinen Mund hinhielt, wieder einen Kuss auf die Wange. Das machte mich so wütend, dass ich ihm mit dem Absatz meiner Pumps auf den Fuß trat und er mit einem lauten Aufschrei davonhumpelte.

»Bravo, Mademoiselle Amélie, vive l'amour«, hörte ich den Docteur aus dem Hintergrund rufen und sah, wie er lachend ins Haus ging.

Als ich Alains Haus betrat, traf mich fast der Schlag.

»Wie sieht es denn hier aus?«, rief ich entsetzt und hielt die Hände vors Gesicht. Alain stand mitten im Raum, wie ein hilfloses Kind, dem man das Spielzeug zerstört hatte.

»Was soll ich nur tun, schau dir dieses Chaos an und ich habe in einer Woche meine Ausstellung.«

»Sie hat mir alles zerstört, dieses verdammte Luder.« Ich ging auf ihn zu und nahm ihn in die Arme. Mein Groll war in diesem Moment verflogen. Ich wollte ihn nur noch trösten.

»Nun beruhige dich erst einmal Cherie, wir schaffen das schon. Ich werde uns erst einmal einen Kaffee kochen und dann erzählst du mir alles der Reihe nach.«

Ich hatte wohl doch den Mund ein wenig zu voll genommen, denn als ich mich genauer umsah, wurde mir erst richtig bewusst, was dieses Weib für ein Chaos angerichtet hatte. Sie hatte die Bilder von den Wänden gerissen und mit Farbe bespritzt. Mein Bild, das Alain vor Kurzem von mir gezeichnet hat, lag zerrissen auf dem Boden des Ateliers. Sie hatte sogar mit den Füßen darauf herumgetrampelt, denn ich konnte noch ihre Fußabdrücke sehen, die in vielen Farben den Fußboden des Ateliers bedeckten.

Sie hatte gewütet wie ein Vandale, hatte Möbel demoliert, die Teppiche, die in seinem Wohnzimmer lagen, so mit Farbe zugerichtet, dass es Tage dauernd würde, bis man sie gereinigt hatte. Von den Bildern, die Alain für seine Vernissage vorbereitet hatte, musste die Farbe entfernt werden und das wäre sicherlich nicht an einem Tag erledigt. Ich konnte verstehen, dass er verzweifelt war. Wir saßen zusammen, um eine Lösung zu finden. Plötzlich kam mir die rettende Idee.

»Alain, ich glaube ich habe die Lösung gefunden.« Er schaute mich überrascht an und als ich ihm vorschlug, mit Conny zu sprechen, deren Freund eine Galerie in der Rue Saint-Dominique besaß und dieser bestimmt bereit war, uns zu helfen, hellte sich sein Gesicht auf und ich sah wieder Zuversicht in seinen Augen.

»Das wäre ja wunderbar, würdest du das für mich tun?«, fragte er. Er kam auf mich zu, nahm mich in die Arme und küsste mich mit Freudentränen in den Augen.

»Ich werde sie anrufen und mit ihr sprechen, aber bevor ich das tue, möchte ich wissen, warum sie hier alles so verwüstet hat.«

Er erzählte mir die ganze Geschichte, erzählte mir, dass sie vor drei Jahren noch ein Paar waren. Weil sie immer öfter Streit miteinander hatten und sie ihn sogar mit einem Pariser Hotelier betrogen hatte, beendete Alain kurzerhand diese Liaison. Allerdings ließ er sich, aus alter Verbundenheit, überreden, sie weiterhin als seine Agentin zu beschäftigen. Das ging auch eine ganze Weile gut, doch irgendwann wurde die Zusammenarbeit zwischen den beiden immer unerträglicher.

An dem Morgen, als ich die Auseinandersetzung in meinem Bistro miterleben musste, hat er sie kurzerhand rausgeschmissen. Und das, was danach geschah, war die Rache einer eifersüchtigen, gekränkten Frau, die es nicht ertragen konnte, nicht mehr die Nummer eins in seinem Leben zu sein.

11. Kapitel

»Conny, du musst mir unbedingt helfen.« Meine Stimme klang so erbärmlich, dass man das Gefühl haben konnte, es sei jemand gestorben.

»Was ist los, Cherie, ist etwas Schlimmes passiert?«

»Das kann man wohl sagen«, erwiderte ich atemlos. »Stell die vor, die Agentin von Alain war gestern bei ihm und hat sein ganzes Haus verwüstet. Er wollte in einer Woche eine Vernissage veranstalten und diese Hexe hat in einem Tobsuchtsanfall alles ruiniert. Was soll er bloß tun? Diese Ausstellung ist doch sehr wichtig für ihn. Bitte hilf mir.«

»Merde«, hörte ich Conny fluchen. »So eine verdammte Scheiße.« Augenblicke später hatte sie sich wieder gefasst. Ich spürte förmlich, wie sie nach einer Lösung für das Problem suchte. Ich wollte aber nicht sofort mit der Tür ins Haus fallen und wartete darauf, dass sie vielleicht eine Idee hatte.

»Warte mal, ich kläre das und rufe dich in einer Viertelstunde wieder an.« Ich saß da und hatte das Gefühl, dass die Zeit stehengeblieben war. Noch nie hatte ich so sehnsüchtig auf einen Anruf gewartet. Als das Telefon schellte, fiel mir fast der Hörer aus der Hand, so aufgeregt war ich.

Atemlos lauschte ich ihrer Stimme und mein Gesicht hellte sich augenblicklich auf, als ich ihre Nachricht hörte.

»Hör zu, Cherie, ich habe mit meinen Kollegen gesprochen, wir werden morgen einen Bericht über

Alains Vernissage bringen, schafft ihr das zeitlich? Ach so, und frag ihn, ob er ein Foto von sich hat, das wir veröffentlichen können. Am liebsten wäre mir ein digitales Foto, sag ihm, er soll es mir per E-Mail schicken.«

Es war eine wunderbare Nachricht, aber das Problem mit den Ausstellungsräumen war noch immer nicht gelöst.

»Das ist unheimlich lieb von dir, aber wo soll er die Bilder hinhängen, es sieht in seinem Haus aus, als hätte der Blitz eingeschlagen.«

Sie lachte. »Du weißt doch, das Dessert kommt immer zum Schluss, ich habe gerade mit Antoine telefoniert.«

Im ersten Moment hatte ich gar nicht mitbekommen, dass sie einen anderen Namen genannt hatte.

»Verdammt noch mal«, schoss es mir plötzlich durch Kopf, »der heißt doch Bertrand und nicht Antoine.«

»Wieso Antoine, ich denke dein Freund heißt Bertrand, hast du einen neuen?«

Sie kicherte wie ein junges Mädchen, das man bei einer Lüge ertappt hatte. Das tat sie immer, wenn ihr etwas unangenehm war.

»Warum hast du mir nichts davon erzählt, ich denke du bist meine Freundin?«

»Seit wann kennst du ihn?«, bohrte ich weiter. »Komm, erzähl schon.«

Für einige Minuten hatte ich die Sorge um Alains Ausstellung vergessen. Wenn eine Freundin so etwas zu erzählen hat, tritt alles andere in den Hintergrund, hab ich recht?

»Ich habe ihn vor drei Wochen bei einer Vernissage in seiner Galerie kennengelernt.«

»Sag bloß, das ist der Antoine, den ich neulich in einer Fernsehsendung gesehen habe?«

Sie räusperte sich verlegen. »Ja, das ist Antoine.« Mir blieb für einen Moment die Luft weg. Ihr neuer Freund Antoine de Montenay war der Inhaber der »Galerie d'arts« in der Rue Saint-Dominique und einer der bekanntesten Galeristen in Frankreich. Er war der Frauenschwarm schlechthin und diesen Typ hatte Conny zur Strecke gebracht. Ich war sprachlos, das war einfach sensationell. Ich habe mich auf der einen Seite über Connys Glück gefreut, aber auf der anderen Seite war ich doch skeptisch, ob Antoine sich dazu herablassen würde, die Bilder von Alain in seine Galerie zu hängen.

»Und was hat er gesagt?«, fragte ich sie und hoffte inständig, dass er ja gesagt hatte und Alain die Bilder in seiner Galerie ausstellen durfte.

»Nun komm, sag schon, bitte spann mich nicht länger auf die Folter. Hat er oder hat er nicht?«

»Ja, er hat ja gesagt, du müsstest allerdings für das kalte Buffet sorgen. Er wartet auf Alains Anruf, dann würde er mit seinem Lieferwagen bei ihm vorbeikommen, um die Bilder abzuholen. Den Termin der Vernissage muss ich allerdings noch mit Antoine abklären. Ihr müsst euch also noch etwas gedulden.«

Ich jauchzte vor Freude: »Du bist ein Schatz, du bist ein richtiger Schatz«, rief ich immer wieder. »Ich liebe dich, meine süße kleine Conny.«

»Nun beruhige dich mal wieder, Cherie, er ist ein ganz normaler Mann, wie alle anderen auch.«

Es war wie ein Wunder. Alain durfte in Antoines Galerie seine Bilder ausstellen, das war ja wie ein Hauptgewinn im Lotto. Wer hätte gedacht, dass der ganze Ärger von gestern eine so wunderbare Wendung nahm und sich in Wohlgefallen aufgelöst hatte. Wer hätte das gedacht?

Ich musste unbedingt Alain von dieser Neuigkeit berichten, beschloss aber, ihn zu besuchen, denn am Telefon wollte ich ihm diese Botschaft nicht überbringen. Ich war neugierig, wie er diese freudige Nachricht aufnehmen würde. Ich zog mich also an, schloss ganz leise die Tür hinter mir, um Petit Fleur nicht zu stören, die friedlich schlafend in ihrem Schlummerkörbchen lag und flitzte die Treppe hinunter. Ich hatte gerade den letzten Treppenabsatz erreicht, als ich von oben schon das Bellen und Gejammer in unserer Wohnung hörte.

Einmal in meinem Leben wollte ich Sieger sein, nur ein einziges Mal, das war in diesem Augenblick mein größter Wunsch. Sieger zu sein in diesem ständigen Kampf mit dieser kleinen Despotin, wäre das, was in meinem Innern unglaubliche Glücksgefühle auslösen würde. Dieser Tag war nun gekommen und ich war wild entschlossen, das durchzuziehen, auch wenn mir das Herz blutete.

»Jetzt nicht, mein Schatz, ich fahre allein, und du Quälgeist bleibst schön zu Hause.«

Ich kreuzte die Rue Jacob und bog dann mit beschwingten Schritten in der Rue de l'Abbaye ein, in der ich meinen Wagen geparkt hatte. Wie es nun mal in Paris so ist, standen dort, wie auf eine Perlenkette aufgereiht, die Autos und mittendrin mein Lieferwagen. Hilflos stand ich davor. Hinter mir ein Fahrzeug auf Tuchfühlung, es waren höchstens ein paar Zentimeter Platz, vor mir ein Fahrzeug, das schon meine Stoßstange touchierte. Wie sollte ich aus dieser Parklücke heraus kommen? Unmöglich. Ich schlug die Hände über dem Kopf zusammen.

»Mon Dieu!«, dachte ich. »Was soll ich nur tun?« Ein Flic (Polizist), der ganz in der Nähe war, sah meine hilflosen Arme, die ich vor lauter Verzweiflung in den Himmel streckte und kam auf mich zu.

»Bon Soir, Mademoiselle, haben Sie ein Problem?« Er stand da, hatte die Hände vor der Brust verschränkt und schaute mich mitleidvoll an. Ein uniformierter Macho, der glaubte, alle Frauen seien blöd und können noch nicht einmal richtig einparken. Na, das konnte ja heiter werden. Allerdings verstand ich die Frage nicht, denn dass ich ein Problem hatte, war doch wohl ganz offensichtlich.

»Monsieur Flic«, erwiderte ich mit verzweifelter Stimme, »natürlich habe ich ein Problem, ich möchte gerne in meinen Wagen einsteigen und losfahren, aber Sie sehen ja, es geht leider nicht.« Er umrundete mein Auto, öffnete die Tür, schlug sie aber gleich wieder zu, als auch er feststellte, dass es unmöglich war, den Wagen aus der Parklücke herauszubugsieren.

»Je suis désolé, es tut mir leid, Mademoiselle, da kann ich Ihnen auch nicht helfen.«

Für ihn war es sicherlich eine Niederlage, denn dieses Problem konnte selbst er nicht lösen. Ich musste grinsen, sah ihm lächelnd ins Gesicht und er,

108

was tat er, er fasste sich mit einer hilflosen Geste an die Nase. Er wollte sich gerade umdrehen und davon gehen, als eine Männerstimme unsere Aufmerksamkeit erregte.

Ein junger Mann rannte auf uns zu, fuchtelte mit seinem Aktenkoffer in der Luft umher und rief immer wieder: »Un moment, s'il vous plaît, un moment.« Als er neben mir stand, schaute ihn der Flic mit einem strafenden Blick an. »Es tut mir sehr leid, Mademoiselle, ich fahre sofort weg.«

Ich denke aber, dass es weniger um meine Person ging, sondern mehr um den Flic, der breitbeinig in unmittelbarer Nähe stand und schon seinen Notizblock in der Hand hielt. Augenblicke später fuhr der junge Mann mit Vollgas davon und ich konnte endlich das tun, was ich schon die ganze Zeit tun wollte, nämlich mit meinem Auto davonfahren.

Das hatte ich eigentlich vor, aber als ich die Kreuzung Rue de Bonaparte, Ecke Rue de Vaugirard erreichte, ging nichts mehr. Mitten auf der Kreuzung hatte es eine Karambolage gegeben. Zwei Autos waren ineinander geknallt. Ein Mann und eine Frau standen sich gegenüber und beschimpften sich lautstark, und so wie ich hören konnte, waren sie nicht gerade sehr feinfühlig in der Wahl ihrer Worte.

Hinter mir eine Autoschlange von unübersehbarer Länge, vor mir ein Knäuel Blech, das wohl so schnell nicht zu beseitigen war, und neben mir weit und breit kein Parkplatz in Sicht. Vielleicht wäre es doch besser gewesen, ich hätte meinen Wagen in der Rue de l'Abbaye stehen lassen und wäre zu Fuß gegangen. Meine einzige Hoffnung war jetzt, dass ich es schaffen würde, noch heute zu Alain zu gelangen.

Nach einer einstündigen Odyssee durch den Feierabendverkehr von Paris stand ich endlich vor Alains Haus. Die schwarze Limousine, die zwanzig Meter weiter vorn stand, war mir gar nicht aufgefallen, denn diese Riesenkisten waren in dieser Gegend nun wirklich nichts Außergewöhnliches. Ich schellte an dem Eingangstor zu seinem Haus. Die Haustür wurde geöffnet und ein Schatten stand in der Tür, ging aber Augenblicke später wieder hinein. Als ich auf das Haus zuging, hörte ich fröhliches Stimmengewirr aus dem Innern. Das Lachen einer Frau drang an mein Ohr. Ich hatte das Gefühl, Connys Stimme zu hören, doch ich verwarf diesen Gedanken wieder, denn ich hatte keine plausible Erklärung dafür, was sie hier wollte. Ich trat ein und da sah ich sie, sie saß am Tisch mit Alain und eine männliche Person, die ich nicht erkennen konnte, weil sie mir den Rücken zuwandte, saß ebenfalls dort. Ich hatte mich doch nicht geirrt, es war Conny. Als sie mich sah, sprang sie auf und eilte auf mich zu.

»Woher wusstet ihr, dass ich Alain besuchen wollte?«

»Mein Instinkt, Cherie. Schließlich kennen wir uns schon ewige Zeiten und ich weiß doch, dass du solche Dinge nicht für dich behalten kannst. Wir warten schon über einer Stunde auf dich, und haben nicht mehr damit gerechnet, dass du noch kommst. Alain hat dich zigmal angerufen, aber es hat sich immer nur die Mailbox gemeldet.«

Sie nahm mich in die Arme und küsste mich. »Es ist so schön, dich zu sehen.« Ich war so überrascht, dass ich kein Wort herausbekam. An dem Tisch saß noch immer der Mann, der mir schon die ganze Zeit den Rücken zukehrte. Als er sich plötzlich umdrehte und mir zulächelte, stand ich mit offenem Mund da und mir fielen fast die Augen aus dem Kopf. Es war Antoine de Monteney.

Galant erhob er sich von seinem Stuhl, kam auf mich zu und umarmte mich wie eine alte Freundin.

»Du bist also Amélie, ich freue mich sehr, dich kennenzulernen.« Er gab mir einen Kuss auf die Wange.

Ich roch sein Parfüm, sah seinen klaren offenen Blick und spürte die Sympathie, die er mir in diesem Augenblick entgegenbrachte. Er nahm mich an die Hand und führte mich zu dem Tisch, an dem Conny und Alain bereits Platz genommen hatten.

»Was geht hier vor?«, fragte ich und konnte nicht begreifen, dass sie zusammen mit Alain an einem Tisch saßen. Ich hatte mich schon so auf das erstaunte Gesicht von Alain gefreut, wenn ich ihm die Neuigkeit erzählen würde, und jetzt saßen Conny und Antoine hier und hatten mir meine ganze Überraschung versaut. Also, um ganz ehrlich zu sein, ein bisschen enttäuscht war ich schon.

Antoine ergriff das Wort und ich lauschte voller Hingabe seiner einschmeichelnden Stimme.

»Conny hat mir von Alains Missgeschick erzählt.« Dabei schaute er verliebt zu ihr herüber und streichelte zärtlich ihre Hand.

Ich schaute in die Ecke des Ateliers und bemerkte die beiden Personen, die sich an Alains verunstalteten

Bildern zu schaffen machten. »Wer sind diese beiden und was machen sie da?«

Antoine lachte. »Es sind zwei meiner Restauratoren, die die Schäden an Alains Bildern in Ordnung bringen. Sie werden es hinbekommen, weil sie die Besten sind. Die Bilder werden in neuem Glanz erstrahlen und zur Vernissage fertig sein. Außerdem sollte ich noch hinzufügen, dass Alain ein vorzüglicher Maler ist. Ich werde nicht nur seine Vernissage ausrichten, sondern eine Dauerausstellung in meinem Hause arrangieren. Glaub mir, er wird großen Erfolg haben.«

Conny hatte die ganze Zeit zugehört und mich immer wieder angeschaut. Die Tränen in meinen Augen waren Tränen des Glücks, das wusste auch Alain, denn er stand auf, kam auf mich zu und küsste mich. Endlich war es mir gelungen, meinen Prinzen wachzuküssen und er ließ keine Gelegenheit aus, dies bei jeder Gelegenheit zu beweisen.

Ich war so von meinen Glücksgefühlen überwältigt, dass ich nicht bemerkte, wie Alain in die Küche verschwand. Plötzlich hörte ich einen lauten Knall. Ich hatte mich so erschrocken, dass ich fast vom Stuhl gefallen bin. Conny und Antoine sahen mich an und schütteten sich aus vor Lachen. Alain kam an den Tisch zurück, auf einem Tablett hatte er vier Gläser und eine Flasche Champagner.

»Auf den Erfolg müssen wir anstoßen«, rief er und strahlte über das ganze Gesicht. Er goss den Champagner in die Gläser, reichte jedem von uns ein Glas und wir prosteten uns zu. Wir saßen noch lange zusammen, unterhielten uns und Antoine erzählte uns, wie glücklich er war, Conny gefunden zu haben. Sie lächelte, sie war so glücklich, wie ich sie schon lange nicht gesehen hatte.

12. Kapitel

Wir saßen bis Mitternacht in lustiger Runde zusammen, haben gelacht und getrunken. Antoine hatte sich von einer ungemein charmanten Seite gezeigt, die ich ihm niemals zugetraut hätte, denn in seinen Fernsehauftritten war er immer ein wenig arrogant rübergekommen, aber das muss wohl so sein, wenn man ernstgenommen werden will. Für mich war er jedenfalls ein ausgesprochen herzlicher und vertrauenswürdiger Typ und ich glaube, auch Conny hatte das erkannt und sich aus diesem Grund mit ihm eingelassen. Was ich aber nicht verschweigen will, sie hatte sich Hals über Kopf in ihn verliebt, wie sie mir glaubhaft versicherte. Fast war ich ein bisschen eifersüchtig, denn was bei ihr so ohne jegliche Probleme über die Bühne ging, dauerte bei mir nun schon einige Zeit, ohne ein nennenswertes Ergebnis, bis auf die zahlreichen Küsse, die er mir in der Zwischenzeit gegeben hatte.

Es war schon spät, als wir gut gelaunt aufbrachen, denn der Champagner hatte inzwischen sein Übriges getan. Ich verabschiedete mich von Alain und hatte das Gefühl, nachdem er mich das erste Mal geküsst hatte, dass er schon viel zutraulicher geworden war. Vielleicht war es aber auch der Champagner, der ihn so locker machte. Es amüsierte mich köstlich, als er mich in die Arme nahm und mir mit einem leicht glasigen Blick in die Augen schaute. Seine Knie wackelten schon bedenklich und drohten ihren Dienst zu versagen, als er mit linkischen Bewegungen um mich herumtänzelte, sein Hemd war ihm bereits aus seiner Hose gerutscht und auf dem Kopf sah er aus, als wäre er in eine Steckdose geraten.

Wenn ich gewollt hätte, wäre es für mich ein Leichtes gewesen, mit ihm ins Bett zu gehen. Aber was hätte ich davon gehabt? Er hätte sich doch am nächsten Morgen an nichts mehr erinnert. Also war das Thema für mich erst einmal erledigt und außerdem hatte er bisher noch keinerlei Anstalten unternommen, mich von einem derartigen Vorhaben in Kenntnis zu setzen.

»Amelie?«, hörte ich Conny rufen, »nun komm endlich.« Sie stand bereits mit Antoine mitten auf der Straße und wartete ungeduldig auf mich. Alain aber war so anhänglich, dass er sich an mich klammerte und nicht loslassen wollte.

»Komm Cherie, bleib doch heute Nacht bei mir«, lallte er. Im ersten Moment glaubte ich, mich verhört zu haben, aber dann sah ich in seinen Augen den feurigen, aber schon leicht alkoholisierten Blick eines lüsternen, völlig erschöpften Toreros, der im nächsten Augenblick den Stier niederstrecken wollte, wozu ihm, nach meiner Einschätzung, aber die Kraft und das Stehvermögen fehlten.

»Alain, heute nicht, geh ins Bett und schlaf dich aus.« Ich drehte mich zu Conny und Antoine um. Sie standen noch immer auf der Straße und schauten uns lachend zu. Alain wollte mich unbedingt in seinem Himmelbett unterbringen, aber ich wehrte mich mit allen Kräften gegen dieses Vorhaben, schnappte ihn unter dem Arm, zerrte ihn ins Haus und warf ihn, ohne dass er sich seiner Kleidung entledigen konnte, aufs Bett. Er knurrte vor sich hin und war, nachdem er ein paarmal die Hände nach mir ausgestreckt hatte, kurz darauf eingeschlafen. Ich zog ihm die Schuhe aus und als ich sein Schlafzimmer verließ, hörte ich schon sein lautes, nervtötendes Schnarchen.

»Bin ja mal gespannt, ob er in nüchternem Zustand auch noch den feurigen Liebhaber spielt«, schoss es mir durch den Kopf. »Na ja, wir werden sehen, aber was ich bisher erlebt habe, deutet nicht gerade darauf hin. Aber was nicht ist, kann ja noch werden.«

Conny und Antoine hatten sich inzwischen in den Wagen gesetzt und turtelten miteinander, wie es Frischverliebte nun mal tun. Aber irgendwie war mir dies doch etwas unangenehm, denn ich hatte noch nie gesehen, dass Conny mit einem Kerl herumgeknutscht hatte. Sie hatte wohl gespürt, dass mir dies peinlich war, und ließ augenblicklich von Antoine ab. »Warte Cherie«, flüsterte sie ihm zu. Ja, so war meine Conny, eine wahre Freundin, auch in dieser etwas prekären Situation.

Wir bogen in die Rue Bonaparte ein und hielten vor dem Haus, in dem ich wohnte. Mein Blick ging nach oben und ich sah, dass unsere Wohnung noch hell erleuchtet war. Mama war noch auf und ich war sicher, dass ich mir gleich wieder eine Predigt anhören musste. Ich war ein bisschen neidisch auf die beiden, die vor mir im Wagen saßen und gleich das tun würden, was ich am liebsten auch getan hätte, aber ich trabte wie ein begossener Pudel die Treppe hinauf und befand mich augenblicklich in den Fängen meiner besorgten Mama.

»Hast du mal auf die Uhr geschaut, wie spät es ist?«
Amüsiert sah ich sie an, denn diesen Spruch hörte
ich nun schon ein ganzes Jahrzehnt.

»Mama, wann begreifst du endlich, dass ich keine
fünfzehn mehr bin.« Und dann kam dieses berühmte
»ja aber«.

»Ja aber, Cherie, du weißt doch, dass ich mir immer Sorgen mache, wenn du so spät nach Hause
kommst.«

»Mama, komm lass es gut sein.« Ich gab ihr einen
Kuss und verschwand ins Badezimmer, putzte meine
Zähne, wischte mir die Schminke aus dem Gesicht,
zog mein langes überdimensionales T-Shirt an, das
ich immer trug, wenn ich bequem schlafen wollte,
es sei denn, ich hatte einen Kerl zu Besuch, aber das
war in der letzten Zeit eher selten vorgekommen.

Was würden Conny und Antoine jetzt wohl machen? Na, was wohl? Ich habe mir selten eine so blöde Frage gestellt. Sie würden sich ... abrupt beendete
ich dieses Gedankenspiel, denn ich hatte das Gefühl,
dass ich dies nicht bis zum Ende durchhalten würde.
Ich drehte mich auf die Seite, schloss die Augen und
sagte dieser ungerechten Welt für einige Stunden
ade.

Am nächsten Morgen. Ich war gerade im Badezimmer, um die Spuren der Nacht zu beseitigen, als das
Telefon mit einem schrillen Klingelton meine morgendliche Ruhe störte. Ich stürmte, so gut ich konnte, zum Telefon, riss den Hörer von der Gabel und
krächzte mit belegter Stimme: »Alain, bist du es?«
Ob ich so undeutlich sprach, weiß ich nicht mehr so

genau. Alain jedenfalls glaubte in diesem Moment, er hätte sich verwählt und legte den Hörer auf.

»Verdammter Mist«, schimpfte ich, »warum bleibst du nicht am Apparat?« Augenblicke später klingelte es erneut. Ich räusperte mich und hoffte inständig, dass Alain dieses Mal mein Gekrächze verstand.

»Amélie, bist du es? Sag mal, was war das denn eben für eine Alte, die hatte ja eine Stimme, als hätte sie die ganze Nacht gesoffen.«

»Die Alte, mein Lieber, war ich«, erwiderte ich leicht verschnupft, musste ihm aber recht geben, denn meine Stimme klang wirklich unterirdisch. Und dann legte er los, sprach ohne Punkt und Komma. Mein Gott, so euphorisch hatte ich ihn ja noch nie erlebt.

»Es ist ein ganz toller Artikel, den Conny geschrieben hat. Stell dir vor, eine halbe Seite in der »Le Monde«, das ist ja wie ein Lottogewinn. Sag mal, hast du es schon gelesen?«

Ich warf den Hörer aufs Buffet, rief nur: »Warte, ich bin gleich zurück.«

Dann stürmte ich, nur mit meinem T-Shirt und einem viel zu kleinen Slip bekleidet, barfuß die Treppe hinunter, riss die Zeitung aus dem Briefkasten und wollte gerade die Treppe hinaufgehen, als sich die Tür auf der 2. Etage öffnete und Madame Bernadou neugierig durch einen schmalen Spalt der geöffneten Tür schaute.

»Na Kindchen, warum läufst du so halb nackt durch das Haus, ist etwas passiert?«

»Nein, Madame, es ist alles in Ordnung«, erwiderte ich und stürmte weiter die Treppe empor.

Madame Bernadou lebte schon Ewigkeiten in unserem Haus, und sie kannte mich schon, als ich noch im Sandkasten spielte. Sie war eine überaus liebenswerte Person, bedachte mich, als ich noch ein Kind war, immer wieder mit kleinen Geschenken, die ich natürlich sehr gerne entgegennahm. Als ihr Mann vor zehn Jahren starb, zog sie sich zurück, verließ selten ihre Wohnung und wenn sie das tat, ging sie immer mit gesenktem Kopf und einem traurigen Gesicht durch die Stadt. Sie hatten sich, so glaube ich, sehr geliebt und sie kam für lange Zeit nicht über den Tod ihres Mannes hinweg.

Ich lief in die Wohnung, breitete die Zeitung auf dem Tisch aus und blätterte so lange, bis ich den Artikel gefunden hatte. Ich war begeistert. Alleine die Überschrift machte schon Appetit auf mehr:

»Alain Dupont - Ein neuer Stern am Pariser Kunsthimmel.«

Darunter ein Foto von Alain, sehr künstlerisch und mit einer Sensibilität fotografiert, dass allein dies schon ein Kunstwerk war. Darunter, gut lesbar, der Termin der geplanten Vernissage. In drei Tagen war es also so weit, dann sollte Alain seinen großen Auftritt erleben und ich hoffte inständig, dass viele Besucher kamen, die dem Künstler ihre Referenz erwiesen. Eine Horrorvorstellung wäre es allerdings, wenn an den Wänden mehr Bilder hingen, als Besucher und Gäste anwesend waren. Ich ergriff den Hörer des Telefons.

»Ich habe den Bericht gesehen, Alain, ich bin begeistert.«

»Findest du«, und seine Stimme war wieder voller Zweifel. Was war bloß in diesen Kerl gefahren, vor wenigen Minuten war er noch Feuer und Flamme und strotzte vor Selbstbewusstsein und Augenblicke später benahm er sich wie ein kleiner Schuljunge, der Angst vor seiner ersten Unterrichtsstunde hatte.

»Alain, hör mir zu, ich finde, dass du ein sehr guter Maler bist und darauf solltest du stolz sein und ich finde auch«, fügte ich hinzu, »dass du es verdient hast. Und glaube mir, du wirst Erfolg haben, da bin ich ganz sicher.«

Doch irgendwie hatte ich das Gefühl, dass er nicht so recht an seinen Erfolg glauben wollte. Der Artikel in der »Le Monde« war eine Sache und die Ausstellung in Antoines Galerie eine andere, aber beides zusammengenommen, bewirkte wohl nicht, dass ihn ein überwältigendes Glücksgefühl heimsuchte.

Langsam wurde ich wütend. Da malt dieser Angsthase fantastische Bilder, bekommt die Gelegenheit, seine Bilder in der Galerie von Antoine auszustellen, Conny schreibt einen tollen Artikel in der »Le Monde« und was macht er? Er macht auf mich den Eindruck, als würde er zum Schafott geführt werden.

Ich wollte aber im Augenblick nicht weiter darauf eingehen, denn ich befürchtete, dass er unter der Last der kommenden Ereignisse zusammenbrechen würde.

»Alain, du bist ein Idiot, weißt du, was das heißt, wenn dir Antoine ein derartiges Kompliment macht und dir dann noch die Möglichkeit gibt, in seiner Galerie deine Bilder auszustellen?«

»Ja, ich weiß, aber ....« Jetzt war ich mit meiner Geduld am Ende.

»Was willst du? Willst du Erfolg haben, oder willst du ein kleiner unbekannter Maler bleiben, der froh ist, wenn er ab und zu mal ein Bild für ein paar Euro verkauft. Willst du das?«

»Natürlich will ich das nicht«, erwiderte er kleinlaut.

»Na also«, sagte ich und hörte, wie meine Stimme so laut wurde, als würde ich eine Kompanie Flics zur Ordnung rufen. »Dann reiß dich endlich zusammen und hör mit dem Gejammer auf.«

Ich glaube meine Gardinenpredigt war wie ein Weckruf, der ihn aus seiner Lethargie erlöste.

Mama war, während ich versuchte, Alain einen Hauch von Selbstbewusstsein zu vermitteln, zum Markt gefahren, um Ware für die nächsten Tage einzukaufen. Petit Fleur trottete neben ihr her, drehte sich aber immer wieder um, weil sie hoffte, mich irgendwo zu entdecken. Irgendwann hatte sie wohl aufgegeben, blieb aber, aus lauter Protest, mitten in der Halle stehen und weigerte sich, Mama zu folgen. Alles gute Zureden half nicht, sie kläffte kurz und setzte sich dann, wie zu einer Salzsäule erstarrt, auf ihr Hinterteil.

Mama war ziemlich genervt, rief immer wieder ihren Namen und als sie Petit Fleur trotz guten Zuredens nicht dazu bewegen konnte, ihr zu folgen, ließ sie diesen kleinen Revoluzzer einfach sitzen und ging mit schnellen Schritten zu Jacques, bei dem wir immer unsere Ware einkauften.

»Bonjour Madame«, begrüßte er Mama und schaute suchend in die Richtung, aus der sie gekommen war.

»Kommt Amélie heute nicht?« In seiner Stimme konnte man die Enttäuschung hören, denn er hatte sich, wie immer, auf mein Erscheinen gefreut.

»Nein, sie kommt heute nicht«, erwiderte Mama und man konnte die Empörung spüren, die sie bei Jacques' Bemerkung empfand. »Sie müssen schon mit mir vorliebnehmen.«

Sie hatte das Gefühl, dass sich in diesem Augenblick ein Generationswechsel vollzogen hatte. Bei Jacques' Vater war sie immer die absolute Favoritin, wurde von ihm umworben und mit Komplimenten überschüttet, und jetzt fragte dieser kleine Taugenichts, warum Amélie nicht bei ihm vorbeigeschaut hat.

»Mein Gott, bin ich denn schon so alt, dass man mir keine Aufmerksamkeit mehr schenkt?«

Jacques hatte wohl gespürt, dass er bei der Begrüßung die falschen Worte gewählt hatte und versuchte jetzt, durch allerhand Liebenswürdigkeiten und nette Worte, die Wogen von Mamas Empörung zu glätten. Er ging zu einem Kübel, in dem sich wunderschöne Rosen befanden, zupfte drei dieser bildschönen Gebilde heraus, ging mit einem Lächeln auf Mama zu und überreichte ihr, mit einer Verbeugung, die Rosen.

»Für Sie, Madame. Wussten Sie eigentlich, dass mein Papa unsterblich in Sie verliebt war?«

Mama war sprachlos. Sie spürte, wie die Hitze in ihrem Körper aufstieg und ihr Gesicht bekam die Farbe eines Teenagers, dem ein junger Mann soeben eine Liebeserklärung gemacht hatte. Mit einem dankbaren Lächeln nahm sie diese wunderschönen

Rosen entgegen und sie schämte sich ein wenig, dass sie ihm unrecht getan hatte. Sie hatte ihren Einkauf bei Jacques beendet, die Kartons und Kisten waren sorgfältig in ihrem Lieferwagen verstaut. Sie ging auf Jacques zu und bedankte sich noch einmal für die schönen Rosen, die er ihr zum Geschenk gemacht hatte. Als sie nach Petit Fleur Ausschau hielt, saß diese noch immer, wie in Stein gemeißelt, mitten auf dem Weg und rührte sich erst von der Stelle, als Mama mit dem Einkaufswagen auf sie zukam.

Es war acht Uhr morgens. Ich war um neun Uhr mit Alain in der »Galerie d'arts« in der Rue Saint-Dominique verabredet. Ich ging ins Wohnzimmer und schaute die Rue Bonaparte hinunter. Die Sonne hatte sich einen Weg durch den morgendlichen Dunst der Großstadt gebahnt und tauchte die Stadt in ein freundliches, aber noch etwas diffuses Licht. Von der Seine wehte ein leichter Wind zu mir herüber. Ich genoss diesen Anblick und entschloss mich, bis zur Rue Saint-Dominique zu Fuß zu gehen. Ich zog mich an, streifte meinen Mantel über, hängte mir meine Handtasche über die Schulter und ging gut gelaunt die Treppe hinunter. Plötzlich schellte mein Handy. Ich wühlte aufgeregt in meiner Tasche herum, nahm es heraus und sah auf dem Display Connys Bild.
»Hallo Cherie«, rief ich etwas überrascht, denn ich hatte in diesem Augenblick nicht mit ihrem Anruf gerechnet, zumal wir ja um neun Uhr verabredet waren. Ich hörte nur, wie Conny lachte und ein lautes »Überraschung« von sich gab. Ich war für einen Augenblick sprachlos, denn mit dem Wort

Überraschung konnte ich beim besten Willen nichts anfangen.

»Was ist los, Cherie, was für eine Überraschung?«

Sie machte es natürlich ein wenig spannend, bevor sie mir eine Antwort gab. »Stell dir vor, das Fernsehen wird bei der Vernissage anwesend sein und am nächsten Tag einen Bericht senden.«

»Ach, komm«, sagte ich ungläubig, »du willst mich wohl auf den Arm nehmen.«

»Ich habe vor einer halben Stunde einen Anruf von France 2 bekommen. Sie wollen am Tag der Vernissage ein Kamerateam in Antoines Galerie schicken.«

Ich hatte in diesem Augenblick das Gefühl, ohnmächtig zu werden, und hätte ich mich nicht am Treppengeländer festgehalten, wäre ich bestimmt hinuntergefallen.

»Sag, dass das nicht wahr ist«, stotterte ich ungläubig. »Conny, ich warne dich, wenn du mich belügst, bist du die längste Zeit meine Freundin gewesen. Wer hat das überhaupt eingefädelt, warst du das?«

»Darüber kann ich dir nichts sagen, ich habe lediglich die Information bekommen.«

Ich glaubte ihr kein Wort. Entweder hatte sie das arrangiert oder es war Antoine, der seine Beziehungen ins Spiel gebracht hatte. Aber das war lediglich eine Vermutung von mir. Ich war wie in Trance, ging wie willenlos die Treppe hinunter, öffnete die Haustür und stand plötzlich auf der Straße. Weiß der Teufel, wie ich da hingekommen war. Ich hatte das Gefühl, auf Watte zu laufen, mein Kopf war das reinste Bienenhaus, alles rauschte und meine Gedanken waren von einem logischen Gedanken meilenweit entfernt. Freude über das Gehörte wechselte sich ab mit der Angst vor dem, was folgen würde. Ich malte mir schon aus, wie Alain reagieren würde, wenn er erfuhr, dass jetzt auch noch das Fernsehen kommen würde. Hoffentlich steht er das durch und packt nicht seine Koffer, um auf Nimmerwiedersehen zu verschwinden. Mich hatte diese Nachricht jedenfalls völlig aus dem Gleichgewicht gebracht.

Im Café de Flore, in der Nähe der Metrostation St. Germain de Prés, legte ich erst mal eine kleine Erholungspause ein, bestellte mir einen Café au lait und ein knuspriges Croissant, das ich mit einem wahren Heißhunger verspeiste, denn ich hatte vor lauter Aufregung mein Frühstück vergessen. Danach ging es mir schon halbwegs besser.

Claire, die im Café de Flore arbeitete, hatte mich schon beim Betreten des Cafés mit sorgenvoller Miene angeschaut, denn ich machte doch einen sehr aufgeregten Eindruck, was ja wohl auch kein Wunder war, nach allem, was am Morgen geschehen war.

Ich konnte sie aber guten Gewissens beruhigen, es war nichts Schlimmes, es war alles nur sehr aufregend. Ich verabschiedete mich mit einem fröhlichen »Dankeschön für deine Fürsorge« und machte mich auf den Weg. Langsam schlenderte ich den Boulevard Saint Germain hinunter, betrachtete, da ich noch ein wenig Zeit hatte, die Auslagen in den Geschäften und bog dann nach links in die Rue Saint-Dominique ein. Ein Blick auf meine Uhr signalisierte mir, dass ich ausnahmsweise mal früh dran war. Pünktlichkeit war, wie Mama immer wieder betonte, nicht gerade meine Stärke und da musste ich ihr ausnahmsweise einmal recht geben.

Ich schlenderte so die Straße auf und ab und bemerkte, wie mich ein Flic schon die ganze Zeit misstrauisch beäugte. »Was will der von mir?«, fragte ich mich. Ich hatte den Gedanken noch nicht zu Ende gedacht, als er auf mich zukam und vor mir stehen blieb.

»Was suchen Sie hier Mademoiselle?«

»Ich suche niemanden, ich warte hier«, erwiderte ich und war empört über die Art, wie er mit mir sprach. In mir reifte ein unglaublicher Verdacht. Der wird doch wohl nicht glauben, dass ich … ich wagte noch nicht einmal, diesen Gedanken zu Ende zu denken, dieser Kerl glaubte doch tatsächlich, das ich eine bin, die es für Geld macht.

»Herr Polizist, ich bin nicht so eine, wie Sie vielleicht denken, ich warte hier auf meinen Freund, der jeden Augenblick hier auftauchen muss.«

Würde er mir glauben? Nein, würde er nicht, denn er verlangte von mir meinen Personalausweis, betrachtete ihn sehr ausgiebig, drehte ihn um, nahm sein Funkgerät zur Hand und drückte eine der vielen Tasten, die sich darauf befanden. Ich lauschte, weil ich wissen wollte, was er sagte, aber er hatte sich ein paar Meter von mir entfernt, sodass ich nichts verstehen konnte.

Er lauschte, wartete wahrscheinlich auf eine Antwort seines Gegenübers. Dann hörte ich nur sein merci. Er beendete das Gespräch, kam zurück und reichte mir, ohne ein Wort der Entschuldigung, meinen Ausweis.

»Sie können gehen, Mademoiselle.«

»Ich will aber nicht gehen«, erwiderte ich zornig. »Ich will hier bleiben, weil ich mit meinem Freund verabredet bin. Haben Sie mich verstanden, Herr Polizist? Ich will hier warten.«

Er sah mich an, tippte mit dem Finger an seine Mütze und setzte, ohne weiter Notiz von meiner Person zu nehmen, seinen Weg Richtung Rue Bonaparte fort. In diesem Moment hörte ich hinter mir ein lautes, krächzendes Hupen, das mir allerdings sehr bekannt vorkam. Ich dreht mich um und konnte nicht glauben, was ich da sah. Es war Mama, die in unserem klapprigen Lieferwagen rasant auf mich zufuhr. Sie hielt mit quietschenden Reifen direkt neben mir.

Neben ihr saß Petit Fleur auf dem Beifahrersitz und renkte sich den Hals aus, und als sie mich entdeckte, kläffte sie wie eine Wilde. Mama öffnete die Tür, mit einem Satz sprang Petit Fleur aus den Wagen und raste wie von Sinnen auf mich zu. Ich sah schon von Weitem Mamas ungläubigen Blick. Sie hatte anscheinend die Szene mit dem Flic beobachtet. Aufgeregt kam sie auf mich zu.

»Sag mal, Cherie, was sollte das denn eben? Was wollte der Flic von dir? Der hat doch wohl nicht geglaubt ...« Ich musste schallend lachen.

»Mama, wenn du dasselbe denkst wie ich, kann ich deine Vermutung nur bestätigen, ja, er hat geglaubt, ich gehe auf den Strich.« Sie räusperte sich empört.

»Immer diese Kerle, die denken auch nur an das Eine.«

13. Kapitel

Es war fünf Minuten vor neun, als ein dunkler Lieferwagen um die Ecke bog und direkt vor der »Galerie d'arts« hielt. Antoine öffnete die Tür, schaute zu mir herüber und winkte mir zu.

»Komm doch rüber«, rief er und sein Gesicht strahlte wie das eines kleinen Jungen, der mir gerade einen Streich gespielt hatte. »Ich habe eine Überraschung für dich.«

Ungläubig und neugierig zugleich ging ich zu dem Wagen. Plötzlich öffnete sich die Tür und Alain stieg lachend vom Beifahrersitz.

»Bon Jour, Cherie, hast du gut geschlafen?« Ich schrie auf, aber es war mehr ein Freudenschrei.

»Du verrückter Kerl, was machst du mit mir?« Ich verstand das alles nicht, verstand nicht seine spontane Lockerheit, verstand nicht, warum er sich so plötzlich gewandelt hatte, verstand nicht, dass er plötzlich zu derartig intensiven Gefühlsregungen fähig war. War es wirklich der Alain, den ich kennengelernt hatte, der mir mit seiner Zurückhaltung immer wieder auf die Nerven ging, für den Zärtlichkeit ein Fremdwort zu sein schien?

Ich war überrascht und glücklich zugleich, und was war mit mir geschehen? War ich ihm ein Stück näher gekommen? War etwas geschehen, was ich mir schon so lange gewünscht hatte? Ich war völlig verwirrt, konnte in diesem Moment keinen klaren Gedanken fassen. Plötzlich war er mir sehr nah, so nah, wie noch nie zuvor, denn ich hatte das Gefühl, dass ich in sein Herz schauen konnte. Was war also geschehen? Hatte er von Conny und Antoine etwas abgeschaut? Hatte er endlich begriffen, dass er auch etwas investieren musste, wenn er mein Herz erobern wollte? Anscheinend waren die beiden plötzlich ein leuchtendes Beispiel für ihn, denn er hatte ja jetzt erlebt, wie zwei Menschen, die zueinander gefunden hatten, miteinander umgingen. Gut, vielleicht war er in diesen Dingen nicht so erfahren, aber was zum Teufel hinderte ihn daran, endlich das Herz für den Menschen zu öffnen, den er liebte, zu seinen Gefühlen zu stehen und ihm dies auch zu zeigen.

Ich spürte plötzlich seine Ausgelassenheit, hörte sein Lachen, das so ansteckend war, dass ich mich wie auf einer Wolke des Glücks fühlte. Seine Fröhlichkeit, die ich noch nie so intensiv wahrgenommen hatte. Ich sah ihm in die Augen und zum ersten Mal spürte ich seinen zärtlichen Blick und seine Augen bekamen so einen eigenartigen Glanz, als würden Tränen des Glücks diesen Glanz verursachen. Für einen Moment stand ich da, hatte die Welt um mich herum vergessen. In diesem Augenblick wurde mir klar, wie sehr ich ihn liebte. Und plötzlich spürte ich wieder die Schmetterlinge in meinem Bauch und dieses Gefühl war so intensiv, dass ich es kaum ertragen konnte.

Ich ging auf Alain zu und schmiegte mich ganz dicht an ihn. Er nahm mich in die Arme. Ich spürte die Wärme seines Körpers, seine Hände streichelten zärtlich über mein Gesicht. Ich war so überrascht, dass ich noch immer kein Wort herausbekam, und als er seinen Körper ganz fest an den meinen presste, spürte ich, dass er mehr wollte, das er mit mir das tun wollte, worauf ich schon so lange sehnsüchtig gewartet hatte.

Ich schaute zu ihm auf und flüsterte: »Ich will es auch, Cherie.« Als er dann mit seinen Fingern über meine Wangen strich, zitterten sie und ich wusste genau, dass wir uns noch heute lieben würden. Endlich.

Es war überwältigend, und die Überraschung, die sie für mich bereithielten, war ihnen gelungen und ich vermutete, dass Antoine dahintersteckte. Die Krönung aber war, als sich die Schiebetür an der Seite des Wagens öffnete und Conny herausschaute. Vor lauter Freude lief ich zu ihr und umarmte sie.

Ich muss in diesem Moment ein so überraschtes Gesicht gemacht haben, dass alle, die um mich herumstanden, in schallendes Gelächter ausbrachen. Ich schaute Antoine ein wenig ungläubig an.

»Und wo sind die Bilder?« Meine Stimme klang in diesem Moment recht kläglich, hatte ich doch damit gerechnet, dass jetzt das Ausladen und Aufhängen der Bilder begann, aber nichts geschah. Antoine schaute mich an und grinste, ging zu der Tür, die in das Innere der Galerie führte und gab einen Sicherheitscode ein. Einen Augenblick später sprang die Tür auf. Ich hatte dieser Galerie ja noch nie einen Besuch abgestattet und war deshalb überrascht, was sich meinen Augen darbot. Ein riesiger Raum tat sich vor mir auf, der Boden war mit edlem Marmor ausgelegt. In der Empfangshalle stand eine Sitzgarnitur aus weißem Leder. Auf dem Glastisch befand sich eine silberne Vase, in der ein Strauß mit bunten Blumen stand. Hinter der Empfangshalle verjüngte sich der Raum und mündete in die eigentlichen Ausstellungsräume.

Ich war so fasziniert von dem, was ich sah, dass ich nicht die Bilder bemerkte, die an den Wänden hingen und in dem gleißenden Licht der Spots zu aufregenden Farbkompositionen wurden. Plötzlich erspähte ich ein Gemälde, das mir sehr bekannt vorkam. Hatte ich es nicht schon in Alains Atelier gesehen? Ich ging tiefer in den Raum und da sah ich etwas, was mir den Atem raubte. An den Wänden der Ausstellungshalle hingen Alains Bilder, wunderbar angestrahlt, und vermittelten mir einen derart emotionalen Anblick, dass mir die Freudentränen in die Augen stiegen. Mein Blick suchte Alain, der, die Hände in den Hosentaschen, in einer Ecke stand und mit einem strahlenden Lächeln im Gesicht zu mir herüberschaute. Eilig ging ich zu ihm und schmiegte mich ganz dicht an ihn.

»Es ist ganz wundervoll, Cherie, ich freue mich für dich und ... ich bin sehr stolz auf dich.«

Ich spürte, wie er ein wenig verlegen wurde, denn so viele Lobeshymnen für seine Arbeiten hatte er anscheinend schon lange nicht mehr bekommen. Plötzlich stand Conny neben mir.

»Na, Amélie, was sagst du, ist das nicht toll geworden?« Ich nahm ihre Hand und drückte sie ganz fest, das war das Einzige, wie ich im Moment meine Gefühle ausdrücken konnte. Antoine und seine Leute hatten ein wahres Wunder vollbracht, nichts war mehr von den Beschädigungen zu sehen, die diese

hysterische Kuh von Agentin seinen Gemälden zuge-
fügt hatte. Ich hatte sogar das Gefühl, dass sie noch
brillanter wirkten, aber vielleicht war es auch der
Umstand, dass sie jetzt am rechten Platz hingen.

Wo war Antoine geblieben? Ich schaute mich um
und dann sah ich ihn. Er stand in der Empfangshalle und sprach mit einem der Restauratoren, deren
Verdienst es war, dass Alains Bilder wieder unver-
sehrt waren. Ich ging auf ihn zu, blieb ganz dicht vor
ihm stehen und küsste ihn, im Überschwang meiner
Gefühle, direkt auf den Mund. Ein wenig verwirrte
mich meine Spontanität schon, denn ich spürte seine warmen weichen Lippen, für den Bruchteil einer
Sekunde nur, aber irgendwie genoss ich diese sehr
intime Berührung. Conny hatte uns beobachtet und
als ich zu ihr herüberschaute, lachte sie zwar, drohte
mir aber mit erhobenem Zeigefinger.

Ein schuldbewusster Blick ging zu ihr herüber und
ich zuckte verlegen mit den Schultern. »Keine Sorge, Cherie«, flüsterte ich, aber sie war zu weit weg,
um meine Worte zu hören, »ich nehme dir deinen
Antoine nicht weg.« Mama hatte sich die ganze Zeit
diskret im Hintergrund gehalten. Vor jedem Bild
verweilte sie und betrachtete es einige Minuten voller Bewunderung, dann kam sie auf mich zu, blieb
vor mir stehen und ein glücklicher Ausdruck erhell-
te ihr Gesicht.

»Es sind wunderschöne Bilder und ich bin stolz,
dass Alain sie gemalt hat. Er wird mit Antoines Hilfe
ein bekannter Maler werden.« Sie war voller Begeisterung und wie sie über ihn sprach, machte mich
zum ersten Mal so richtig stolz.

Plötzlich ertönte aus den Lautsprechern in der Galerie mein Lieblingslied, das auch der Klingelton meines Handys war.

»Non, je ne regrette rien«, sang Edith Piaf. In dem Augenblick, als ich die ersten Töne dieses Chansons hörte, spürte ich, wie Schauer des Glücks über meinen ganzen Körper liefen und sich meine Augen mit Tränen der Freude füllten. Ich ging zu Alain, schlang meine Arme um seinen Körper und schmiegte mich ganz fest an ihn, schloss die Augen und wünschte mir, dass dieser Augenblick nie vorübergehen möge. Ich stand vor ihm und träumte, träumte von einer Zukunft auf rosaroten Wolken und es war das erste Mal, dass ich meiner Liebe zu ihm ganz sicher war.

Ich stand neben ihm und schaute ihn fragend an: »Hast du den Titel von Edith Piaf aufgelegt?«

Als er meine Frage mit ja beantwortete, fuhr ich fort: »Weißt du eigentlich, welch große Freude du mir damit bereitet hast?«

Er grinste verschmitzt, hüllte sich aber in Schweigen. Da ich aber eine Frau bin und alles genau ergründen musste, wollte ich es genau wissen, wollte wissen welche Rolle ich in seinem Leben spielte und was dieses Chanson in diesem Moment für ihn bedeutete. Ich wartete auf seine Antwort, aber er schwieg und schaute mich nur erstaunt an, und dann stellte ich die vielleicht dümmste Frage, die eine Frau einem Mann stellen kann.

»Woher wusstest du, dass dies mein Lieblingschanson ist?«

Seine Antwort verblüffte mich derart, dass es besser gewesen wäre, wenn ich sie nicht gestellt hätte, denn sie war so unromantisch, als hätte er mir erklärt, wie man einen Nagel in die Wand schlägt und doch war sie so simpel, dass ich nicht anders konnte, ich musste aus vollem Herzen lachen. Ich hatte natürlich etwas ganz anderes erwartet, hatte darauf gehofft, dass er mir jetzt eine herzzerreißende Liebeserklärung macht, aber Pustekuchen. Während ich mein Herz für ihn öffnete, hatte er nichts anderes zu tun, als mich aus meinen Träumereien zurück in die Realität zu befördern.

»Ich habe ja schließlich oft genug den Ruf deines Handys gehört, also war das doch die logischste Schlussfolgerung, dass dies dein Lieblingschanson sein musste«, war seine Antwort, die analytischer und präziser nicht sein konnte, und dies sagte er aus voller Überzeugung und in einem Ton, als würde er in der Sorbonne einen Vortrag halten.

Eigentlich hatte er ja recht, nur dass dies in diesem Moment nicht gerade meine Herzfrequenz zu Höchstleistungen animierte, und dies hatte er, bei dieser ausgesprochen unromantischen Antwort, in keiner Weise in Betracht gezogen. Danke für diese von Herzen kommende Liebeserklärung, mein lieber Alain, du bist ein Elefant im Porzellanladen ... und du bist ein herzloses Scheusal.

Sollte ich ihm jetzt böse sein, oder sollte ich ihm diese typisch männliche Aussage verzeihen? Aber irgendwie fand ich meine Reaktion nicht fair, schließlich hatte er mir ja schon einen Liebesbeweis geliefert, indem er mir das Chanson von der Piaf vorgespielt hatte. Also vergaß ich meine momentane Verstimmung wieder und legte sie im Fach »erledigt« ab.

14. Kapitel

Der Tag der Vernissage rückte immer näher und die Spannung, die vor diesem Ereignis in der Luft lag, konnte man fast körperlich spüren. Alain war nicht ansprechbar, ich war nicht ansprechbar, Mama war nicht ansprechbar, nur Petit Fleur scherte sich einen Dreck darum, was in unseren menschlichen Köpfen vor sich ging. Alain und ich saßen in unserem Bistro, frühstückten, tranken Kaffee und das einzige Thema war diese gottverdammte Vernissage, die für Alain von so großer Bedeutung war, dass sie ständig in unseren Köpfen herumspukte und wir nicht aufhören konnten, darüber zu reden. Sogar Mama hatten wir schon mit unserer Hysterie angesteckt, also wie gesagt, es drehte sich alles nur noch um Bilder, um die Frage, ob die Vernissage ein Erfolg wird, drehte sich darum, was wäre, wenn die ganze Geschichte mit einem Desaster endete. Nur ein Gedanke hatte keinen Platz in unseren Überlegungen, was wäre, wenn die Vernissage ein Riesenerfolg würde, und sich unser ganzes Leben von heute auf morgen veränderte. Alain würde oft unterwegs sein und das angenehme Leben wäre augenblicklich beendet. Es wäre nie mehr so, wie es einmal war.

Wir würden dem Geld hinterherlaufen, hätten keine Ruhe mehr, würden überall rumgereicht, in Talk Shows, in Fernsehinterviews, kurzum, Alain wäre eine Person von öffentlichem Interesse. Auf der anderen Seite hätte es auch Vorteile. Das Leben würde aufregender werden, wir würden auf Partys gehen, neue Menschen kennenlernen, die uns unter normalen Umständen nie begegnen würden. Fazit der ganzen Geschichte wäre, dass man es drehen konnte wie man wollte, es würde immer ein Schuh daraus, denn wenn man das eine will, kann man das andere nicht lassen. Es war eine verzwickte Situation, das musste ich zugeben, und ein bisschen Angst hatte ich auch davor und ich war fest davon überzeugt, dass es Alain genauso ging.

Noch vierundzwanzig Stunden waren es bis zu diesem Ereignis, das alles verändern würde, entweder in die eine oder die andere Richtung. Ich war morgens mit Petit Fleur zum Markt gefahren und Jacques freute sich natürlich riesig, als er mich sah, verschwieg mir aber vorsorglich, wie sauer Mama auf seine Frage, wo ich denn bliebe, reagiert hatte. Na ja, auch egal.

Er jedenfalls freute sich, ich freute mich, dass ich wieder die schönsten und frischesten Dinge bei ihm gekauft hatte und Petit Fleur freute sich, dass sie mir wieder zwischen den Füßen herumlaufen konnte, ohne die strenge Stimme von Mama zu hören. So hatte an diesem Morgen jeder sein Stückchen Glück erwischt und alle waren zufrieden, Jacques, ich und Petit Fleur. Als ich vor unserem Bistro ankam, schaute ich erschreckt und voller Sorge auf eine Menschenmenge, die sich vor dem Eingang zu unserem Bistro versammelt hatte. Ich dachte im ersten Moment, dass etwas Schreckliches geschehen war, aber als ich näher hinschaute, sah ich Mama, die in einer Menge von Reportern stand und wild gestikulierend ihren großen Auftritt hatte.

Ich fuhr mit unserem Lieferwagen auf den Hof und lief, ohne ihn auszuladen, in Richtung Mama, die immer noch von Reportern umringt war, und Petit Fleur lief schnurstracks hinter mir her.

»Mama, was ist hier los?«, rief ich atemlos, nachdem ich mich mit letzter Kraft durch das Gewühl der umherspringenden Reporter gedrängt hatte. Sie schaute mich mit einem glückseligen Gesicht an.

»Cherie, es ist so wunderschön, auch mal im Mittelpunkt zu stehen.« Aber es ging dabei gar nicht um sie, aber sollte ich ihr sagen, dass diese neugierigen Paparazzi nur etwas über Alain erfahren wollten, denn irgendein Vögelchen hatte gezwitschert, dass sich Alain in unserem Bistro aufhielt. Und Mama war natürlich ein willkommenes Opfer, das jede Frage der Reporter mit einer Freude und unendlicher Geduld beantwortete. Alain stand in der Tür und lächelte in die Kameras und die Blitzlichter zuckten, als würde sich über Paris ein unheilvolles Gewitter austoben. Dann war der Spuk vorüber und die Reporter verschwanden so schnell, wie sie gekommen waren. Sie hatten ihre Fotos von Alain und die ausschweifenden Erklärungen von Mama und das reichte ihnen. Im Moment zumindest.

Ich lief schnurstracks zurück auf den Hof, weil mir plötzlich einfiel, dass ich vergessen hatte, den Wagen abzuschließen. Als ich zurückkam, traute ich meinen Augen nicht. Das Bistro war bis auf den letzten Platz besetzt und Mama stand mit Schweißperlen auf der Stirn und Dampfwolken um sich herum hinter der Theke und kochte wie besessen Café au lait, Espresso, Tee in allen Sorten, belegte Baguettes in den verschiedensten Varianten. Baguettes mit Tomaten, Baguettes mit Salami, Baguettes mit Käse und mit Schinken aus der Provence. Ich rannte wie ein Roboter in der Küche umher, schmierte Canapés, belegte sie mit Lachs, bestrich sie mit Pastete, hatte, wenn ich in den Gastraum lief, natürlich alle Hände voll zu tun, um nichts auf den Boden zu werfen.

»Mama«, rief ich entsetzt, »wo kommen denn all die Leute her?«

Es war inzwischen 20 Uhr und unser Bistro war immer noch rappelvoll. Große, Kleine, Junge und Alte, Männer, Frauen ohne Kinder, Frauen mit Kindern, Ehepaare, die einen Spaziergang machten und noch einmal bei uns einkehrten, saßen an den Tischen und ließen es sich schmecken. Die Kinder liefen umher, schrien und tobten, rissen Stühle um, die dann mit lautem Scheppern umkippten. Es war ein heilloses Chaos. Ich suchte Alain, den ich zuletzt gesehen hatte, als er an die Tür gelehnt dastand und seinen Triumph genoss. Er war nicht zu sehen. Ich wollte gerade in der Küche verschwinden, um die nächsten Gäste zu bedienen, als ich ihn entdeckte. Er stand neben Mama, ergriff die bereits zubereiteten Getränke und trug diese mit einer derartigen Selbstverständlichkeit zu den Gästen, als hätte er in seinem Leben nichts anderes getan.

Wie vom Donner gerührt blieb ich stehen und schaute ihm zu, und dabei störte es mich nicht, dass mich die Gäste ungeduldig anschauten, weil sie auf ihr Essen warteten. Er bewegte sich mit einer Geschicklichkeit, die mich in Erstaunen versetzte. Woher konnte er das? War ich doch der Meinung, dass er so ein feiner Pinkel war, der sich nur ungern die Finger schmutzig machte, von der Malerfarbe an seinen Händen mal abgesehen. Schon wieder eine neue Seite an ihm, die ich noch nicht kannte, und es sollte nicht die letzte sein, aber das stellte ich erst später fest.

Conny, dieses geliebte Wesen, hatte ohne mein Wissen Autogrammkarten drucken lassen und diese, während ich unterwegs zum Markt war, heimlich in einer Ecke des Bistros deponiert. Als einer der Gäste die Autogrammkarten entdeckte, war er schnurstracks zu dem Tischchen gelaufen und hatte sie unter den anwesenden Gästen verteilt. Das Chaos nahm seinen Lauf. Es war ein Drängeln und Schubsen, denn keiner wollte die Gelegenheit verpassen, von dem *aufgehenden Stern am Pariser Kunsthimmel* ein Autogramm zu ergattern. Alain signierte jede Autogrammkarte mit einer Engelsgeduld, hatte für alle ein Lächeln und ein paar nette Worte übrig. Auch dies war eine neue Seite, die ich an ihm entdeckte und ich muss sagen, ich war mächtig stolz auf ihn. Allmählich leerte sich der Raum und als der letzte Gast gegangen war, setzten wir uns erschöpft an einen Tisch und schauten uns verwundert an.

Es dauerte einen Augenblick, bis ich mich erholt hatte. Mama hatte einen hochroten Kopf, ich hatte einen hochroten Kopf, nur Alain stand wie Napoleon hinter der Theke und schaute uns triumphierend an. Ich sprang auf, lief zu ihm, umarmte ihn und gab ihm einen Kuss. Er schaute mich aus großen Augen an,

legte seine Lippen an mein Ohr und flüsterte: »Ich
liebe dich, Cherie.« Ich schloss die Augen, stand da
wie ein kleines Mädchen, mein Herz raste, Schauer
des Glücks liefen mir über den Rücken, meine Knie
wurden weich, und ich zitterte am ganzen Körper.
Er hatte es gesagt, hatte es endlich gesagt, hatte die
drei magischen Worte gesagt, auf die ich schon so
lange gewartet hatte. Ich war wie im Rausch, klammerte mich an ihn, herzte und küsste ihn und dann
flüsterte auch ich: »Ich liebe dich.«

Dieser Augenblick war der schönste, den ich jemals
erlebt hatte. Ich schwebte auf einer Wolke des Glücks
und wünschte mir von ganzem Herzen, dass er niemals enden möge. Mama stand da, hatte die Hände
gefaltet und sah uns an. Ich sah die Freudentränen in
ihren Augen, denn sie wusste, dass etwas Wunderba-
res geschehen war. Sie kam auf uns zu und nahm uns
in die Arme, so standen wir minutenlang, eng um-
schlungen, und genossen diese Momente des Glücks.

Spät in der Nacht gingen wir durch Paris. Der Himmel war klar und der Mond glänzte, so als wollte er
uns ein Stück des Wegs begleiten. Wir spazierten
noch ein Stück an der Seine entlang, durchquerten
die Tuilerien, setzten uns auf eine Bank, die unter
einem dieser wunderschönen Kandelaber stand,
die die großzügigen Spazierwege durch den Park
säumten, und ich hatte das Gefühl, dass alle Menschen, die uns im Schein des Lichts begegneten, sehen mussten, wie glücklich ich war. Es war die erste
Nacht, die wir miteinander verbrachten, voller Liebe, Zärtlichkeit und Leidenschaft und als Alain mich
am nächsten Morgen mit einem Kuss weckte, hatte

er das Frühstück zubereitet und ich fühlte mich in diesem Moment wie eine Prinzessin. Er nahm eine Flasche Champagner aus dem Kühlschrank, goss ihn in zwei Gläser und der Glockenklang des Glases besiegelte unsere Liebe.

Als ich an diesem Morgen die Tür zu unserer Wohnung öffnete, wartete Mama schon mit einem Lächeln auf mich. Es war das erste Mal, dass sie mich nicht fragte, wo ich so lange war und dass sie sich Sorgen um mich gemacht hatte.

»Und, war es schön?«, fragte sie und schaute mich erwartungsvoll an. Ich lächelte nur und schwieg. »Hast du schon gefrühstückt, Cherie?«

»Ja, Mama, ich habe schon gefrühstückt.« Unser Gespräch verlief etwas schleppend. Sie wollte etwas wissen, aber ich wollte nichts erzählen. Darum hüllte ich mich in Schweigen und genoss die Momente meines Glücks.

Der Tag des großen Ereignisses war gekommen. Ich war so aufgeregt, dass ich immerzu daran denken musste. Mama stand in der Küche und bereitete alles für den Abend vor. Der Kühlschrank in unserem Bistro war mit Champagnerflaschen gefüllt, Tabletts mit kleinen Köstlichkeiten für die zu erwartenden Gäste waren zubereitet. Der Abend konnte kommen. An diesen Tag hatten wir unser Bistro geschlossen, denn auch Mama sollte an der Vernissage teilnehmen. Schließlich war es doch ein Ereignis, das uns alle betraf und wir waren sehr aufgeregt, was ja wohl auch verständlich war.

»Mama«, und meine Stimme klang schon fast hilflos, »ich bin so nervös.« Sie nahm mich in die Arme, streichelte über meine Haare und drückte mich ganz fest an sich, so wie sie es immer getan hatte, wenn ich als Kind Schutz in ihren Armen suchte.

»Mir geht es genauso, Cherie, aber es ist ein wunderschönes Ereignis, vergiss das nie.« Diese Worte waren wie Balsam für meine Seele und ich spürte, wie wieder Ruhe in mir einkehrte.

»Du hast recht Mama, es ist etwas Schönes und ich sollte mich freuen, anstatt wie ein aufgescheuchtes Huhn herumzurennen.«

In diesem Moment hielt ein Wagen vor unserem Bistro, die Tür öffnete sich und eine schlanke Männergestalt in einem dunklen Anzug stieg aus. Ich hatte erst im letzten Moment wahrgenommen, dass es Alain war. Als sich die Bistrotür öffnete, hätte ich ihn fast nicht erkannt. Er trug einen dunklen Businessanzug, darunter ein weißes Hemd mit einer dezenten blauen Krawatte. Seine fast schwarzen Haare hatte er gegelt und sorgfältig nach hinten gekämmt. Er war rasiert und der Duft seines Parfüms schwebte zu mir herüber. Es war das Parfüm, das er schon an dem Tag getragen hatte, als ich mich Hals über Kopf in ihn verliebte. Richtig weltmännisch sah er aus. Ein fröhliches Lächeln umspielte seine weichen Lippen und dann sah ich zum ersten Mal, dass er, wenn er lächelte, wunderschöne Grübchen hatte.

»Mon dieu, bin ich in diesen Kerl verknallt!« Bei diesem Gedanken spürte ich, wie die Hitze in mir aufstieg. Ich bekam einen knallroten Kopf, als Alain auf mich zukam und mich küsste. Ich schloss die Augen und genoss seine Nähe, die Wärme seines Körpers, den Duft seiner Haare und den Geruch seiner Haut, der sich mit seinem Parfüm, das ich so sehr liebte, zu einer betörenden Mischung vereinte. Mama stand in einiger Entfernung und lächelte. Es war ein Lächeln, so weich und so glücklich und ich konnte mich nicht erinnern, wann ich das bei ihr das letzte Mal gesehen hatte.

15. Kapitel

Alain und Antoine waren noch einmal in die Galerie gegangen, um nachzusehen, ob alles in Ordnung war, denn würde während der Vernissage etwas schiefgehen, könnte man es am nächsten Tag sicherlich in allen Tageszeitungen und Gazetten lesen und das wiederum wäre ein gefundenes Fressen für die Leute, die Antoine seinen Erfolg nicht gönnten, aber Gott sei Dank war alles in Ordnung und sie konnten sich auf den kommenden Abend freuen.

In der Zwischenzeit war Conny zu mir nach Hause gekommen und wir entschlossen uns, noch ein wenig spazieren zu gehen. Das Wetter konnte sich leider nicht entscheiden. Mal schien die Sonne, mal zogen dunkle Wolken über den Himmel und man hatte das Gefühl, dass es gleich regnen würde.

Auf der Terrasse des Trocadéro saßen Touristen aus aller Herren Länder, ein unüberhörbares Stimmengewirr von Sprachen schallte zu uns herüber. Wir blieben stehen, ganz still und in uns gekehrt, und genossen diese Augenblicke der Vielfalt und des friedlichen Miteinanders. Ich hatte mich bei Conny eingehakt, es war so schön, mit ihr hier zu stehen, denn so oft hatten wir nicht die Gelegenheit dazu. Sie war sehr beschäftigt und war froh, wenn sie abends mal pünktlich aus ihrem Büro kam und seitdem sie mit Antoine zusammen war, hatte sie noch weniger Zeit. Und ich? Na ja, bei mir war es ähnlich, tagsüber im Bistro, frühmorgens zum

Markt und bis wir abends fertig waren und alles aufgeräumt hatten, war es auch schon zehn Uhr und Mama und ich waren froh, wenn wir im Bett lagen und schlafen konnten. Deshalb durchströmte mich in diesen Augenblicken des Zusammenseins mit Conny ein unglaubliches Gefühl von Glück und Zufriedenheit.

Ich war dankbar, dass mir der Himmel eine solche Freundin geschenkt hatte, dass mich ein so fantastischer Mann wie Alain liebte, dass ich eine Mutter hatte, die mich umsorgte, auch wenn es manches Mal ein wenig übertrieben schien. Ich war glücklich und trotzdem hatte ich das Gefühl, dass ich, seitdem ich Alain kannte, eine richtige Heulsuse geworden war, denn schon wieder standen mir Tränen in den Augen. Conny hatte das natürlich sofort bemerkt, denn ich war auf einmal so still und das kannte sie ja bei mir überhaupt nicht. Wenn ich so lange schwieg, musste in mir etwas vorgehen, was meine ganze Aufmerksamkeit beanspruchte.

»Komm, Cherie, lass uns zurückgehen, es wird Zeit.«

Ein Blick auf meine Uhr signalisierte mir, dass es nicht nur Zeit, sondern sogar allerhöchste Zeit wurde, denn wir mussten noch zurück in die Rue Bonaparte und uns für die Vernissage umziehen. Als ich die Wohnungstür öffnete, kam Petit Fleur auf uns zu und sprang wie ein kleiner Teufel um uns herum. Conny verschwand in meinem Zimmer und als ich anklopfte und leise die Tür öffnete, stand Conny nackt im Zimmer. Ich murmelte eine Entschuldigung und schloss die Tür wieder.

»Nun komm schon rein«, rief sie lachend, »du tust ja gerade so, als hättest du mich noch nie nackt gesehen.« Ich ging hinein und gab ihr übermütig einen Klaps auf den Po, ging zu meinem Kleiderschrank und öffnete ihn. Ratlos blieb ich davor stehen. »Ich weiß nicht, was ich anziehen soll«, jammerte ich, kramte zwischen meinen im Schrank hängenden Kleidern herum.

»Zieh doch dein schwarzes Cocktailkleid an, das steht dir doch so gut«, rief sie aus dem Hintergrund. Ich warf ihr einen dankbaren Blick zu, nahm es heraus und legte es auf mein Bett. Conny schlüpfte in ein lachsfarbenes schulterloses Chiffonkleid, das so fantastisch zu ihrem brünetten Haar und ihrer leicht getönten Haut passte, dann zog sie ein paar Pumps in der gleichen Farbe an, und die Lady war perfekt.

»Du siehst toll aus, Cherie«, himmelte ich sie an, »einfach umwerfend.«

Dann hatte auch ich mein Cocktailkleid übergezogen, schaute kritisch in den Spiegel und hatte das Gefühl, dass ich neben ihr aussah wie ein Aschenputtel. Nun war es eine meiner Eigenschaften, mich immer kritisch zu sehen. Lag es nun an meinem wenig ausgeprägten Selbstbewusstsein, oder lag es einfach daran, dass Conny für mich schon immer ein Vorbild war, dass ich sie schon seit jeher bewunderte? Sie hatte wohl meine Unsicherheit gespürt, kam auf mich zu und streichelte meine Wange.

So als könnte sie meine Gedanken lesen, flüsterte sie: »Du bist wunderschön.«

In diesem Moment schellte es an meiner Wohnungstür. Ich ging zur Tür und nahm den Hörer der Sprechanlage ab.

»Wer ist dort bitte«, rief ich. Ich hörte nur ein Knarren und Pfeifen, das mich völlig irritierte.

»Hallo«, rief ich erneut, »wer ist denn da?« Keine Antwort. Ich wollte schon den Hörer auflegen, als ich eine quäkende Frauenstimme hörte.

»Hier ist Charlotte, die Tante von Alain, erinnerst du dich noch?« Und ob ich mich erinnerte, das war doch diese überkandidelte Alte, die Alain herumkommandierte, als wäre er ein kleines Kind.

Der Schreck war mir so in die Knochen gefahren, dass ich ernsthaft überlegte, sie vor der Tür stehenzulassen.

»Willst du mich nicht reinlassen? Ich habe dir etwas Wichtiges zu sagen.« Aus Höflichkeit und natürlich aus Neugier drückte ich den Türöffner. Es konnte ja sein, dass es etwas Wichtiges war, was sie mir sagen wollte. Ich lauschte in den Hausflur und hörte, wie sie keuchend die Treppe hinaufkam. An jedem Treppenabsatz machte sie Halt und schnappte nach Luft.

Den Hut, den sie auch schon bei unserer ersten Begegnung getragen hatte, hielt sie bereits in der Hand. Als sie vor meiner Wohnung angekommen war, hatte sie nicht Eiligeres zu tun, als erneut ihre Boshaftigkeit von sich zu geben. »Wie kann man nur in der dritten Etage wohnen und dann noch ohne Fahrstuhl. Na ja, kein Wunder, das ist nun mal bei armen Leuten so.« Am liebsten hätte ich diese Hexe die Treppe hinuntergejagt, aber ich dachte an Alain und da sie seine Tante war, ließ ich es lieber sein, denn ich wusste ja nicht, wie er darauf reagieren würde. Sie stand vor meiner Tür und mit einem provokanten Grinsen fragte sie: »Willst du mich nicht hereinlassen?«

Als sie merkte, dass ich zögerte, drückte sie einfach die Tür auf und betrat meine Wohnung. Sofort ging ihr neugieriger Blick in die Runde, sie schaute in jede Ecke, schüttelte missbilligend den Kopf und ein über das andere Mal entschlüpfte ihr ein entsetztes »Oh, mein Gott.«

Ich schaute mir dies geduldig an und fragte erneut: »Charlotte, was wollen Sie mir sagen, warum sind Sie hier?«

»Kindchen, du musst lernen geduldiger zu sein.«

Ich wusste zwar nicht, was diese Bemerkung zu bedeuten hatte, aber um ganz ehrlich zu sein, war ich langsam mit meiner Geduld am Ende. Sie dringt ungefragt in meine Wohnung ein und führt sich auf, als wäre ich so eine dumme Göre.

»Kindchen, lass Alain ...« Ich war wütend.

»Erstens Charlotte, ich heiße Amélie und zweitens nennen Sie mich nicht immer Kindchen.«

»Wenn ich mal ausreden dürfte Amélie«, fuhr sie fort. »Lass Alain in Ruhe, er passt nicht zu dir. Er ist zu Höherem geboren.«

Punkt, das hatte gesessen. Ich schnappte nach Luft und bekam vor Wut einen roten Kopf. Was bildet diese blöde Gans sich eigentlich ein, was geht sie das an, ob ich mit Alain zusammen bin oder nicht. Aber ich hatte schon bei unserer ersten Begegnung bemerkt, wie sie misstrauisch jede unserer Bewegungen beobachtete und mich immer wieder mit einem verächtlichen Blick anschaute und den Kopf schüttelte.

»Auch wenn ich mich wiederhole, Kindchen, lass die Finger von Alain, du passt nicht zu ihm, hast du mich verstanden?«

In diesem Moment öffnete sich die Tür meines Zimmers und Conny kam auf uns zu. »Ich glaube, im Gegensatz zu Ihnen, dass die beiden sehr gut zueinander passen und ...«, fuhr sie fort, »was geht Sie das überhaupt an, das ist doch wohl die Angelegenheit von Alain und Amèlie.«

Ich hörte nur ein zischendes »Phhhh.«

»Das geht mich sehr wohl etwas an, ich bin ja schließlich Alains Tante.«

Conny brach in schallendes Gelächter aus. »Und wie alt ist Alain, mhh, zehn? Fünfzehn? Madame, er ist ein erwachsener Mann und ich denke, er weiß genau, was er will. Und jetzt verschwinden Sie und stehlen uns nicht unsere Zeit, au revoir.« Charlotte drehte sich auf dem Absatz um, ging mit eiligen Schritten zur Tür, warf Conny und mir einen letzten bösen Blick zu und schlug die Tür hinter sich zu.

»Entschuldige bitte, dass ich mich in deine Angelegenheit eingemischt habe, aber ich konnte das nicht mehr mit anhören.«

»Nein, bitte entschuldige dich nicht, ich bin froh, dass du dich eingemischt hast, ich hoffe, dass ich jetzt endlich Ruhe vor dieser Hexe habe, denn glaub mir, wer diese Frau zum Feind hat, braucht keine anderen Feinde.«

In diesem Augenblick musste ich wieder an Alain denken. Was war er doch für ein begehrenswerter

Mann. Ich war immer noch fasziniert, wie er in das Bistro kam. Sein eleganter Anzug, das weiße, makellose Hemd mit der eleganten Krawatte, sein gegeltes dunkles Haar und dann das betörende Parfüm, das ihn umgab. Alles an ihm strahlte etwas Weltmännisches aus, und vor allem sein Lächeln und die Grübchen, die ihm etwas Sensibles verliehen. In diesem Moment wurde mir bewusst, dass er der Mann war, von dem ich immer geträumt hatte. Er hatte sich gewandelt, war kein Vergleich mehr zu dem Mann, den ich kennengelernt hatte. Ich spürte, wie er sich dem Einfluss von Charlotte entzog, wie er selbstbewusster wurde und seinen eigenen Weg suchte. Er war offener geworden, hatte Humor und ein großes Herz und das war es, was ich so sehr zu schätzen wusste.

Seit dieser Zeit spielte Charlotte nur noch eine Nebenrolle in seinem Leben. Sie, die versuchte, ihn nach ihren Vorstellungen zu prägen, stand plötzlich mit leeren Händen da, und ihr Besuch bei mir war nur ein hilfloser Versuch, die Zeit zurückzudrehen. Alain war erwachsen geworden, hatte auch durch die Hilfe von Antoine und Conny endlich begriffen, dass aus diesem kleinen unbekannten Maler ein ganz großer werden konnte.

Conny hatte mich die ganze Zeit beobachtet. Ich war so in meine Gedanken versunken, dass ich erschrak, als sie mich ansprach. »Cherie, was ist los mit dir?« Ich schaute auf und mein Gesicht strahlte.

»Ich bin sehr glücklich«, erwiderte ich, als ich aus meinen Tagträumen erwachte. Ein Blick auf die Uhr zeigte uns, dass wir uns auf den Weg machen mussten. Es war sieben Uhr, also noch eine Stunde bis zum Beginn der Vernissage. Eile war geboten, denn wir hatten noch einiges vorzubereiten. Als wir in die Rue Saint-Dominique einbogen, trauten wir unseren Augen nicht. Ein Übertragungswagen des TV-Senders France 2 stand vor der Tür, Techniker rannten geschäftig umher und verlegten Übertragungskabel in die Innenräume der Galerie.

Passanten blieben stehen und schauten neugierig auf das, was vor ihren Augen geschah. Wir betraten die Galerie, ich hatte so etwas noch nie gesehen. Alles strahlte im Licht der Spots, die auf Alains Bilder gerichtet waren. Es war eine wundervolle Atmosphäre. Im Empfangsraum waren Scheinwerfer aufgestellt, Techniker testeten, korrigierten das Licht, das auf die Sitzecke gerichtet war, in der eine Talkrunde stattfinden sollte. Ich kam mir in diesem Moment so unbedeutend vor. Es war Alains Tag und diesen Abend sollte er in vollen Zügen genießen. Ich hielt mich diskret zurück, denn ich war so viel Aufmerksamkeit nicht gewöhnt. In meinem Bistro war ich zu Hause, es war mein Refugium, in dem ich die Fäden zog, aber dies war eine fremde Welt für mich. Alain kam auf mich zu, nahm mich in die Arme und er spürte die Aufregung, die mich befangen machte.

»Es wird alles gut, Cherie«, flüsterte er mir ins Ohr. Er umfasste meine Hand, die schwitzend und hilflos in der seinen lag, und ging mit mir zu einem Herrn mittleren Alters, der anscheinend der Chef des Kamerateams war. Immer wieder korrigierte dieser die Einstellungen der Kameras und Scheinwerfer, prüfte mit einem Belichtungsmesser, ob die Helligkeit, mit der der Raum ausgeleuchtet war, stimmte.

»Hallo, François, darf ich dir meine Lebensgefährtin Amélie Colbert vorstellen?«

Ich wunderte mich, dass sie schon nach so kurzer Zeit per du waren, aber was mich noch mehr wunderte, war die Tatsache, dass er mich als seine Lebensgefährtin vorstellte. Erstaunt schaute ich ihn an, musste aber zugeben, dass es auch langsam Zeit wurde, denn ich hatte schließlich lange genug auf den offiziellen Titel *Lebensgefährtin* gewartet. Und was ich noch erwähnen möchte, war die Tatsache, dass es ihm anscheinend Freude bereitete, mich so zu nennen. Es war also alles im Lot, wenn doch diese verdammte Aufregung nicht gewesen wäre, die pausenlos durch meinen Körper waberte. Ich kannte diesen Zustand zu genüge, denn wenn ich aufgeregt war, musste ich ständig auf die Toilette. So auch in diesem Fall. Nachdem mir François länger als erwartet die Hand schüttelte, musste ich diese Zeremonie abrupt abbrechen. Ich murmelte eine kurze Entschuldigung und verschwand, in größter Eile, hinter der Toilettentür. Ich hoffte ja nur, dass mir François meine Not nicht als Unhöflichkeit auslegte.

16. Kapitel

Antoine, Alain und François saßen zusammen auf der Couch und besprachen die letzten Einzelheiten vor Beginn der Liveübertragung. Ein junger smarter Typ in einem dunkelblauen Anzug gesellte sich hinzu. Es war anscheinend der Moderator, der die einleitenden Worte zur Eröffnung sprechen sollte, denn er hielt ein Manuskript in der Hand. Immer wieder warf einen Blick darauf, um sich zu vergewissern, ob er alles in seinem Kopf abgespeichert hatte. Sollte er aber mal nicht weiter wissen, was ja durchaus menschlich gewesen wäre, stand direkt vor seiner Nase ein Teleprompter, von dem er mühelos den Text ablesen konnte. Es war also für alles gesorgt. Mama hatte einen großen Tisch eingedeckt, Tabletts mit Canapés und leckeren Snacks standen darauf.

Champagnerflaschen und die dazugehörenden Gläser befanden sich auf einem separaten Tisch. Vier junge Mädchen, die Antoine engagiert hatte, waren für die Bewirtung der Gäste zuständig. Ich war erstaunt, wie viele Gäste sich plötzlich in den Ausstellungsräumen befanden. Schätzungsweise einhundert Personen verstummten und lauschten der Stimme des Moderators.

»Mesdames et Messieurs, ich möchte Sie alle recht herzlich bei der Vernissage des Pariser Künstlers Alain Dupont begrüßen. Es ist seine erste offizielle Ausstellung hier in Paris und sie wird sicherlich ein großer Erfolg, wie sie an der Zahl der anwesenden

Gäste unschwer erkennen können. Ein besonderer Dank gilt Antoine de Monteney, der die Ausstellung in diesem Rahmen erst möglich gemacht hat.« Alain und Antoine erhoben sich von ihren Plätzen und wurden mit lang anhaltendem Applaus bedacht. Conny stand währenddessen neben mir und hatte ihren Arm um meine Hüfte gelegt. Antoine ergriff das Wort. Mit einem Lächeln wandte er sich Alain zu.

»Lieber Alain, ich bin besonders glücklich, dass heute in meiner Galerie deine Bilder ausgestellt sind. Glaub mir, ich bin sehr stolz darauf. Du wirst deinen Weg machen, das weiß ich und ich werde dich bei allem unterstützen, was du tust.«

Alain warf ihm einen dankbaren Blick zu. Ich sah, wie gerührt er war. Er schaute zu mir herüber und ich lächelte mein schönstes Lächeln, so sehr freute ich mich über Antoines Worte. Ich war so fasziniert, dass ich wie erstarrt dastand und ihm lauschte. Es war eine Hommage an Alains Person, die ihn sehr stolz machte und ich träumte einen Traum, einen Traum an Alains Seite, und ich war für einen Augenblick der glücklichste Mensch auf diesem Planeten. Conny hatte wohl bemerkt, dass ich nicht so ganz bei der Sache war, zwickte mich in den Arm und raunte mir zu: »Wir sind gleich dran.« Was heißt hier, wir sind gleich dran? Mir schwante Fürchterliches.

Sie wollte mich doch wohl nicht allen Ernstes vor die Kamera schleppen? Aber bevor ich einen klaren Gedanken und die Flucht ergreifen konnte, kam Alain auf mich zu und dirigierte mich mit festem Griff zu der Couch, auf der Antoine und Conny bereits Platz genommen hatten. Für mich war es keine

Couch, auf der man gemütlich sitzen konnte, für mich war es eine Guillotine, die mir nach dem Leben trachtete. Ich fühlte mich wie ein hilfloses Baby, so unbehaglich und ausgeliefert, ohne dass ich mich zur Wehr setzen konnte. Am liebsten hätte ich all mein Unbehagen in die Welt hinausgeschrien und damit dokumentiert, dass ich dieses ganze Brimborium eigentlich gar nicht wollte. Aber was sollte ich machen, schreien, wild gestikulierend aus dem Saal rennen? Nichts von dem würde ich tun, denn letztendlich ging es ja um Alains Zukunft und ich wusste genau, wie wichtig dieser Erfolg für ihn war.

Außerdem hatte ich mal wieder diesen inneren Zwang, mich gegen alles, was nicht meinen Vorstellungen entsprach, aufzulehnen und der würde, wie ich es schon oft erlebt hatte, recht schnell vorübergehen. Also blieb ich auf der Couch hocken, schwitzte schweigend vor mich hin und ließ diese Tortur über mich ergehen. Alain beobachtete mich besorgt, versuchte, mich durch liebevolle Blicke zu beruhigen und ich glaube, er war selbst so aufgeregt, dass es ihn eine große Überwindung kostete, jetzt auch noch meinen Seelentröster zu spielen. Die Kameraleute rannten umher, machten Großaufnahmen von Alain und Antoine und allen möglichen Leuten. Auch Conny und mich ließen sie nicht aus und mir fiel es, das muss ich ehrlich zugeben, ausgesprochen schwer, ein fröhliches Gesicht zu machen. Ich war die Öffentlichkeit in dieser Form nicht gewöhnt. Ich rannte zwar den ganzen Tag in meinem Bistro umher, bewirtete meine Gäste, aber dort kannte ich mich aus und fühlte mich sicher.

Als sich meine Aufregung ein wenig gelegt hatte, wurde mir erst bewusst, welch große Menge an Gästen sich inzwischen in der Galerie tummelte. Es war ein solcher Erfolg, dass ich staunend zu Mama herüberschaute, die in diesem Augenblick wohl das Gleiche dachte wie ich und mit hochrotem Kopf und einem hilflosen Achselzucken von der Menschenmenge hin- und hergeschubst wurde. Vor jedem Bild blieben sie stehen, steckten die Köpfe zusammen, tauschten Erkenntnisse aus ihren künstlerischen Betrachtungen der Bilder aus, und jeder von ihnen hatte in diesem Moment das Gefühl, ein durchaus kompetenter Kunstkritiker zu sein, auch auf die Gefahr hin, dass er mit seiner Beurteilung völlig falsch lag. Man bediente sich am kalten Buffet, nahm in die eine Hand einen Snack, schnappte sich noch schnell ein Glas Champagner von dem Tablett, das ihnen eines der fleißigen Mädels reichte, verkrümelte sich dann in eine Ecke der Galerie, um auch dem leiblichen Wohl zu frönen, ohne dabei die künstlerische Betrachtung der ausgestellten Gemälde zu vernachlässigen, denn schließlich war das ja der eigentliche Grund, warum sie zu dieser Vernissage gekommen waren. Obwohl ich mich in diesem Fall doch nicht festlegen möchte, denn einige waren sicherlich gekommen, weil es etwas gab, was sie nicht bezahlen mussten.

Alain und Antoine hatten sich inzwischen unter die zahlreichen Gäste gemischt. Lächelnd beantwortete Alain geduldig alle Fragen, die ihm die kunstbegeisterten Besucher stellten, gab ihnen nach einem kurzen Gespräch die Hand und zückte bei Bedarf

einen Stift, um in das mitgebrachte Veranstaltungs-
programm eine Widmung zu schreiben. Antoine
war die ganze Zeit in seiner Nähe und ich bewunderte ihn, mit welcher Engelsgeduld er ihm zur Seite
stand, wenn es mal brenzlig wurde. Schließlich war
er ja derjenige, der medienerfahren war und genau
wusste, was man tun musste, um in der Öffentlichkeit eine gute Figur abzugeben. Conny und ich waren
sehr froh über den überaus erfolgreichen Verlauf
der Vernissage. Das Interview war gerade beendet
und die Techniker von France 2 begannen, ihre Kameras, Scheinwerfer, Kabelrollen und die ganzen
mitgebrachten Utensilien in ihre überdimensionalen Kisten zu verstauen, als wir am Eingang zur Galerie eine kreischende Stimme vernahmen.

Alle Anwesenden drehten sich erstaunt um und
ihre empörten Blicke fielen auf die Person, die den
Frieden der Vernissage störte. Konnte es wahr sein?
Da stand doch eine schon recht betagte Dame, die
aussah, als wäre ihr letzter Auftritt im Moulin Rouge
schon seit vielen Jahrzehnten vorbei. Sie trug einen
überdimensionalen Hut, der ihr Gesicht verdeckte,
dazu einen knallroten Überwurf, den sie lässig über
ihre Schultern drapiert hatte. Ein Rock, der knapp
oberhalb ihrer Knie endete, gab den Blick auf zwei
Beine frei, die zu allem Überfluss in einem Paar
viel zu hoher Schuhe steckten. Sie streckte immer
wieder ihre dünnen, mit Brillantringen übersäten
Finger in die Luft, so als wollte sie eine Dämonenbe-
schwörung inszenieren. Viele der anwesenden Gäste
schmunzelten, nachdem sie den ersten Schock überwunden hatten, und brachen dann in schallendes

Gelächter aus, weil sie glaubten, dass dies eine humorvolle Showeinlage während der Vernissage war. Ich war sprachlos und entsetzt zugleich, hatte ich doch in diesem Augenblick keine Ahnung, wer diese skurrile Person war. Ich schaute zu Alain herüber und bemerkte, dass er kreidebleich war und entsetzt auf die Person starrte, die jetzt wild gestikulierend umher tanzte, immer wieder ihre spitzen, rot lackierten Finger in die Luft stieß und laut »Vive Alain« kreischte. Plötzlich blieb ich wie vom Donner gerührt stehen und in diesem Moment wusste ich wer es war, es war Charlotte, Alains Tante Charlotte.

Alain ging auf sie zu, ergriff ihren Arm und führte sie zu der Couch, auf der wir vor zehn Minuten gesessen hatten. Ich stellte mir vor, was wohl geschehen wäre, wenn das Kamerateam die Fernsehübertragung noch nicht beendet hatte. Ich bin davon überzeugt, sie hätten ihre Kameras auf Tante Charlotte gerichtet und da es eine Liveübertragung war, hätten alle Zuschauer dieses Spektakel miterlebt. Wobei, und das musste ich neidvoll anerkennen, wäre sie nicht zu spät gekommen, hätte sie einen grandiosen Sieg errungen. Na und so peinlich war es nun auch wieder nicht. Was hatte sie schon großartig getan? Ein wenig gekreischt und »Vive Alain« gerufen und alle Fernsehzuschauer hätten geglaubt, dass dieser Auftritt zur Show gehörte. Ich bin sicher, dass ihre Showeinlage Tagesgespräch in ganz Frankreich gewesen wäre. So hätte sie, ob mit Absicht oder nicht, einen Beitrag zu Alains Popularität geleistet.

Die Reporter, von denen mindestens ein Dutzend anwesend war, würden in der morgigen Ausgabe der Tageszeitungen, und dazu gehörte auch Connys »Le Monde«, mit Sicherheit über diese Vernissage berichten und ganz Paris würde die Fotos von der verrückten Tante Charlotte sehen. Conny und Antoine hatten diesen Vorfall mit einer Gelassenheit zur Kenntnis genommen, die mich zwar sehr erstaunte, aber ich kannte mich naturgemäß auf dem Parkett von Marketing und Publicity nicht so gut aus. Es geschah genau das, was beide vorausgesehen hatten. Denn was konnte Besseres geschehen, als dieser egozentrische Auftritt von Charlotte, aus dem eine bühnenreife Show wurde.

Sie hatten recht, denn als am nächsten Morgen die Tageszeitungen erschienen, lachte ganz Paris über diesen, sagen wir mal, recht außergewöhnlichen Auftritt von Charlotte und dass dies ausgerechnet bei einer Vernissage geschah, war dann ja wohl das Tüpfelchen auf dem I. Wir Franzosen, und das sollten Sie wissen, lieben nun mal das Extraordinäre und haben einen riesigen Spaß an Dingen, die den Rahmen des Üblichen sprengen und Charlotte hatte unfreiwillig den berühmten Nagel auf den Kopf getroffen.

Tante Charlotte, diese egozentrische alte Dame aus der längst vergangenen Welt ihres Reichtums, hatte die ganze Kunstwelt aufgemischt. Sie hatte mit ihrem außergewöhnlichen Auftritt in der Öffentlichkeit für eine Aufmerksamkeit gesorgt, die unvorstellbare Wellen schlug. Von überall kamen Einladungen zu Interviews, und die Kunstliebhaber bevölkerten tagelang die Galerie von Antoine, um Alains Gemälde zu sehen. Kunstkritiker lobten seine Gemälde in den höchsten Tönen, beschrieben seine Arbeiten als den Beginn einer neuen Epoche in der zeitgenössischen Malerei. Sie luden ihn zu Veranstaltungen ein und die École des Beaux-Arts in Paris bot ihm sogar eine Gastprofessur an. Er stand plötzlich im Interesse der Öffentlichkeit und Antoine war die graue Eminenz im Hintergrund, die ihm mit Rat und Tat zur Seite stand.

Ich sah diesen plötzlichen Ruhm, der Alain förmlich überrollt hatte, mit großem Unbehagen. Würde er das alles unbeschadet verkraften? Würde er mich auch weiterhin lieben? Aber, was hatte das eine mit dem anderen zu tun?, fragte ich mich. Eigentlich nichts, denn wenn er es ehrlich mit unserer Liebe meinte, würde er gerade jetzt zu mir stehen. Ich war dennoch voller Zweifel, aber die waren in dem Augenblick ausgeräumt, als ich ihn drei Tage später besuchte.

Ich schellte an der Tür zu seinem Haus und wartete darauf, dass er mir die Tür öffnete. Stattdessen ging die Tür im Nebenhaus auf und der Docteur winkte mir schon von Weitem zum.

»Bonjour, Mademoiselle Colbert, wollen Sie nicht hereinkommen und einen Kaffee mit mir trinken, ich würde mich sehr freuen?

»Monsieur Dupont hat mich gebeten, Ihnen auszurichten, dass er sich in der Galerie aufhält, aber in spätestens einer halben Stunde zurück ist.«

Ich war glücklich, denn Alain hatte nicht vergessen, dass wir verabredet waren. Das war schon etwas ganz Besonderes, denn noch vor einigen Monaten hatte er es nicht so genau genommen mit unseren Verabredungen. Und das, was jetzt geschah, war doch ein kolossaler Fortschritt in unserer Beziehung und aller Ehren wert, fand ich zumindest.

Mit einem dankbaren Lächeln nahm ich die Einladung von Monsieur Seutin an. Er betätigte den Türöffner und die schmiedeeiserne Tür sprang mit einem leisen Klicken auf. Unter meinen Füßen knirschte der Kies, als ich auf das Haus des Docteurs zuging. Er begrüßte mich mit einer geradezu atemberaubenden Freundlichkeit und mir war in diesem Moment klar, dass er fast vor Neugier platzte. Anscheinend waren die Neuigkeiten von der Vernissage auch bis zu ihm durchgedrungen, obwohl man das Gefühl hatte, dass er sich eigentlich für nichts auf dieser Welt interessierte.

Nachdem er mir einen Platz in seinem Esszimmer angeboten hatte, setzte ich mich auf einen Stuhl, den er mir wie ein Kavalier der alten Schule unter den Po schob.

»Haben Sie vielen Dank Monsieur, dass ich bei Ihnen auf Alain warten darf.«

Ich betrachtete ihn mit großer Sympathie und ging ihm hilfreich zur Hand, denn in seinem Alter war er nicht mehr so behände wie ein junger Mensch. Ich sah, wie er mit zitternden Händen versuchte, den Tisch so schön wie möglich zu decken.

»Monsieur, darf ich das für Sie tun?« Mit einem dankbaren Lächeln nahm er mein Angebot an. Ich deckte den Tisch, kochte eine Kanne wohlriechenden Kaffee und dann saßen wir da und plauderten munter drauflos. Ich spürte, dass ihm die Frage nach dem Abend, als die Vernissage stattfand, wie Feuer auf der Seele brannte. Nun wollte ich ihn vor der Peinlichkeit bewahren, diese Frage zu stellen, denn ich könnte ja auf die Idee kommen, dass er mich ausfragen wollte und ich glaube, das wäre ihm ausgesprochen peinlich gewesen.

»Wissen Sie Monsieur«, begann ich das Gespräch, »Alain hatte ja vor drei Tage seine Vernissage und hat natürlich jetzt, da sie so erfolgreich war, noch einiges zu tun. Die Nachfrage nach seinen Gemälden ist sehr groß, wissen Sie.«

»Das glaube ich gerne«, erwiderte er und rückte mit seinem Stuhl noch mehr in meine Nähe, was mich doch ein wenig verwirrte, aber vielleicht war er ja ein bisschen schwerhörig und wollte verhindern, dass ihm irgendetwas entging. Allerdings war ich sicher, dass er bereits genau über diese Veranstaltung informiert war, denn es stand in allen Tageszeitungen. Er wollte die Geschichte noch einmal von mir ganz persönlich hören und als ich ihm die Anekdote von Tante Charlotte erzählte, sah ich in seine vor Freude strahlenden Augen und um seinen Mund spielte ein wissendes Lächeln, das meine Annahme bestätigte. Aber ich freute mich, dass ich ihm voller Stolz etwas über Alains Erfolg erzählen konnte und wir lachten aus vollem Herzen über die Eskapade von Tante Charlotte. Tante Charlotte war seitdem ein Thema für sich. Mag Sie noch so egozentrisch und manchmal recht seltsam sein, so hatte sie doch das Herz auf dem rechten Fleck und ich sah sie plötzlich in einem anderen Licht. Sie liebte ihren Alain und war stolz auf ihn und wollte nur das Beste für ihn, auch wenn sie in dieser Hinsicht manchmal über das Ziel hinausschoss.

Ich hatte ihr längst verziehen, denn ich wusste, dass Sie immer darauf bedacht war, ihn zu beschützen und vor Dummheiten zu bewahren und die größte Dummheit, die er begehen wollte, war ich, so glaubte sie, aber ich würde sie vom Gegenteil überzeugen, da konnte sie ganz sicher sein. Mama hatte immer gesagt, dass Rothaarige sehr ehrgeizig sind und wenn sie einmal ein Ziel vor Augen haben, dies auch konsequent bis zum Ende verfolgen. Und meine lieben Freunde, glauben Sie mir, ich bin rothaarig und zwar von natur aus.

Wir waren so in unser Gespräch vertieft, dass ich gar nicht bemerkte, wie sich die Pforte zu Alains Haus öffnete und ein wieselflinkes Etwas schwanzwedelnd auf mich zulief.

Cherie, dieser Teufelsbraten, stob wie ein Wirbelwind in das Esszimmer, machte auf dem glatten Parkett eine ausgiebige Rutschpartie, um dann kläffend und vor Freude jaulend, wie von einem Katapult abgeschossen, auf meinem Schoß zu landen. Er stellte sich auf seine Hinterpfoten und fuhr mir mit seiner feuchten Zunge durch das ganze Gesicht. Alain folgte lachend in gebührendem Abstand, begrüßte zuerst Docteur Seutin, trat dann hinter mich, legte seine Arme auf meine Schultern, beugte sich zu mir hinunter und gab mit einen derart leidenschaftlichen Kuss, dass mir fast schwindelig wurde. Mein Gott, was war das für eine beeindruckende Begrüßung.

Monsieur Seutin beobachtete uns mit großem Interesse, vielleicht war auch ein wenig Wehmut an vergangene Zeiten dabei, denn ihm entschlüpfte eine Bemerkung, die uns sehr nachdenklich werden ließ, uns aber darin bestärkte, das Glück unserer Liebe mit beiden Händen und unserem ganzen Herzen festzuhalten. »Nur weiter so, meine Lieben, genießt es, denn ich habe das schon lange hinter mir.« Plötzlich erstarb das Lächeln auf unseren Lippen, denn wir sahen in seinem Gesicht diese Traurigkeit, diese Gedanken an die vergangenen Zeiten seines eigenen Glücks. Die Trauer über den Tod seiner Frau, die er von Herzen liebte und nicht vergessen konnte. Er hatte recht, wir waren so jung, das ganze Leben lag noch vor uns und wir wollten es in vollen Zügen genießen. Ich schaute Alain in die Augen, unsere Blicke versanken ineinander und wir vergaßen, für einen Augenblick, alles um uns herum. Aber wir hatten die Rechnung ohne Cherie gemacht. Dieses kleine Biest war eifersüchtig und stupste mich mit seiner kleinen kalten Nase immer wieder an, um auf sich aufmerksam zu machen, und uns damit zeigen wollte, dass wir uns gefälligst auch um ihn zu kümmern hatten.

So saßen wir noch eine geraume Zeit zusammen, plauderten über Gott und die Welt, tranken Kaffee und knabberten Gebäck, das er, so konnte uns Monsieur Seutin glaubhaft versichern, nur für besonders liebe Gäste servierte. Jetzt soll aber niemand glauben, dass dies die gleichen halbvertrockneten Kekse wie bei meinem letzten Besuch waren. Nein, er hatte richtig investiert, das sah man schon an der aufwendigen Verpackung und der Geschmack dieser Köstlichkeiten war einzigartig. Merci, Monsieur Seutin.

Natürlich kam das Gespräch auch auf Tante Charlottes Vorstellung am Abend der Vernissage. Alain gab zu, dass er im ersten Augenblick unglaublich geschockt über das war, was sie dort veranstaltete, aber da er wusste, dass sie unberechenbar war und aus heiterem Himmel und ohne vorherige Ankündigung derartige Eskapaden veranstaltete, nahm er es mit Humor und war anschließend völlig überrascht, welch positives Echo ihre Showeinlage auslöste. Irgendwann sahen wir, dass Monsieur Seutin in seinem Sessel saß und eingenickt war. Es war höchste Zeit uns zu verabschieden, denn es war doch schon etwas anstrengend für ihn. Als wir uns erhoben und uns von ihm verabschieden wollten, öffnete er die Augen und schaute uns mit einem dankbaren Blick an.

»Wollen Sie schon gehen?«, fragte er. Er hatte gar nicht gespürt, dass er schon für einige Minuten abwesend war.

»Ja, Monsieur, wir wollen uns verabschieden, es wird Zeit für uns. Wir danken Ihnen, dass wir bei Ihnen sein durften.«

»Es war sehr schön mit Ihnen und ich würde mich freuen, wenn Sie mich bald wieder besuchen.«

Ich spürte eine gewisse Wehmut in seiner Stimme und versprach bald wieder vorbeizuschauen. »Au revoir, Monsieur, und nochmals danke.«

17. Kapitel

Wir standen vor dem Bistro und trauten unseren Augen nicht. Neugierig öffnete ich die Tür. Was ist denn hier los? So viele Gäste hatte ich ja schon lange nicht mehr gesehen. Jeder Platz war besetzt, und als sie sahen, dass Alain hinter mir in das Bistro kam, applaudierten sie minutenlang. Sie hatten anscheinend alle die Zeitung gelesen und im Fernsehen bei der Liveübertragung zugeschaut. Mir war klar, dass dieser Applaus nicht mir, sondern Alain galt und ich gönnte ihm diese Ovationen von ganzem Herzen. Ich schaute zu der Theke hinüber, hinter der Mama stand und wie eine Verrückte schuftete, um die Wünsche aller Gäste zu erfüllen.

Plötzlich stockte mir der Atem. War es eine Fata Morgana oder war es tatsächlich Tante Charlotte, die aus der Küche kam und zu uns herüber lächelte? Sie hatte eine Schürze umgebunden und ging Mama mit einer Routine zur Hand, dass ich vor Staunen den Mund nicht mehr zubekam. Was war denn in dieses alte Ekel gefahren?

Hatte sie plötzlich ihre Liebe für ihre Mitmenschen entdeckt, oder war es nur ein Anflug geistiger Verwirrtheit. Was es auch immer zu bedeuten hatte, ich jedenfalls war völlig verwirrt. Auch Alain konnte es kaum fassen und flüsterte mir schmunzelnd ins Ohr: »Was ist denn mit Charlotte los, ich glaube es nicht.«

»Ich auch nicht«, erwiderte ich und prustete laut

los. Anscheinend geschehen noch Zeichen und Wunder, aber was mit Charlotte geschehen war, war schon mehr als das. Ich hatte das Gefühl, dass all das, was zwischen ihr und mir geschehen war, nur ein schlechter Traum war. Als ich zu ihr hinter die Theke ging, kam sie auf mich zu, nahm mich in die Arme und küsste mich auf die Wange.

»Liebe Amélie«, sie sagte Amélie und nicht Kindchen, »ich möchte Frieden mit dir schließen und mich für das was geschehen ist entschuldigen. Es war böse und selbstherrlich. Bitte verzeih mir, dass ich immer so garstig zu dir war.«

Da ich ihr gegenüber in der Zeit, in der ich sie kannte, sehr misstrauisch geworden war, war es allein dieser Satz, der mich noch mehr in Staunen versetzte, falls es hierfür überhaupt noch eine Steigerung gab.

Garstig? Was bedeutet das Wort garstig? Hoffentlich war es nicht wieder eine ihrer bösen Attacken. Ich konnte jedenfalls im Moment mit dieser Wortschöpfung nichts anfangen und schaute, nachdem ich zu Hause angekommen war, sofort im Wörterbuch nach. Ich blätterte darin herum und fand unter dem Buchstaben G die Erklärung: Garstig bedeutet so viel wie, sich jemandem gegenüber äußerst unfreundlich zu benehmen.

Da hatte Charlotte ausnahmsweise mal recht, denn nett war es nicht gerade, wie sie mich die ganze Zeit behandelt hatte. Wo allerdings ihre sonderbare Wandlung herkam, weiß ich bis zum heutigen Tag nicht, aber das ist auch nicht so wichtig.

Ich saß am nächsten Morgen mit Conny im Bistro und habe ihr natürlich diese kuriose Begebenheit erzählt. Zuerst schaute sie mich ungläubig an, dann runzelte sie nachdenklich die Stirn, hielt einen Augenblick inne, um mich dann mit einem hintergründigen Lächeln zu fragen: »Hast du mir etwas verschwiegen?«

»Was soll ich dir verschwiegen haben?«, fragte ich völlig ahnungslos.

»Du hast mir verschwiegen Cherie, dass du plötzlich zu Reichtum gekommen bist, in einer großen Villa lebst und du Millionen Euro auf dem Konto hast, stimmt's?«

Ich schaute sie entgeistert an. »Wie kommst du jetzt auf diese Idee, spinnst du?«

»Das muss der Grund sein, warum Charlotte plötzlich so nett zu dir ist. Du weißt doch, wie sehr sie die Reichtümer dieser Welt liebt. Oder liegt es vielleicht daran, dass sie inzwischen spürt, dass ihre ganze Boshaftigkeit keine Früchte trägt, weil sich Alain nicht von seinem Vorhaben abbringen lässt?«

»Von welchen Vorhaben meinst du?«, fragte ich in meiner grenzenlosen Naivität.

»Na, dass er dich liebt und mit dir zusammenbleiben will, du Dummchen.«

»Blödsinn«, erwiderte ich, »hör auf, mich auf den Arm zu nehmen. Er sagt zwar, dass er mich liebt, aber ob er mit mir zusammenbleiben will, steht noch lange nicht fest.«

»Das ist so typisch für dich«, erwiderte sie und ich konnte auf ihrer Stirn wieder diese kleine Zornesfalte sehen, die man immer sah wenn sie wütend war.

»Schau ihm in die Augen und du wirst sehen, dass er dich liebt, und jetzt hör' endlich auf damit, ich will es nicht mehr hören.«

Die Sache mit Tante Charlotte war der richtige Weg und ich war froh, dass wir uns schon näher gekommen waren, denn schließlich war sie ja Alains Tante.

Conny hatte ja recht, ich musste endlich lernen, mehr Selbstvertrauen zu haben. Vielleicht war es auch meine Erinnerung an die Enttäuschung mit Emile, der so plötzlich aus meinem Leben verschwunden war. Ich habe ihn sehr geliebt und sehr darunter gelitten, als er nicht mehr da war. Doch jetzt war der Zeitpunkt gekommen, dass ich mich mit meiner ganzen Liebe auf Alain konzentrieren sollte. Was vergangen ist, ist vorbei.

Dann entdeckten wir Conny und Antoine, die gemütlich in einer Ecke saßen und sich köstlich amüsierten. Plötzlich zog Alain sein Jackett aus und ging hinter die Theke, küsste zuerst Mama, die mit einen Aufschrei des Entzückens die Liebkosung genoss, dann steuerte er auf Tante Charlotte zu und nahm sie in die Arme, nahm ihr das Tablett ab, auf dem die Gläser standen, und verteilte sie unter die anwesenden Gäste.

»Diese Runde geht aufs Haus«, rief er und tänzelte zwischen den Tischen hin und her, mit geradezu akrobatischen Bewegungen verteilte er die die Getränke und ich stand da und staunte. Ich hatte ihn noch nie zuvor so ausgelassen gesehen. Er kam auf mich zu, küsste mich und tänzelte weiter, um das nächste Tablett zu holen, das ihm Tante Charlotte – mit einem Klaps auf seinen Hintern – reichte. Wo hatte dieser verrückte Kerl das alles gelernt? Er war mir noch immer eine Erklärung schuldig, denn ich hatte ihn schon einmal danach gefragt, aber er war mir bisher eine Antwort schuldig geblieben.

Antoine, der die ganze Szenerie beobachtet hatte, stand auf, stellte sich in die Mitte des Raumes, nahm ein Champagnerglas in die Hand und prostete den anwesenden Gästen zu: »Meine Damen und Herren, liebe Freunde, liebe Claudine, liebe Charlotte«, begann er seine Lobrede. »Wir freuen uns, dass ihr unsere Gäste seid. Lasst uns jetzt einen Toast auf Alain ausbringen, dessen Vernissage so erfolgreich war.«

»Alain, kommst du bitte nach vorne.« Alain stellte das Tablett ab und ging zu Antoine.

»Liebe Freunde, liebe Gäste, ich bin sehr froh, dass Sie so zahlreich erschienen sind. Ich möchte mich ganz herzlich für Ihre Anteilnahme bedanken. Mein ganz besonderer Dank gilt meinem Freund Antoine de Monteney und meiner lieben Conny. Euch beiden habe ich das alles zu verdanken. Danke sage ich auch Claudine und Charlotte, die am heutigen Abend für unser leibliches Wohl gesorgt haben.«

»Und jetzt«, fuhr er fort, »möchte ich meiner geliebten Amélie eine sehr wichtige Frage stellen.«

Ich fiel fast in Ohnmacht, als ich dies hörte. Ich hatte das Gefühl, dass jeder, der hier im Raum Anwesenden hören musste, wie laut mein Herz schlug. Meine Knie wurden weich, ich bekam vor Schreck einen hochroten Kopf, ich spürte wie meine Hände nass wurden. Ich schaute zu Alain herüber, der immer noch mit seiner Frage wartete, weil er mir die

Chance geben wollte, mich von diesem Schrecken zu erholen.

Die Gäste wurden unruhig und riefen: »Wir wollen die Frage hören, wir wollen sie jetzt hören.«

Ich ging mit zitternden Knien zu ihm hinüber und als ich neben ihm stand, erfasste er zärtlich meine Hand, drehte sich um und kniete vor mir nieder. »Nein, nein, das darf doch nicht wahr sein«, schrie es in mir.

»Meine liebste Amélie.« Bei diesen Worten schloss ich die Augen und er fuhr mit zitternder Stimme fort: »Liebste Amélie, willst du meine Frau werden?«

Ich hätte am liebsten vor lauter Glück geschrien, stattdessen schossen mir die Tränen in die Augen und ich heulte vor Freude.

»Ja«, antwortete ich, »ich will deine Frau werden.« Tosender Beifall brach los. Wir umarmten uns, und für einen Augenblick vergaß ich die Welt um mich herum.

Ich spürte Alains weiche Lippen, roch sein Parfüm, das mich immer wieder aufs Neue betörte und war glücklich, einfach glücklich. Dann griff er in sein Jackett und zauberte eine kleine schwarze Schatulle hervor, öffnete sie und nahm einen schlichten goldenen Ring heraus, auf dem ein wunderschöner Brillant blitzte. Er nahm meine zitternde Hand und steckte mir den Ring auf den Finger. Mein Blick ging zu Mama, die etwas abseits stand und vor Freude weinte, daneben stand Charlotte, die sich liebevoll bei ihr untergehakt hatte, und ich konnte es kaum glauben ... sie weinte ebenfalls.

Wir konnten uns vor lauter Glückwünschen kaum

retten, alle wollten uns gratulieren. Als ich in Connys Armen lag, weinten wir beide, ich, die ihr Glück kaum fassen konnte, und sie, die mir alles Glück dieser Welt wünschte.

»Werde glücklich, Cherie. Er ist ein wunderbarer Mann und du hast dein Glück gefunden, du glaubst nicht, wie sehr ich mich für dich freue.« Antoine hielt einen großen Blumenstrauß in der Hand, als er auf mich zukam.

»Cherie, auch von mir die herzlichsten Glückwünsche. Du bist eine wundervolle Frau und Alain hat das große Los gezogen.«

Er stand vor mir und ich spürte wieder die Wärme, die mir entgegenströmte. Die Wärme eines Menschen, der es ehrlich meinte und sich von Herzen über mein Glück freute. Ich wusste, dass ich ihm immer freundschaftlich verbunden sein würde, wobei ich mir natürlich sehr wünschte, dass Conny und Antoine auch weiterhin ein Paar blieben.

Alain hatte zum ersten Mal vor mir gekniet und das war etwas, was mich unendlich glücklich machte. Als ich mit Conny für einen Augenblick allein war, schaute ich sie an: »Du hast es gewusst, dass dies heute geschehen würde, stimmt's?«

»Wie kommst du darauf?«, fragte sie mit einem scheinheiligen Lächeln. Aber ich kannte sie so lange, sodass ich ganz sicher war, dass sie von dieser Überraschung wusste. Sie schwieg einen Augenblick, sah mich dann an und gab zu, dass sie mit Alain unter einer Decke steckte.

»Ich wusste es, hatte es die ganze Zeit geahnt, denn woher kam plötzlich dieser Blumenstrauß, den man nicht so einfach aus dem Hut zaubern konnte.« Ich ging auf sie zu und nahm sie in die Arme.

»Conny, ich habe mir nichts so sehr gewünscht, wie das, was heute Abend geschehen ist.«

Es war eine seltsame Wandlung, die in Alain vorgegangen war. Aus dem Froschkönig, der sich so lange Zeit gelassen hatte, mir seine Liebe zu gestehen, war der König meines Herzens geworden, aber wenn ich so darüber nachdachte, war er es eigentlich vom ersten Moment an als ich ihn gesehen hatte.

An diesem Abend war das Bistro noch sehr lange geöffnet. Mama, Tante Charlotte, Conny und Antoine saßen mit Alain und mir zusammen. Es war eine fröhliche Gesellschaft. Vor allem Tante Charlotte zeigte sich von einer Seite, die ich vorher noch nie an ihr gesehen hatte. Sie war witzig, lachte aus vollem Herzen und war so unkompliziert, dass es eine Freude war, sie zu erleben. Ich beobachtete Alain, der die ganze Zeit an ihren Lippen hing und sich köstlich über sie amüsierte.

»Tante Charlotte«, fragte er sie plötzlich, »was hast du dir eigentlich dabei gedacht, als du während der Vernissage wie eine Verrückte in die Galerie gestürmt bist und eine derartige Show veranstaltet hast?« Ihr war diese Frage noch nicht einmal unangenehm. Sie lachte, stand auf und streckte ihre Hände in die Luft und vergaß natürlich nicht, mit ihren beiden Zeigefingern in die Luft zu stechen.

»Ihr habt bestimmt geglaubt, dass ich völlig durchgeknallt bin, aber ich habe die ganze Zeit überlegt, wie ich Aufsehen erregen konnte. Ich wusste, dass das Fernsehen anwesend war. Leider bin ich für meinen TV-Auftritt ein wenig zu spät gekommen, aber trotzdem hat es sich gelohnt. Ich wusste, dass mein Auftritt durch all die anderen Medien geistern würde, und das würde dich schlagartig populär machen. Ihr wisst doch alle, wie die Menschen sind, wenn sie eine Sensation wittern, ist so etwas Gesprächsstoff für viele Tage. So, jetzt wisst ihr es und ich sage euch, ich bereue nichts.«

Sie erhob sich, nahm ihr Glas in die Hand und wandte sich Alain zu. »Auf dich, mein geliebter Alain. Du weißt, dass ich dir alles Glück dieser Welt wünsche. Werde glücklich mit deiner Amélie. Ich liebe euch beide.«

18. Kapitel

Als ich an diesem Abend mit Mama nach Hause kam, war ich doch ein bisschen wehmütig. Hier war ich seit Jahrzehnten zu Hause. Ich bin hier geboren und aufgewachsen, habe die Schule besucht, habe mit meinen Freundinnen auf dem Hof gespielt, der direkt hinter unserem Haus liegt, habe um meine vergangenen Liebschaften geweint. Mein ganzes bisheriges Leben hatte sich in der Rue Bonaparte abgespielt. Wie oft saß ich in meinem Zimmer, habe dort gelesen und Musik gehört, saß im Wohnzimmer und habe mir im Fernsehen die schönsten Liebesfilme angeschaut, und dabei so manche Träne der Rührung vergossen.

Erst wenn man dies alles verlassen muss, weiß man, wie sehr man mit seinem ganzen Herzen an diesen lieben Gewohnheiten hängt. Ich musste daran denken, wie gut es mir tat, wenn Petit Fleur morgens an meiner Tür scharrte, ich aufstand, um sie hereinzulassen und sie dann schnurstracks in mein Bett hüpfte und wir gemeinsam noch ein Stündchen schliefen. Wie schön war es, wenn sie schwanzwedelnd an der Tür stand und -- mit ihrer Hundeleine im Maul -- auf den Moment wartete, dass sich die Wohnungstür öffnete und sie wie ein kleiner Wildfang die Treppe hinunter rannte.

Wie schön war es, wenn ich mit Madame Bernadou im Hausflur stand und mir die Zeit nahm, ein wenig mit ihr zu plaudern. Sie hatte mich einige Male auf eine Tasse Kaffee eingeladen und erzählte mir Geschichten aus ihrem Leben. Ich erfuhr, dass ihre einzige Tochter mit ihrem Mann nach Kanada ausgewandert war und jetzt in Quebec lebte. Sie hatte zwei Enkelkinder, einen Buben, der Bertrand hieß, und ein süßes dunkelhaariges Mädchen mit dem Namen Jaqueline.

Sie bekam ein trauriges Gesicht, wenn sie darüber sprach, dass sie ihre Familie so gerne bei sich gehabt hätte und sie sich unbeschreiblich einsam fühlte, als ihr Mann gestorben war. Sie hatte es nie geschafft, die neue Heimat ihrer Tochter kennzulernen, denn sie hatte Angst vor dem Fliegen und war mittlerweile schon zu alt für diese lange Reise. So musste sie sich damit begnügen sie alle Jahre für einige Tage bei sich zu haben. Es war das Schicksal einer alten Dame, die es gelernt hatte, sich mit diesen Tatsachen abzufinden und doch hatte sie sich nie daran gewöhnen können.

Jedes Mal, wenn sie mir etwas aus ihrem Leben erzählte stand sie anschließend auf, erfasste meine Hände und hielt mich fest, so als suchte sie wenigstens bei mir einen Halt und jedes Mal war ich zutiefst betroffen, als Tränen über ihr faltiges Gesicht liefen. Sie hatte als sie noch jung war sicherlich von einem anderen Leben geträumt, aber das Leben spielt seine eigene Melodie und sie musste sicherlich oft Schmerz und Enttäuschungen ertragen.

»Meine kleine Amélie«, sagte sie einmal zu mir, »denke immer daran, dass du nur Gast auf dieser Erde bist und alles was geschieht hat seinen Sinn, sei demütig und dankbar für jeden Tag an dem du Schönes erleben darfst.«

An all dies musste ich denken, als ich in meinem Bett lag und mein bisheriges Leben in Gedanken an mir vorüberzog. Ich sah wieder, wie Alain vor mir niederkniete und um meine Hand anhielt, wie mir Antoine diesen wunderschönen Blumenstrauß überreichte und Conny mich in die Arme nahm und mich küsste. Ich sah Mama, die einträchtig neben Tante Charlotte stand und gemeinsam mit ihr weinte. Es war ein herrliches Gefühl, als uns alle anwesenden Gäste gratulierten und uns hochleben ließen. Ich war glücklich und gespannt auf mein neues Leben mit Alain und über dieses Glück schlief ich ein und hatte eine ruhige traumlose Nacht.

Ich schlief noch als Mama am nächsten Morgen in mein Zimmer kam. Sie setzte sich auf mein Bett und streichelte meine Haare.

»Amélie, es ist Zeit aufzustehen.« Zärtlich und noch im Halbschlaf, schlang ich meine Arme um ihrem Hals.

»Mama, ich bin so glücklich«, flüsterte ich. Sie sah mich mit einem Lächeln an.

»Ich freue mich mit dir, und ich habe mir nichts sehnlicher gewünscht, als dass ihr beide ein glückliches Paar werdet.«

Sie küsste mich, stand auf und ging zur Tür. Sie drehte sich um, lächelnd, und ihre Augen strahlten.

»Ich bin sehr glücklich mein Kind, aber nun steh auf, das Frühstück ist fertig. Ich muss das noch ein wenig ausnutzen, denn so oft werde ich diese Gelegenheit wohl nicht mehr haben.«

Eine gewisse Melancholie klang in ihrer Stimme

mit, sie wünschte mir alles Glück dieser Welt und doch fürchtete sie sich vor der Einsamkeit, die irgendwann, wenn ich nicht mehr bei ihr war, auf sie zukam. Trotz meines Glücks tat sie mir leid, denn ich wusste, dass auch für sie ein neuer Lebensabschnitt begann. Ich ging ins Bad, duschte und kleidete mich an.

»Alain, wo kommst du denn jetzt her?«, rief ich völlig überrascht, als ich ins Wohnzimmer kam.

»Woher ich komme?«, fragte er. »Von zu Hause natürlich und bevor du mich jetzt fragst was ich hier will, gebe ich dir gleich die Antwort. Ich möchte mit meiner Braut und meiner Schwiegermutter gemeinsam frühstücken.«

»Du verrückter Kerl«, rief ich aus, erfasste seine Hand und ging mit ihm gemeinsam ins Esszimmer.

»Wo ist eigentlich Petit Fleur?«, fragte ich, denn plötzlich fiel mir ein, dass ich sie schon eine geraume Zeit nicht mehr gesehen hatte.

»Die wird in ihrem Schlummerkörbchen liegen«, erwiderte Mama und sie machte dabei ein so komisches Gesicht, dass ich den Verdacht hatte sie würde schon wieder etwas im Schilde führen, denn sie warf Alain einen geheimnisvollen Blick zu. Ich stand auf und ging in die Ecke der Diele, wo Petit Fleurs Schlummerkörbchen stand. Da lag sie wie ein flauschiger Wollknäuel in den Kissen und blinzelte mit den Augen. Als sie mich erspähte, rührte sich aber nicht von der Stelle.

Mir war im ersten Augenblick gar nicht aufgefallen, dass der Tisch für mehr als drei Personen eingedeckt war, was ich mir, als ich es bemerkte, allerdings nicht erklären konnte. Aber in einem war ich ganz sicher, Alain und sie hatten etwas ausgeheckt, wovon ich mal wieder nichts wusste. Ich fragte erst gar nicht nach, denn mir war klar, dass sie mir nichts verraten würden. Also schwieg ich und tat so, als hatte ich davon nichts bemerkt.

Ich war noch in Gedanken versunken, als ich spürte, dass sich an meinem Bein etwas bewegte. Es war Petit Fleur, die sich anscheinend vernachlässigt fühlte und nun die ihr ohne Zweifel zustehende Aufmerksamkeit einforderte. Sie war beleidigt, das spürte ich, denn sie warf mir einen Blick zu, der nichts anderes bedeuten konnte, als dass ich mich gefälligst um sie zu kümmern hatte und mich so an meine Pflichten erinnerte. Sie sprang auf meinen Schoß, kugelte sich so lange umher, bis sie die richtige Position gefunden hatte und erst als ich ihren Kopf kraulte war sie zufrieden, streckte sich und blieb entspannt auf meinen Knien liegen.

Petit Fleur hob plötzlich den Kopf und ich spürte, wie sie immer unruhiger wurde. Sie verließ mit einem gekonnten Sprung meinen Schoß und lief, als wäre der leibhaftige Hundefänger hinter ihr her, zur Tür und bellte was ihre kleine Lunge hergab. Irgendetwas war geschehen was sie derart in Unruhe versetzte. Mama war zur Tür geeilt und als sie die Tür öffnete, wusste ich warum Petit Fleur so unruhig und erwartungsvoll umhergesprungen war.

Alains Cherie sauste um die Ecke und fiel vor Freude jaulend über Petit Fleur her. Nach einem kurzen, sehr geräuschvollen Gerangel verschwanden beide in die Ecke, wo Petit Fleurs Schlummerkörbchen stand. In Cheries Schlepptau stapften, nachdem sie sich mit Petit Fleur in ihre Lieblingsecke verdrückt hatte, mindestens drei Personen die Treppe herauf. In diesem Moment wurde mir einiges klar und die Geheimniskrämerei von Mama und Alain hatte plötzlich einen Sinn.

Warum hätte Mama auch sonst noch drei weitere Gedecke auflegen sollen? Aber es waren Gäste der besonderen Art. Als sie zur Tür hereinkamen und mich freudestrahlend angrinsten, musste ich ein selten dummes Gesicht gemacht haben. Als erste kam Conny auf mich zu, herzte mich und konnte ihre Schadenfreude nicht unterdrücken, mich derart überrumpelt zu haben, dann folgte Antoine, der anscheinend ein Blumengeschäft gekauft hatte, denn in den Händen hielt er wieder einen fantastischen Blumenstrauß, den er mir, nach einer herzlichen Begrüßung, in die Hand drückte. Zu guterletzt hörte ich ein leises Keuchen, das mir aus dem Hausflur entgegen tönte und das war die größte Überraschung für mich. Es war Tante Charlotte, die leise fluchend versuchte, die letzten Stufen der Treppe zu erklimmen.

»Ich glaube, ich war das letzte Mal bei euch«, rief sie lachend. »Diese abscheulichen Treppen sind noch mein Untergang. Es sei denn«, und es klang wie eine Drohung, »es sei denn ihr tragt mich in einer Sänfte nach oben.« Sie schwenkte ihren Hut, der ungefähr die Größe eines Wagenrades hatte, mit einem eleganten Schwung durch die Luft und ließ sich dann ächzend in einen Sessel fallen.

»Amélie, mein Schatz, willst du deine Tante Charlotte nicht begrüßen?« Dabei zwinkerte sie mir fröhlich zu. Ich ging auf sie zu, beugte mich zu ihr herab und küsste sie auf die Wange.

»Willkommen Tantchen, ich freue mich dich zu sehen.« Ich war immer wieder aufs Neue erstaunt, welche Wandlung sich in den letzten Tagen in ihr vollzogen hatte. Sie war so humorvoll und herzlich. Nie hätte ich gedacht, dass sie zu derartigen Gefühlsregungen fähig war.

Es war eine überaus fröhliche Runde in der wir zusammensaßen. Temperamentvoll gab jeder irgendwelche Erlebnisse zum Besten, man lachte, amüsierte sich über Anekdoten, die man irgendwann in seinem Leben erlebt hatte. Mama erzählte uns die Geschichte von dem verrückten Motorradfreak, der nach ihren Aussagen, wohl auch in seiner Ledermontur jeden Abend schlafen ging. Aber es störte sie nicht, denn er war, wie sie uns glaubhaft versicherte, trotz dieser etwas seltsamen Lebensart, ein durchaus interessanter Typ und jederzeit für eine Überraschung gut. Nun war es ja nicht so, dass ich nicht wusste wovon sie sprach, denn ich hatte ihn ja eine geraume Zeit hautnah erlebt.

Charlotte pries mit einem Augenzwinkern eine Begebenheit, die sich in einem Spielcasino abspielte, als sie ein Wochenende in Deauville verbrachte. Neben ihr am Roulettetisch saß ein durchaus attraktiver Herr in mittlerem Alter, der ständig mit ein paar Jetons herumspielte und ohne Unterbrechung zu ihr herüberschaute. Anscheinend fand er Charlotte wohl ausgesprochen attraktiv, denn als sie sich erhob, stand auch er auf und folgte ihr in gebührendem Abstand. Als sie sich in das Restaurant des

Casinos begab, sich an einen freien Tisch setzte und einen Kaffee bestellte, stand er plötzlich neben ihr und fragte sie, mit einer tiefen Verbeugung, ob er an ihrem Tisch Platz nehmen dürfe. Sie fixierte ihn von oben bis unten und als sie ihn für gut befand, nickte sie zustimmend.

Nun muss ich zugeben, dass Charlotte in jungen Jahren eine ausgesprochen attraktive Frau war, denn ich hatte bei Alain eines ihrer Fotos in einem üppigen Silberrahmen gesehen, der auf seinem Schreibtisch stand. Das musste wohl auch dieser sogenannte *Grandseigneur* erkannt haben, obwohl ich ihn doch mehr als einen Hochstapler bezeichnen möchte. Dies änderte aber keineswegs den Eindruck, dass sie etwas Elitäres ausstrahlte, denn wenn man sie so betrachtete, wie elegant sie sich in ihren Nobelklamotten bewegte, am Tisch die Finger spreizte, an denen es nur so von Brillanten funkelte, hatte man den Eindruck, dass sie mit Sicherheit ein dickes Bankkonto besaß. So ganz unrecht hatte der Herr, der sich zu ihr an den Tisch gesetzt hatte, nicht.

Er wollte ihr wohl imponieren und lud sie sogar zum Essen ein. Nun muss ich ja wohl niemandem sagen, was ein Vier-Gänge-Menü in einem noblen Spielcasino kostet. Ungerührt bestellte er noch einen Hummercocktail und eine Flasche Dom Perignon. Sie prosteten sich zu und unterhielten sich sehr angeregt. Als Charlotte signalisierte, dass sie aufbrechen wollte, um in ihr Hotel zurückzufahren, entschuldigte er sich, um die Toilette aufzusuchen. Charlotte wartete eine geschlagene Stunde auf seine Rückkehr, aber Monsieur hatte sich anscheinend grußlos verabschiedet und Charlotte musste wohl oder übel die ganze Zeche bezahlen.

Ich konnte mir sehr gut vorstellen, dass Charlotte, fluchend wie ein Rohrspatz, das Casino verließ und sich schwor, dass ihr so etwas nie wieder passieren würde. Sie erzählte diese höchst amüsante Posse mit einer Nonchalance und ohne jegliche Bitterkeit. Das Ergebnis war, dass sich alle Anwesenden über diese Geschichte köstlich amüsierten. Es waren unterhaltsame Gespräche und eine derart ausgelassene Stimmung, dass die Zeit des Zusammenseins wie im Flug verging.

Irgendwann musste ich meinen menschlichen Bedürfnissen nachgehen und verschwand im Bad. Meine Abwesenheit nutzte meine liebe Familie, inklusive Conny, Antoine und Tante Charlotte, sich über Dinge zu unterhalten, die ich ganz offensichtlich nicht hören sollte, denn als ich die Toilettentür öffnete, wurde aus dem fortwährenden Geschnatter eine Grabesstille, die mir zu denken gab. Was war denn jetzt wieder los? Die Geheimnistuerei der letzten Tage beunruhigte mich doch sehr. Ich ging zurück zum Tisch, setzte mich auf meinen Stuhl und warf allen ein Blick zu, der nichts anderes bedeuten sollte als die Frage: »Nun rückt schon endlich raus damit. Was habt ihr denn jetzt schon wieder ausgeheckt?«

Antoine ergriff das Wort, wie er es immer tat, wenn es um wichtige Dinge ging. »Amélie«, begann er mit einem Lächeln, während die anderen mit versteinerten Mienen dasaßen und mich anstarrten. »Liebst du Paris?«

Natürlich liebe ich Paris, welch eine dumme Frage. »Ja, ich liebe Paris«, erwiderte ich und verstand den Sinn des Ganzen nicht.

»Lebst du gerne in Paris?«, war die nächste Frage und mir schwante nichts Gutes.

»Wenn ihr mich hier aus Paris weglocken wollt und von mir erwartet, dass ich in eine andere Stadt ziehe, werde ich das nicht tun. Ich bin hier geboren und aufgewachsen, es ist meine Heimat und ich werde Paris um keinen Preis verlassen.«

»Was sollte das jetzt werden«, ging es mir durch den Kopf und ich spürte wie mir die Tränen in die Augen stiegen. Conny hatte es als erste bemerkt, dass sie mich an meiner empfindlichsten Stelle getroffen hatten. Niemals werde ich hier fortgehen, niemals.

Jetzt übernahm Conny den Part der Erklärenden. »Cherie, niemand erwartet von dir, dass du Paris für immer verlässt, aber könntest du dir vorstellen, das zumindest für eine Woche zu tun?«

»Für eine Woche? Ich glaube das würde ich schaffen, aber warum sollte ich das tun?«

»Weil Antoine eine Einladung von einem befreundeten Galeristen aus New York erhalten hat und er sich freuen würde, wenn wir ihn besuchen und an seiner Vernissage teilnehmen würden. Das wäre auch sehr erfolgversprechend für die Karriere von Alain, denn zu dieser Ausstellung sind hochrangige Persönlichkeiten aus Politik und Wirtschaft eingeladen.«

Unter diesem Aspekt betrachtet, wollte ich natürlich mit nach New York reisen, obwohl mich trotzdem ein etwas mulmiges Gefühl überkam, denn ich hatte noch nie in einem Flugzeug gesessen. Die einzigen Reisen, die ich unternommen hatte, waren meine Fahrten mit der Eisenbahn nach Lyons-la-Foret, wenn ich meine Großmama in den Sommerferien besucht hatte. Es war eine wunderschöne Zeit, die ich dort verbrachte, ich lief bei hereinbrechender Dunkelheit durch die schmalen Gassen mit den schmucken Fachwerkhäusern, traf mich mit gleichaltrigen Mädchen und wir saßen zusammen und träumten kindliche Träume. Das war der einzige Ort, an dem ich mich genauso wohlfühlte, wie auf der Rue Bonaparte in Paris. Aber vielleicht lag das auch an meiner liebevollen Großmama, die mich in der Zeit meiner Anwesenheit von morgens bis abends verwöhnte.

»Und wann soll die Reise losgehen?«, fragte ich und hoffte, dass der Tag der Abreise und der damit verbundene Horrorflug noch lange auf sich warten ließ.

»Wir fliegen am kommenden Donnerstag um 13.00 Uhr vom Flughafen Charles-de-Gaulle«.

»Oh mein Gott, das ist ja schon in vier Tagen.« Mir wurde schlecht. Noch wenige Tage und meine Odyssee nach New York sollte beginnen. Die Tage bis dahin verbrachte ich mit einer nie gekannten Unruhe. Abends, bevor ich mich ins Bett legte, war dies mein letzter Gedanke und morgens wenn ich aufstand, mein erster. Unruhig wälzte ich mich im Bett umher, fand kaum Schlaf und war am nächsten Morgen nicht gerade für die Anforderungen des kommenden Tages gewappnet.

19. Kapitel

Es war Mittwoch, der Abend vor unserem Flug nach New York. Alain war bei mir und spielte den Seelentröster, während ich halbherzig meine Kleidung im Koffer verstaute. Wollte ich diese Reise wirklich, wollte ich mich in zehntausend Metern Höhe in die Hände eines Menschen begeben, den ich überhaupt nicht kannte? Er trug zwar eine schicke Uniform, aber das sagte noch lange nichts über seine Person aus. Immer wieder schaute ich zu Alain hinüber und er sah in meinen Blicken, die ich ihm immer wieder hilfesuchend zuwarf, dass ich eine Heidenangst vor dem hatte, was mir bevorstand.

Er kam zu mir und nahm mich in die Arme. »Ich kann verstehen, dass dir unwohl ist, mir ist es genauso gegangen, als ich das erste Mal in einem Flugzeug saß. Du wirst sehen, es ist überhaupt nicht schlimm und ein tolles Erlebnis, die Welt von oben zu betrachten.«

»Du sagst du kannst verstehen, dass mir unwohl ist. Ich glaube, das wird in keiner Weise dem gerecht, wie ich mich fühle. Bist du sicher, dass du wirklich das meinst, was du sagst, denn ich habe eine Scheißangst.«

»Ich bin ganz sicher, Cherie«, versicherte er mir mit einem fröhlichen Augenaufschlag und außerdem sind drei Personen da, die dich beschützen.«

»Schwacher Trost«, brummelte ich und verzog mich für kurze Zeit ins Bad, um alles einzupacken, was ich für meine Schönheit benötigte. Eine halbe Stunde später war der Koffer gepackt.

Ich hörte, wie sich die Tür zu unserer Wohnung öffnete und Mama mit Petit Fleur hereinkam.

»Ist jemand da?«, hörte ich sie rufen.

»Hier Mama, wir sind in meinem Zimmer.« Sie kam um die Ecke, lächelte ihr süßes, verführerisches Lachen immer dann wenn sie Alain erspähte, ging auf ihn zu und gab ihm einen schmatzenden Kuss.

»Bon soir, Alain«, rief sie ihm mit einem fröhlichen Augenzwinkern zu. »Bon soir, Claudine, schön dich zu sehen.«

Mich hatte sie nur so beiläufig wahrgenommen. Ich war ja auch nur ihre Tochter, die sie schon seit fünfundzwanzig Jahren kannte, da musste man nicht mehr so ein Aufheben machen. Da war der zukünftige Schwiegersohn schon ein anderes Kaliber. Jung, gut aussehend, freundlich und charmant, ein Grandseigneur vom Scheitel bis zur Sohle.

»Bon soir, Mama, schön, dass du wenigstens gesehen hast, dass ich auch anwesend bin«, erwiderte ich beleidigt.

»Nun sei mal nicht gleich eingeschnappt, nur weil ich dich nicht begrüßt habe.« Ich ging auf sie zu und flüsterte ihr zu: »Ich bin nicht beleidigt. Es ist ja wohl auch kein Wunder, dass du mich nicht siehst, wenn du die ganze Zeit Alain anglotzt.«

»Also, Cherie, ich muss doch sehr bitten, was denkst du von mir?« Es war ihr wohl doch ein wenig peinlich, denn sie drehte sich blitzschnell weg, als sie einen roten Kopf bekam.

Petit Fleur spürte meine Aufregung. Immer wieder kam sie zu mir, schmiegte sich ganz dicht an mich, schaute mich an und ihre Augen hatten einen traurigen Glanz. Irgendwie ahnte sie, dass etwas geschah und meine Aufgeregtheit übertrug sich auf sie. Sie beobachtete mich, lief zu ihrem Schlummerkörbchen und kehrte Augenblicke später zu mir zurück.

Alain wollte uns verlassen, um nach Hause zu fahren, denn es war doch schon recht spät geworden aber als ich ihn bat, heute Nacht bei mir zu bleiben, willigte er ein und ich hatte das Gefühl, dass es ihm nicht unangenehm war, denn schließlich waren wir ja verlobt und hatten allein aus diesem Grund das Recht, die Nacht gemeinsam zu verbringen.

»Was wird denn nun aus Cherie«, fragte ich Alain mit besorgter Stimme.

»Liebling, mach dir mal keine Sorgen, ich habe schon mit Tante Charlotte gesprochen und sie hat mir versprochen, sich um Cherie zu kümmern.«

»Ich werde Claudine jeden Tag besuchen und mit ihr spazieren gehen, und unsere beiden Lieblinge werden dabei sein«, sagte sie mit einer Überzeugungskraft, die keine weiteren Zweifel zuließ.

Ich war beruhigt, ging zu meinem Schrank und kramte darin herum. Da fiel mir der seidene Pyjama in die Hände, den ich mir gekauft hatte als ich noch mit Emile zusammen war. Ich zog ihn über, betrachtete mich im Spiegel, und fand, dass es das Richtige für eine Nacht mit Alain war. Ob ich ihn aber am nächsten Morgen noch anhaben würde, überließ ich unserer Fantasie.

Ich ging in mein Zimmer, Alain rekelte sich bereits in meinem Bett und als er mich sah, konnte er seinen Blick nicht mehr von mir lassen.

»Wenn du nicht sofort zu mir kommst, Cherie, hole ich dich.« Ich schlüpfte zu ihm unter die Decke und kuschelte mich ganz dicht an ihn, legte meinen Arm auf seine Brust und spürte, wie die Ruhe in meinen Körper einkehrte. Ich fühlte mich unendlich geborgen, meine Angst war verschwunden und mein Herz klopfte nur noch, weil ich an seiner Seite lag. Das erste Mal an diesem Tag war ich glücklich und ich genoss seine Nähe mit jeder Faser meines Körpers.

Diese wohltuende Ruhe, die ich neben Alain empfand als ich in seinen Armen lag, war in dem Moment verschwunden, als ich am nächsten Morgen aufstand und meinen gepackten Koffer sah, der in einer Ecke meines Zimmers stand. War ich ein Angsthase oder war dies ganz normal? Ich wusste es nicht. Was ich allerdings wusste war die Tatsache, dass ich am liebsten alles abgeblasen hätte und lieber meinen Tag in unserem Bistro verbracht hätte. Hier fühlte ich mich wohl, war mit beiden Beinen auf der Erde und wusste genau was auf mich zukam. Nun ist das Leben aber kein Wunschkonzert und da ich mit Alain zusammen war, musste ich wohl oder übel in den sauren Apfel beißen.

Ich hatte mich in mein Schicksal gefügt, frühstückte mit Alain mit mehr oder weniger Appetit. Es war zehn Uhr morgens und während Alain sein Gepäck holte, ging ich noch ins Bistro, um mich von Mama zu verabschieden. Es war ein wehmütiger Abschied, denn ich hatte sie noch nie im Stich gelassen. Irgendwie plagte mich das schlechte Gewissen. Petit Fleur spürte, dass ein außergewöhnliches Ereignis ins Haus stand. Sie schlich um mich herum, suchte immer wieder meine Nähe, schaute ständig mit einem traurigen Blick zu mir auf.

Ich tröstete sie, nahm sie auf den Arm und schmuste mit ihr herum. Mama hatte sich in die Küche zurückgezogen, hantierte dort mit Töpfen und allerlei Geschirr und ich hatte das Gefühl, dass es Verlegenheit war, denn es waren kaum Gäste anwesend. Ein paar Abschiedstränen würde sie sicherlich vergießen und auch mir ging es nicht besonders gut. Die Angst vor dem Fliegen tat ihr Übriges. Ich ging im Bistro umher, begrüßte die Gäste und wünschte ihnen einen schönen Tag.

Es wurde höchste Zeit nach Hause zu gehen, denn ich wollte Conny und Antoine nicht verpassen.

»Mama, sei nicht traurig, ich bin ja bald wieder hier.«

»Ich weiß, Cherie«, erwiderte sie mit leiser Stimme, nahm mich in die Arme und küsste mich. Und dann geschah das, was nicht ausbleiben konnte. Wir heulten um die Wette.

»Ich wünsche euch eine schöne Zeit und grüß mir Alain ganz herzlich.« In diesem Moment öffnete sich die Tür und Alain kam, mit zwei Koffern bewaffnet, durch die Tür. Mama hatte ihm persönlich die Schlüssel für unsere Wohnung ausgehändigt. Augenblicke später hielt ein Wagen vor der Tür und Antoine hupte ungeduldig.

»Mama, wir müssen los, der Flieger wartet nicht auf uns.«

Alain ging auf Mama zu und verabschiedete sich mich einem Lächeln. »Au revoir, Claudine, und lass es dir gut gehen, nächste Woche sind wir wieder zurück.«

»Au revoir, ihr beiden, ich wünsche euch einen guten Flug und eine schöne Zeit in New York.«

In der Zwischenzeit hatten Conny und Antoine unser Gepäck im Kofferraum verstaut, verabschiedeten sich von Mama und dann fuhren wir zum Flughafen. Ich war sehr schweigsam, nahm Alains Hand und schmiegte mich wie ein kleines Kind an ihn, das Angst vor dem großen Abenteuer hatte.

Die Fahrt dorthin war wie immer eine einzige Katastrophe. Überall Stau, ein wirres Durcheinander von Autos, Hupen, schimpfende Fahrer, die bei heruntergekurbeltem Fenster ihren Arm aus dem Fenster streckten und wild gestikulierten, weil sich wieder mal einer vorgedrängelt hatte. Es war eben eine Großstadt, durch die wir uns mühsam quälten und es war Paris, die Stadt in der jeder, der mit dem Auto unterwegs war, glaubte, das Recht auf seiner Seite zu haben.

Und am Flughafen? Dasselbe Chaos wie in der Stadt. Hupende Autos, endlose Debatten über freigewordene Parkplätze, Passagiere, die schwitzend und schimpfend ihr Gepäck mit sich schleppten, schreiende Kinder, genervte Eltern und das Flughafenpersonal, das trotz allem immer ruhig und freundlich sein musste und ich arme Amélie mittendrin. Antoine und Alain waren währenddessen auf Parkplatzsuche. Sie hatten das große Glück einen gerade freigewordenen Parkplatz zu bekommen. Conny und ich hatten in der Zwischenzeit das Gepäck aufgegeben und warteten. Nach einer halben Stunde kamen uns die beiden seelenruhig entgegen, lächelnd und total entspannt.

Es war 13.00 Uhr und die Stunde der Wahrheit rückte immer näher.

»Kommt, lasst uns noch einen Kaffee trinken gehen«, schlug Antoine vor. Wir suchten uns ein kleines Bistro, setzten uns dort gemütlich hin und bestellten unsere Getränke. Nur gedämpft drang der Lärm an meine Ohren und ich empfand es als ausgesprochen wohltuend, wenigstens ein wenig Ruhe zu haben, denn die Hektik, die in der Abflughalle herrschte, ging mir doch ziemlich auf die Nerven. Ich musste an Mama denken. Sie würde sicherlich sehr aufgeregt sein, wenn sie das Gleiche erleiden müsste wie ich, denn sie hatte noch nie in einem Flugzeug gesessen. Sie war vielleicht zweimal in ihrem Leben mit der Metro gefahren und das war für sie schon eine halbe Weltreise. Alain kümmerte sich rührend um mich, tätschelte meine Hand, denn er wusste um meine seelische Verfassung und die war nicht die beste.

Antoine macht seine Scherze, schaute immer wieder zu mir herüber, versuchte mich abzulenken, schwärmte von New York, sprach über seinen Freund John Schumacher, der in den Staaten natürlich Shoemaker heißt. Er kannte ihn schon fast zwei Jahrzehnte und zwischen ihnen hatte sich in dieser Zeit eine innige Freundschaft entwickelt. Seine Eltern kamen aus Deutschland und lebten zur damaligen Zeit in Heidelberg, wo er aufgewachsen war. Sein Vater war in Deutschland ein bekannter

Dirigent, und als er Chefdirigent der New Yorker Philharmonie wurde, siedelte er mit seiner Familie kurzentschlossen nach New York über.

Kennengelernt hatten sich die beiden auf der New York Academy of Art, auf der beide ihr Studium absolvierten. Danach war Antoine zurück nach Paris gegangen, denn er bekam eine Professur an der École des Beaux-Arts, die eine der bekanntesten Akademien in ganz Frankreich war. Durch diese Tätigkeit war er schnell in ganz Frankreich bekannt, trat in vielen TV-Sendungen auf und war bald der Guru der schönen Künste. Ich war zwar nicht immer eine geduldige Zuhörerin, aber wie er erzählte, faszinierte mich so stark, dass ich alles um mich herum vergaß und ihm gespannt zuhörte. Seine Stimme übte auf mich eine mir unbekannte Magie aus und ich war sehr betrübt, als Conny zum Aufbruch mahnte.

Alain rief mich mit einem Kuss in die Realität zurück, denn ich war so in Gedanken, dass ich den Wunsch hatte, Antoine noch stundenlang zuzuhören. Wir bezahlten unsere Getränke und als wir die Abflughalle betraten, hörten wir die freundliche, einschmeichelnde Stimme einer Flughafenangestellten.

»Mesdames et messieurs, alle Passagiere nach New York werden gebeten, sich am Gate 4 einzufinden.«

»Ich muss auf die Toilette«, flüsterte ich Alain zu und machte ein Gesicht als würde der Sensenmann schon neben mir stehen. Dann lief ich los, fand den Eingang nach längerem Suchen und entledigte mich der Pein des Irrsinns, der durch meinen Körper raste. Geschafft, jetzt war mir wohler. Alain wartete am Eingang und nahm mich mit besorgter Miene in Empfang. Eilig liefen wir zurück zum Gate, wo Conny und Antoine schon ungeduldig auf uns warteten.

»Conny«, raunte ich ihr zu, »sag jetzt nichts, sonst werde ich nicht länger deine Freundin sein.«

Aber so ganz konnte sie sich ein spöttisches Lächeln nicht verkneifen.

»Du hast gut reden«, ging es mir durch den Kopf, »du fliegst ja wenigstens zweimal im Monat nach München, um deine Eltern zu besuchen. Wenn ich du wäre, würde mir das auch nichts mehr ausmachen. Aber ich habe noch nie in so einem Ungetüm gesessen und da ist es ja wohl erlaubt, dass man aufgeregt und nervös ist.«

Ich war doch ein wenig böse auf sie, das muss ich zugeben, aber im Moment hatte ich andere Probleme und die galt es zu bewältigen, denn schließlich wollte ich mein Gesicht, das sowieso schon eine gewisse Blässe hatte, nicht verlieren. Also gab ich mir einen Ruck und marschierte mit Riesenschritten voran, was dazu führte, dass die drei erstaunt hinter mir her starrten.

»Ich werde es euch zeigen«, schwor ich mir, »keine Miene werde ich mehr verziehen und mich tapfer und ohne erkennbare Gemütsregung in mein Unglück stürzen.«

Gesagt getan. Ich ging also als Erste die Gangway empor, schaute die Stewardess, die mich in Empfang nahm, mit einem etwas gequälten Lächeln an. Dann drehte ich mich um und signalisierte meinen Begleitern, dass sie sich doch ein wenig beeilen mögen. Auch wenn es eine bühnenreife Vorstellung war die ich ablieferte, war ich doch stolz darauf, denn ich wollte nicht länger das ängstliche Häschen sein und außerdem gingen mir diese mitleidigen Blicke, die mir abwechselnd zugeworfen wurden, so langsam auf die Nerven.

Die Stewardess führte mich zu unseren Plätzen. Ganz spontan beschloss ich, mich ans Fenster zu setzen, denn ich wollte, wenn ich schon todesmutig in dieses Monstrum gestiegen war, wenigstens Paris von oben sehen. Vorsichtshalber hatte ich mir aber gleich eine Tüte reserviert, die ich in die vor mir befindliche Ablage steckte, denn ich wusste ja nicht, ob es mich vielleicht doch noch überkommen würde und da war es ein sicheres Gefühl, auch für diesen Fall gerüstet zu sein.

Inzwischen hatten auch Conny, Antoine und Alain neben mir Platz genommen. So gesehen war ich in guten Händen und hatte trotz allem ein Gefühl der Geborgenheit. Ich glaube, angespannt waren wir alle, als sich der Flieger mit einem Dröhnen in Bewegung setzte und in die Lüfte erhob. Es war für mich ein Zustand zwischen Himmel und Hölle, aber als ich vorsichtig aus dem Fenster schaute, sah ich unter uns meine Heimatstadt Paris, die ich so noch nie gesehen hatte. Es war für mich ein so faszinierender Anblick, dass ich alles um mich herum vergaß. Ich sah Sacré-Cœur im gleißenden Sonnenlicht, bestaunte den Eiffelturm, der wie ein Mahnmal in den Himmel ragte, sah die Seine, die sich wie ein schillerndes Band durch die Stadt schlängelte, sah die Boote, die durch das Wasser pflügten. Es war einfach herrlich. Alain hatte mich die ganze

Zeit beobachtet und sah, wie ich fasziniert aus dem Fenster starrte.

»Cherie, du bist ja wie verwandelt, was ist geschehen?« Ich lächelte und schmiegte mich ganz fest an ihn.

»Es ist so spannend, die Welt von oben zu sehen. Tagelang habe ich mich verrückt gemacht, hatte bei jedem Gedanken Horrorvorstellungen, und plötzlich löste sich alles in Wohlgefallen auf.«

»Du bist ein Schatz, ich habe mir schon Sorgen gemacht, dass du dich im letzten Moment anders entscheidest und zu Hause bleibst. Ich bin stolz auf dich.«

»Und was hättest du getan, wenn ich mich so entschieden hätte?« Er küsste mich, zärtlich und voller Liebe.

»Dann wäre ich auch nicht geflogen.«

»Bist du verrückt, warum wolltest du das tun, es geht doch um deine Karriere?« Und dann sagte er etwas, was mich in den siebten Himmel der Liebe versetzte.

»Meine Liebe zu dir ist mir wichtiger als meine berufliche Karriere. Wann begreifst du das endlich?« Ich schloss die Augen vor Glück: »Ich hab's begriffen Alain, ich hab's endlich begriffen.«

Die Stewardess beugte sich zu Antoine herunter, der direkt am Gang saß: »Darf es noch etwas sein, Monsieur«, und dabei lächelte sie so verführerisch, dass Conny ihr einen bitterbösen Blick zuwarf.

Er flüsterte ihr etwas ins Ohr, und sie verschwand in den hinteren Bereich des Flugzeugs. Wenige Augenblicke kehrte sie mit einem Tablett zurück, auf dem vier, mit Champagner gefüllte Gläser standen. »Santé, meine Herrschaften.«

»Merci, Mademoiselle.« Lächelnd reichte er jedem von uns ein Glas. »Amélie auf dein ganz spezielles Wohl.«

Ich schaute ihn erstaunt an: »Wieso auf mein Wohl, muss ich das jetzt verstehen?«

»Cherie, wir freuen uns einfach, dass es dir so gut geht, und darauf wollen wir anstoßen.«

Es war ein ruhiger Flug. Nichts geschah, was ich mir in meinen wildesten Träumen ausgemalt hatte. Ich hatte das Gefühl ein Astronaut zu sein, der die Welt von oben betrachtete. Unter uns der Atlantik und über uns der blaue Horizont, der bis in die Unendlichkeit reichte. Nach sechs Stunden Flug erreichten wir New York, sahen die Skyline mit ihren riesigen Wolkenkratzern, überflogen die Freiheitsstatue und landeten wenige Minuten später auf dem John-F.-Kennedy-Airport. Es war acht Uhr morgens, als wir das Flugzeug der Air France verließen. Wir verließen gerade die Gepäckausgabe, als Antoine plötzlich stehen blieb und mit einem strahlenden Lächeln auf einen Herrn zu, der in der Ankunfthalle wartete. Antoine ging freudestrahlend auf ihn zu und begrüßte ihn mit großer Herzlichkeit. Es war, wie sich bei der Begrüßung herausstellte, sein guter alter Freund John Shoemaker, dem die größte Kunstgalerie in New York gehörte.

20. Kapitel

Als wir das Flughafengebäude verließen, stockte mir der Atem, als Mr Shoemaker auf einen Bentley zusteuerte, der am Straßenrand auf uns wartete. Wenn ich überlege, dass ich noch vor einem Tag in einem alten klapprigen Lieferwagen durch Paris kutschiert bin, so schien mir meine jetzige Situation doch recht unrealistisch zu sein. Erst in einem altersschwachen Renault aus den 70er Jahren und jetzt in einer der nobelsten Karossen. Kein Wunder, dass ich völlig durcheinander war.

»Mon Dieu, geht's auch eine Nummer kleiner? Warum müssen die Amis immer so maßlos übertreiben«, dachte ich und doch übte dieses fahrende Luxusgefährt einen gewissen Reiz auf mich aus und erhob mich, symbolisch gesehen, in den einstweiligen Adelsstand. Da wohnten, wie schon so oft, zwei Seelen in meiner Brust. Auf der einen Seite gefiel es mir, für kurze Zeit einen Hauch von Luxus zu genießen und auf der anderen Seite wäre ich am liebsten wieder in den Flieger nach Paris gestiegen. Es war mir alles ein wenig zu pompös und großspurig.

In diesem Augenblick sehnte ich mich zurück nach der Beschaulichkeit unserer wunderschönen Stadt, sehnte mich nach der Gemütlichkeit, in der ich aufgewachsen war. Ich liebte unsere kleine Wohnung in der Rue Bonaparte, sah Alains Haus, in dem ich mich schon so heimisch fühlte, roch die frische Farbe seiner Gemälde, liebte die Unordnung, die in seinem

Atelier herrschte. Alles war so vertraut, so intim und überschaubar.

Alain spürte meine momentane Verwirrung, legte seinen Arm um mich und gemeinsam gingen wir zu der hinteren Tür dieser Luxuskarosse und nahmen auf den schwarzen Ledersitzen Platz. Uns gegenüber saßen Antoine und Conny. Der ganze Wagen war mit den edelsten Hölzern ausgekleidet, die Sitze aus feinstem Leder bescherten mir ein unbeschreiblich angenehmes Sitzgefühl. Als ich mich an den ganzen Luxus gewöhnt hatte, empfand ich die für mich völlig ungewohnte Umgebung doch als sehr angenehm.

Mr Shoemaker hatte sich zu uns gesetzt und unterhielt sich sehr angeregt mit Antoine. Ich verstand kein Wort, denn sie unterhielten sich die ganze Zeit in englischer Sprache. Ein absolutes Handicap für mich, denn ich verstand diese Sprache nicht. Gut, ein paar Brocken wie: »Good morning, good evening, have a nice day und how are you«, kannte ich natürlich, denn man wollte ja zu den ausländischen Gästen, die in Paris zu Besuch waren, höflich sein, aber das war auch schon alles. Es lief also nicht gut für mich, denn ich hätte zu gerne gehört, über was sie sprachen. In diesem Moment war mir bewusst, wie wichtig es ist, mehrsprachig aufzuwachsen. Conny und Antoine waren da schon weltgewandter. Sie war öfter in London, um als Chefredakteurin an internationalen Konferenzen teilzunehmen oder Alains Schwester, die ich dummerweise für seine Geliebte gehalten hatte, in der Londoner Redaktion von »Le Monde« einen Besuch abzustatten. Von Antoine will ich gar nicht reden. Er hatte die Zeit seines Studiums in New York verbracht und beherrschte diese Sprache fast so perfekt wie seine Muttersprache.

Dann erbarmte sich Alain, die Unterhaltung zwischen den beiden zu übersetzen, nachdem er meine hilflosen Blicke gesehen hatte, denn bis zu diesem Augenblick saß ich gelangweilt neben ihm, und da ich kein einziges Wort verstand, schwieg ich, völlig in mich gekehrt und starrte die berühmten Löcher in die Luft, schaute zum wiederholten Mal aus dem Fenster und fasste mir, aus lauter Verlegenheit, an die Nase, betrachtete meine Nägel, als wären sie das siebte Weltwunder, ging mit meinen Fingern, ich weiß nicht zum wievielten Male, durch meine Haare. Erst als Alain übersetzte was dort gesprochen wurde, unterließ ich diese völlig überflüssigen Handlungen meiner Hilflosigkeit. Da war von vergangenen Zeiten die Rede, von den Schandtaten, die sie in ihrem Übermut verübt hatten. Auch ihr gemeinsamer Job kam nicht zu kurz. John schwärmte Antoine von seiner am Wochenende stattfindenden Vernissage vor. Es war ein junger Künstler, der ihn so begeistert hatte, dass er sich bereit erklärte, seine Bilder in seiner Galerie auszustellen. Er förderte junge Maler aus aller Herren Länder, denn er hatte ein untrügliches Gespür für den zukünftigen Erfolg dieser Künstler und so gab es einige, denen er schon zu einem Durchbruch auf dem internationalen Parkett verholfen hatte.

»Du wirst sehen, dieser Junge ist ein Riesentalent und was er geschaffen hat, ist einfach revolutionär, und ich verspreche dir, dass er ganz groß rauskommen wird.«

Als ich Conny fragte, ob er sich auch über Alain geäußert hatte, grinste sie.

»Lass dich überraschen, du wirst es noch früh genug erfahren.« Mehr sagte sie nicht. Meine Neugier war geweckt und ich hätte sehr gerne noch mehr erfahren, aber sie hüllte sich in Schweigen. Es machte auch keinen Sinn, sie weiter mit meinen Fragen zu nerven, denn ich wusste, dass sie ein Geheimnis bewahren würde und niemals etwas davon preisgeben würde. Auch Alain wusste nicht, was die beiden in der Zwischenzeit ausgeheckt hatten. Er wusste nur, dass sie sehr oft miteinander telefonierten, aber das lag wohl auch dran, dass sie sich so gut kannten und schon ewige Zeiten Freunde waren. Es waren, wie Alain mir versicherte, unwichtige Gespräche, die während unserer Fahrt zum Hotel geführt wurden, sodass ich einen Grund hatte misstrauisch zu werden.

»Woher kannst du so gut Englisch?«, raunte ich Alain zu. Er aber hüllte sich in Schweigen und tat so als hätte er meine Frage nicht gehört.

Die Straßen waren mit Autos vollgestopft und man wunderte sich, dass sich überhaupt noch etwas bewegte. Wildes Hupen, genervte Fahrer, die sich aus ihren Limousinen Dinge zubrüllten, die sicherlich nicht für jedes Ohr bestimmt waren. Zum Glück konnte ich nicht verstehen, was sie riefen, aber vielleicht war das auch gut so. Es war genau wie zu Hause, aber das war auch schon das Einzige, was mich an Paris erinnerte.

Fast zwei Stunden haben wir für die 25 Kilometer vom Flughafen bis zur Fifth Avenue gebraucht. Aber die Fahrt war doch recht unterhaltsam, weil John, er hatte uns inzwischen das Du angeboten, ausgesprochen witzig war und mit aller Macht versuchte, Pluspunkte zu sammeln. Er kramte in der äußersten Ecke seiner Erinnerung seine mehr als dürftigen Französischkenntnisse zusammen, die er irgendwann, während eines Besuchs in Paris, aufgeschnappt hatte. Auf jeden Fall war er in der Lage, den Franzosen gegenüber höflich zu sein, und das quittierten diese mit großer Bewunderung, auch wenn er nur ein paar Brocken französisch sprach, genoss er doch ihre ganze Sympathie.

Es war doch ein wenig bedrückend, als wir durch die Straßen dieser riesigen Stadt fuhren, die gesäumt von gewaltigen Hochhäusern den Blick auf den Horizont versperrten. Als wir in die Fifth Avenue einbogen, staunte ich nicht schlecht, als ich das üppige Grün des Central Parks sah, der wohl viele Menschen in der Mittagspause zu einem Erholungsspaziergang animierte. Wir fuhren vorbei an dem beeindruckenden futuristischen Gebäude des Guggenheim Museums, einem Eldorado der internationalen Künste.

Ich, die sonst immer gern und viel redete, war während der Fahrt sehr schweigsam geworden. Ich wollte die Eindrücke dieser Weltmetropole in mich aufnehmen, obwohl ich eigentlich nicht für diesen Gigantismus war, konnte ich meine Bewunderung dennoch nicht ganz zurückhalten. Antoine berührte dieser Anblick recht wenig, denn er hatte ja lange genug in dieser Stadt gelebt. Er plauderte fortwährend mit John, lachte spitzbübisch, wenn sie sich Anekdoten aus ihrer gemeinsamen Studienzeit erzählten. Ich war allerdings darauf angewiesen, dass Alain mir vieles ins Französische übersetzte, denn hätte er das nicht getan, wäre mir einiges entgangen. Der einzige Nachteil bei der ganzen Geschichte war, dass ich immer mit Verspätung lachte und das wurde mir irgendwann zu dumm, also stellte ich das Lachen ein und hörte nur noch zu.

Ich glaube, ich habe es bisher versäumt, einige Worte über Mr Shoemaker zu verlieren. Er war eine durchaus erwähnenswerte Person, allein sein äußeres Erscheinungsbild wirkte auf mich, als wäre er einem amerikanischen Männermagazin entsprungen und er machte außerdem den Eindruck eines untadeligen Lebemannes. Er war so um die fünfzig, also genau in Antoines Alter, hatte dichtes, grau meliertes Haar und erinnerte mich sehr stark an Richard Gere, der auch mit zunehmendem Alter immer interessanter wurde und ich muss gestehen, dass ich als Teenager unsterblich in ihn verliebt war. *Pubertäre Teenagerträume* pflegte Mama immer, mit einem leicht spöttischen Unterton, zu sagen, denn ich hatte mein Zimmer mit riesigen Filmplakaten zugepflastert. Wie ich allerdings später durch einen Zufall erfuhr, hat auch sie jahrelang für ihn geschwärmt und ist in jeden Film gerannt, der in Paris lief.

Aber nun zurück zu John. Er war schätzungsweise einsneunzig groß, schlank und man sah, dass er etwas für seine Figur tat, denn man suchte die berühmten Fettpölsterchen, wie sie viele Herren in seinem Alter hatten bei ihm vergeblich. Ein Mann, der Wert auf sein Äußeres legte aber absolut nichts Affektiertes an sich hatte. Er trug ein weißes Hemd mit dem königlichen Tabkragen, aus den Ärmeln seines Sakkos sah man Manschetten, die mit goldenen Knöpfen geschlossen wurden und hätte ich nicht gewusst, dass wir in New York sind, hätte ich ihn glatt für einen britischen Gentleman aus der »Londoner Upperclass« gehalten. Von dem betörenden Duft seines Parfüms will ich gar nicht reden. Ich hatte das Gefühl, dass mir dieser Duft doch sehr bekannt vorkam. Plötzlich erinnerte ich mich daran, dass ich diesen Duft schon mal gerochen hatte. Es war bei Antoines erstem Besuch und ich hätte eine Wette darauf abschließen können, dass es der gleiche Duft war.

Vor uns, direkt am Ende des Central Parks, erspähte ich ein riesiges Gebäude, das wie eine Trutzburg in den Horizont ragte. »Was ist das für ein Gebäude?«, fragte ich Antoine, der sich bestens in dieser Stadt auskannte.

»Das ist das Plaza Hotel, eines der nobelsten Häuser hier in New York.«

»Und da fahren wir jetzt hin?«, fragte ich ungläubig.

»Na klar, was denkst du denn, oder glaubst du John quartiert uns in einem Stundenhotel ein.«

Er lachte. »Antoine, bitte mach keine Scherze mit mir, ich habe das Gefühl, du willst mich auf den Arm nehmen.«

»Wenn du meinst«, erwiderte er schmunzelnd, »aber jetzt steig erst mal aus.« Johns Chauffeur hielt direkt vor dem Portal. Ein Hotelpage lief mit großen Schritten auf uns zu.

»Guten Tag, Mr Shoemaker, schön Sie zu sehen. Würden Sie mir bitte folgen?« John ging auf das Eingangsportal zu und wir im Gänsemarsch hinter ihm her.

Der Empfangschef des Hotels wartete bereits und kam, als er John erspähte, freudestrahlend auf ihn zu und schüttelte ihm überschwänglich die Hand.

Alain stand neben mir und sah mich an: »Ist das nicht eine Überraschung, du und ich in einem so luxuriösen Hotel, hättest du das gedacht?«

»Nein, nie im Leben«, erwiderte ich lachend. »Aber«, gab ich zu bedenken, »findest du nicht, dass dies eine Nummer zu groß für uns ist?«

»Finde ich gar nicht, warum machst du dir unnütze Gedanken? John hat genug Geld und ein Wochenende im Plaza macht ihn sicherlich nicht ärmer.«

John kam auf uns zu und wünschte uns einen angenehmen Aufenthalt.

»Ich lasse euch dann heute Abend um 20.00 Uhr abholen. Ich habe einen Tisch im ‚Daniel' für ein gemütliches Dinner reservieren lassen.«

»Also, dann bis heute abend.« Er drehte sich noch einmal um, winkte uns zu und verschwand in seinem Bentley, der noch immer mit geöffneten Türen auf John wartete.

»Lass uns erst einmal nach oben gehen und dann machen wir es uns richtig gemütlich, einverstanden?« Mein Lächeln sagte alles, auch ohne Worte, denn ich hatte das Gefühl, dass er dasselbe meinte wie ich.

Ich konnte es kaum erwarten, mit Alain alleine zu sein. Ich fasste ihn an der Hand und zerrte ihn bis zu unserem Hotelzimmer.

»Komm, lass uns verschwinden«, rief ich lachend und öffnete die Tür. Ich fiel fast in Ohnmacht, als ich diese pompöse Suite sah, in der wir nun die nächsten zwei Tage und Nächte verbringen würden.

»Alain, hast du schon einmal so etwas gesehen? Ist es nicht wunderbar? Dieser wunderbare weiche Teppich, auf dem ich am liebsten barfuß laufen möchte.«

Ich zog meine Schuhe aus, stürmte zum Fenster und hatte einen beeindruckenden Blick auf den Central Park, sah den Hudson River, dessen Wasser sich in der Mittagssonne spiegelte. Ich stand am Fenster und staunte, vergaß für einen Augenblick, dass Alain hinter mir stand und mich umarmte, spürte, wie seine Hände meinen Körper streichelten und sein Mund meinen Nacken liebkoste. Schauer der Wonne elektrisierten meinen Körper, ich drehte mich um, schaute ihm ganz tief in die Augen, berührte seine weichen warmen Lippen und dann küssten wir uns mit einer Leidenschaft, wie ich sie noch nie erlebt hatte.

»Ich liebe dich, Cherie«, flüsterte er leise, aber ich wollte, dass es die ganze Welt hörte.

»Rufe es so laut, dass es das ganze Hotel erschüttert, bitte tu es, mir zuliebe.«

Er ging zur Zimmertür, öffnete sie und stellte sich mitten auf den Gang und brüllte so laut, dass mir fast das Trommelfell platzte. Amélie Colbert, ich liebe dich, willst du meine Frau werden?«

Ich stand vor ihm und rief: »Ja, ich will.« Ich sprang an ihm hoch und hing wie ein Magnet an seinem Hals. Es war das zweite Mal, dass er mich dies gefragt hatte, einmal in Paris und nun hier in New York, und für mich war es mehr als eine Liebeserklärung, es war wie ein Omen, das mein ganzes weiteres Leben bestimmen sollte.

Augenblicke später verschwand ich im Bad, das so luxuriös ausgestattet war, dass ich Hemmungen hatte den Wasserhahn aufzudrehen. Eine riesige Spiegelwand befand sich vor mir und ich konnte jede Bewegung meines Körpers beobachteten. Ich stand plötzlich da, nur noch mit einem BH bekleidet und einem kleinen bisschen Spitze untenherum.

»Ob ich ihm gefallen werde?« Wird er es schön und erregend finden, wenn ich ihn auf eine etwas frivole Art verführe? Ich zweifelte, doch meine innere Stimme sagte mir: »Nun zögere nicht so lange, geh raus und tu es.« Und ich tat es, ich öffnete die Tür und schritt mit lasziven Schritten auf ihn zu, blieb dicht vor ihm stehen und öffnete die Knöpfe seines Hemdes, das er immer noch trug.

Er starrte mich an, nahm jede meiner verführerischen Bewegungen mit all seinen Sinnen auf und genoss es als ich ihn entkleidete. Als er nackt war, kniete ich vor ihm nieder und liebkoste ihn.

War es das Ambiente, das ihn zu einem Vulkan werden ließ, das ihm die Ausdauer eines Marathonläufers verlieh? Er musste hundert Hände haben, denn ich spürte ihn an jeder Stelle meines Körpers zur selben Zeit. Mit unendlicher Geduld hatte ich ihn wachgeküsst, diesen kühlen unnahbaren Frosch, der unter meinen Liebkosungen zu meinem Herzkönig wurde? Schmetterlinge rasten durch meinen ganzen Körper, machten aus mir eine Sklavin der Lust und als wir das höchste Glück unserer Liebe erreicht hatten, sanken wir nackt und in zärtlicher Umarmung in die weichen Kissen unseres riesigen Bettes.

21. Kapitel

Ich wurde am nächsten Morgen durch ein leises Klopfen geweckt. »Zimmerservice, ich bringe das Frühstück.« Ich fasste neben mich und vermutete, dass Alain noch neben mir lag, aber dieser elende Schuft war bereits aufgestanden und hatte sich verdrückt. Kein Kuss; keine Erklärung, warum er verschwunden war. Er war einfach weg und ich wusste nicht wohin. Es klopfte erneut, aber diesmal etwas lauter. »Good morning, Lady, Zimmerservice.«

»Moment«, rief ich, »ich komme gleich.« Ich sprang aus dem Bett, zog mir hastig den Bademantel des Hotels über und schlurfte, noch reichlich müde, zur Tür.

Ein junger Hotelpage schob einen Servierwagen ins Zimmer und deckte den Tisch für eine Personen.

»Warum deckt er den Tisch nur für mich?«, fragte ich mich. »Ohne Alain frühstücke ich nicht, ich warte auf ihn, und wenn es den ganzen Tag dauert.«

»Bitte legen Sie ein zweites Gedeck auf, ich warte noch auf meinen Mann.«

Ich hatte doch tatsächlich *mein Mann* gesagt und was mich am meisten wunderte, es kam wie selbstverständlich über meine Lippen. Nun ist ja eine Frau, dem Mann, den sie liebt, immer einen Schritt voraus wenn es um ihre gemeinsame Zukunft geht, auch wenn es nur in Gedanken ist, aber davon ahnte mein geliebter Alain natürlich nichts. Er wird es noch früh genug erfahren, dafür werde ich schon sorgen.

Der Page hatte gerade unser Hotelzimmer verlassen, als es erneut an der Tür klopfte. Ich öffnete. Da stand er vor mir, dieses liebenswerte Scheusal.

»Wo warst du? Verschwindest einfach, ohne mir ein Wort zu sagen?« Aber er strahlte, ließ sich von meinem Vorwurf keine Sekunde aus der Fassung bringen.

»Cherie, lass uns frühstücken und anschließend habe ich eine Überraschung für dich.«

»Eine Überraschung, komm erzähl, was ist es?« Er legte mir seinen Zeigefinger auf die Lippen.

»Keine weiteren Fragen, Cherie, ich sagte dir doch, dass es eine Überraschung ist und jetzt frag nicht weiter, ich verrate dir doch nichts.«

»Nun komm und lass uns endlich frühstücken.« Wie konnte er nur so lange warten mit dieser blöden Überraschung, er wusste doch genau, dass ich immer sehr aufgeregt war, wenn ich so lange auf etwas warten musste?

Alain hingegen ließ sich nicht stören, verspeiste mit großem Appetit eine riesige Portion Ham and Eggs, sodass ich Angst hatte, er würde gleich platzen. Auch die anderen Leckereien ließ er sich, zu meinem Leidwesen, gut schmecken, naschte Wassermelone mit leckerem Schinken, probierte diverse orientalische Früchte und als Krönung eine üppige Portion Tiramisu. Mir lief das Wasser im Mund zusammen, aber anscheinend interessierte ihn nicht wie ich litt.

Ich bekam kaum einen Happen herunter, trank nur ein Glas Orangensaft und biss hastig in eine Scheibe Toastbrot. Dann stand ich auf, ging ins Schlafzimmer, zog mir ein Kleid über, steckte der Einfachheit halber meine Haare mit zwei Klammern hoch. Augenblicke später stand ich mitten in diesem vornehmen Hotelzimmer. Ich weiß auch nicht, irgendwie fühlte ich mich nicht wohl. Dieser ganze Luxus warf mich völlig aus der Bahn. Auf der einen Seite verabscheute ich ihn, mit allem, was damit verbunden war, auf der anderen Seite genoss ich es, immer mit einer Portion schlechtem Gewissen, auch einmal so richtig verwöhnt zu werden.

Mon ami, ich war es nicht gewöhnt, dass mich alle bedienten und mir jeden Wunsch erfüllten. Ich brauchte nur ans Telefon gehen, meine Wünsche äußern und wenige Minuten später stand eine Person vom Zimmerservice vor der Tür und erfüllte mir jeden Wunsch. Es war mir peinlich und ich fühlte mich wie eine Verräterin. Aber das gemeinsame Frühstück mit Alain wäre ein absolutes Highlight gewesen, wenn ich nicht so aufgeregt gewesen wäre.

»Sei nicht so blöd und genieße es«, tadelte mich meine innere Stimme.

»Wann wirst du noch einmal das Gefühl haben, dass du eine Prinzessin bist?«

»Wahrscheinlich nie«, beantwortete ich mir die selbst gestellte Frage.

»Also, du dummes Ding, dann freue dich endlich darüber.« Ich ging auf Alain zu, der schon wartend an der Tür stand.

»Nun komm endlich, Cherie.« Er ergriff meine Hand und wir gingen gemeinsam zum Fahrstuhl, fuhren zur Rezeption und wurden dort von dem

Empfangschef mit einem herzlichen »Good Morning« begrüßt.

»Have a nice day«, rief er hinter uns her, als wir durch das Eingangsportal verschwanden und im tosenden Verkehr von New York untertauchten.

»Cherie, du hast mir doch eine Überraschung versprochen, sag schon, was es ist.«

Ich zwickte ihn in den Arm, aber dieser Sadist reagierte nicht, lachte nur, beugte sich zu mir herunter und küsste mich.

»Wart's nur ab, du wirst es noch früh genug erfahren.« Musste er mich so quälen, musste er mitten in New York so gemein zu mir sein?

»Na warte, ich werde mich bei dir rächen, das schwöre ich dir.«

Ich hatte seit heute Nacht nicht mehr an Paris gedacht. Sicherlich konnte man Paris nicht mit New York vergleichen, hier war alles gigantischer, nobler und ein ganz klein wenig teurer, zumal wir uns in einer Gegend umhertrieben, die eigentlich nur für reiche Leute gedacht war. Aber schauen und sich über die schönen Dinge freuen, das darf man doch, oder nicht? Und um ganz ehrlich zu sein, so übel sahen wir beide ja auch nicht aus. Ich sah sogar, dass viele Frauen, die uns begegneten, Alain verführerische Blicke zuwarfen. Ab und zu nahm mich auch mal ein Mann ins Visier, aber das kam eher selten vor, denn die waren so mit Geldverdienen beschäftigt, dass sie für die Schönheiten auf dieser Welt keinen Blick hatten.

Wir blieben fast vor jedem Geschäft stehen. Aber als ich vor »Louis Vuitton« stand und diese wundervollen

Abendkleider sah, die ich so gerne einmal tragen würde, drückte ich mir fast die Nase platt. Ich malte mir aus, dass ich mit Alain auf einen noblen Ball gehen würde und wir das Liebespaar des Abends waren. Plötzlich blieb er stehen, fasste mich sanft am Arm und zog mich zu dem Eingang eines Juweliers, der in der ganzen Welt bekannt und berühmt war. Wir waren bei Tiffany angekommen. Über dem Eingangsportal stand in Stein gemeißelt »Tiffany & Co«.

Mon dieu, wie verliebt war ich in Audrey Hepburn und diesen wunderbaren Film »Frühstück bei Tiffany«. Mama hatte mich, als ich noch ein Teenager war, einmal ins Kino mitgenommen, das unserem alten Freund Philippe gehörte. Es war ein kleines gemütliches Kino, in dem er regelmäßig Klassiker zeigte, die schon einige Jahrzehnte alt waren, aber nie ihren Reiz verloren hatten. Seitdem liebe ich diesen Film und immer, wenn er ihn in regelmäßigen Abständen aufführte, rief er bei uns an und ich eilte noch am selben Tag dorthin und träumte, genauso schön zu sein wie sie. Ich hatte ihn bestimmt schon zehn Mal gesehen und jedes Mal begeisterte er mich aufs Neue. Seitdem habe ich für Tiffany geschwärmt und davon geträumt und dabei blieb es.

Erschrocken riss ich mich los, als ich bemerkte, dass Alain auf den Portier zuging, der schon die Tür für uns geöffnet hatte.

»Nein, Cherie«, bitte tu das nicht, lass uns ganz schnell weitergehen.«

»Nur mal gucken«, sagte er lachend, aber ich wusste genau, wie das enden würde. Er würde zuerst gucken und mir dann eines von diesen sündhaft teuren

Schmuckstücken kaufen, und ich würde ihm vor Freude um den Hals fallen, und anschließend ein furchtbar schlechtes Gewissen haben, weil ich ihn in den finanziellen Ruin gestürzt hatte.

Ich war fasziniert von dem Funkeln der Schmuckstücke, die in einem Dutzend von Vitrinen lagen. Vor einer Vitrine mit wunderschönen Colliers blieben wir stehen.

»Alain, schau dir diese märchenhaft schönen Colliers an, sind sie nicht wunderbar?«

Aber als ich die Preise sah, stockte mir der Atem. Eines, das mir besonders gefiel, sollte doch tatsächlich über vierzehntausend Dollar kosten, eine schier unerschwingliche Summe, die ich wohl nie in meinem Leben für ein solches Schmuckstück ausgeben würde. In diesem Moment war mein Interesse erloschen. Alain hatte mich beobachtet, trat hinter mich und flüsterte mir ins Ohr.

»Wie gefällt dir das dritte von rechts in der vierten Reihe?« Ich zögerte einen Augenblick, wusste nicht, was ich darauf antworten sollte. Mit einer Intensität, die den Sternen am Nachthimmel glich, zelebrierte Tiffany dieses atemberaubende Schmuckstück. Die schlichte Eleganz dieses Colliers war es, die mich begeisterte.

»Ganz gut«, log ich, aber überzeugend klang das nicht, denn er sah den Glanz in meinen Augen und bemerkte, dass ich es unentwegt anstarrte. Als er einen Angestellten des Hauses zu sich bat, hätte ich mich am liebsten umgedreht und das Geschäft fluchtartig verlassen, aber Alain erfasste meine Hand, hielt mich fest und ich beugte mich zum ersten

Mal seinen Wünschen und gab auf. Der Angestellte öffnete die Truhe, legt das Collier, das ich die ganze Zeit angestarrt hatte, auf ein schwarzes Samtkissen.

»Hier haben wir ein wunderschönes Schmuckstück der Marke Tiffany & Co. und es ist für Sie ein perfekter Begleiter, sowohl für den Tag, als auch für den Abend.«

Dabei schaute er mich mit einem einschmeichelnden Lächeln an, beugte sich zu mir herunter und flüsterte: »Gefällt es Ihnen, Madame. Glauben sie mir, dieses Kunstwerk ist wie für Sie gemacht. Sie werden aussehen wie eine Königin.«

Wenn einem ein Mann derartige Komplimente macht, sollte man auch verstehen, was er sagt. Ich aber sah nur sein Lächeln und hörte seine säuselnde Stimme, und in diesem Moment bereute ich, dass ich nie die englische Sprache gelernt hatte. Aber so sind wir Franzosen. Wir sind eine »Grande Nation« und alle Welt hat gefälligst unsere Sprache zu sprechen.

Mit einem unsicheren Blick schaute ich Alain an, und als mir dieser zustimmend zunickte, ließ ich es geschehen. Der junge Verkäufer, der durch seine freundliche, einschmeichelnde Art jeder Frau vermitteln konnte, dass dieses Kunstwerk an Design wie für sie geschaffen war, erfasste das Collier, trat hinter mich und platzierte es mit einer geschickten Bewegung auf meinem Hals, ergriff meine Fingerspitzen, als wollte er einen Handkuss andeuten, und schaute mich mit einem erwartungsvollen Blick an. Er reichte mir einen Handspiegel und als ich hineinschaute und dieses traumhafte Gebilde sah, liefen mir Tränen der Freude über die Wangen.

»Ist es nicht wundervoll?«, hauchte er voller Enthusiasmus, drehte es in das Licht der herabstrahlenden Spots und ich sah, wie das Funkeln der Steine sich nicht nur im Licht, sondern auch in meinem Herzen spiegelte.

Alain hatte dies alles aus einer gewissen Entfernung beobachtet, schaute mich immer wieder an und sah den glückseligen Glanz in meinen Augen. Ich war fassungslos und in meinen Gefühlen hin und her gerissen.

»Es ist wunderschön.« Das war das Einzige, was ich sagen konnte, dann streifte ich es ab, gab es dem jungen Mann zurück und bat ihn, es wieder in die Vitrine zurückzulegen. Er nahm es in die Hand und glaubte schon, dass, obwohl er seine ganze Überzeugungskraft in die Waagschale geworfen hatte, kein Verkauf zustande kam, als Alain auf den Plan trat und den Verkäufern bat, mit ihm zur Kasse zu gehen.

»Nein Alain, bitte nicht, das ist doch viel zu teuer«, flüsterte ich ihm zu, aber er ließ sich nicht beirren, zückte seine Kreditkarte und trat an die Kasse. In der Zwischenzeit hatte eine junge, unglaublich gepflegt aussehende Dame das Collier vorsichtig in eine elegante Schatulle deponiert. Mit geschickten Händen machte sie ein aufwendig verpacktes Geschenk daraus und legte es in eine kleine Tragetasche, auf der der Name »Tiffany & Co.« in goldener Schrift prangte. Ich war völlig außer Rand und Band, und als wir ein paar Meter gegangen waren, blieb ich stehen und umarmte ihn.

»Du bist ein verrückter Kerl«, und da ich eine Frau bin, fügte ich hinzu, »und dafür liebe ich dich.«

»Danke Cherie.« Ich küsste ihn mit einer derartigen Leidenschaft, dass die vorbeigehenden Passanten stehen blieben und applaudierten. Eine alte Dame hakte sich bei ihrem Mann unter, schaute zu ihm auf und sagte lächelnd »Love is beautiful« und gab ihm einen schmatzenden Kuss. In diesem Moment hatte ich das Gefühl in Paris zu sein, denn auch bei uns gingen die Menschen mit der Liebe um, als wäre es eine Selbstverständlichkeit.

Als wir ins Hotel zurückkehrten warteten Conny und Antoine schon in der Lounge auf uns.

»Wo wart ihr so lange?«, fragte Conny und sah neugierig auf die Tragetasche, die ich fröhlich in der Hand schwenkte.

Ungläubig starrte sie uns an. »Sagt bloß, ihr wart bei Tiffany?« Als ich ihre Frage mit einem ja beantwortete, sprang sie auf und kam auf mich zu.

»Was hat Alain dir geschenkt, du Glückspilz?« Sie warf einen Blick in die Tasche, sah aber nur ein aufwendig verpacktes Päckchen mit bunten Schleifen.

»Wird nicht verraten«, erwiderte ich und schwieg geheimnisvoll.

22. Kapitel

Als das Telefon klingelte, war ich gerade im Bad, hatte mich unter der Dusche erfrischt, genoss das warme Wasser, das sanft über meinen Körper rieselte. Ich schlug ein Badetuch um meinen Körper und ging auf nackten Füßen zum Telefon, das auf einer kleinen Konsole in der Nähe stand.

Es war Conny, die sich nach meinem Wohlbefinden erkundigte. »Guten Morgen, Cherie, habe ich dich geweckt?«

»Nein, nein«, erwiderte ich wahrheitsgemäß, »ich war gerade unter der Dusche.«

»Na, dann wird es aber Zeit, es ist schon zehn Uhr.«

»Ich wollte nachher einen Bummel durch Manhattan machen, kommst du mit? Aber nur wir zwei, ich möchte mal wieder mit dir allein sein.«

Ich gähnte, noch ein wenig müde. Anscheinend hatte das Duschen wohl doch noch nicht den Erfolg gebracht, den ich eigentlich erwartet hatte. Ich ging ins Schlafzimmer und angelte mit meinem Fuß die Hausschuhe aus pinkfarbenem Plüsch unter dem Bett hervor und schlüpfte hinein. Es war die Fußbekleidung, in der ich mich am wohlsten fühlte, zumindest dann, wenn ich zu Hause war.

»Du«, fuhr sie fort, »ich komme in einer Stunde bei dir vorbei, ist das in Ordnung? Frühstücken können wir auch in einem Diner, findest du nicht? Das ist mal was anderes, und dabei können wir ungezwungen miteinander plaudern, mal ganz ohne Männer.«

Was sollte ich schon anderes als ja sagen. Conny konnte so herrlich despotisch sein. Es klang jedes Mal, als würde sie mich um Erlaubnis fragen und doch wusste ich, dass sie keinen Widerspruch duldete.

Es hörte sich gut, warum sollte ich also ein Veto einlegen. »Du bist also um elf Uhr bei mir«, erwiderte ich, »ich freue mich.« Und das sagte ich nicht nur so, ich freute mich wirklich.

Es war immer ein schönes Gefühl, ihre fröhliche Stimme zu hören, die so lebendig war und so gut zu dem neuen Tag passte. Ich hatte das Fenster geöffnet, frische Luft strömte herein und belebte meine Lebensgeister. Ein paar Vögel zwitscherten vergnügt, alles war erfüllt von einem fast unwirklichen Frieden. Ich war erstaunt, welche Ruhe mir in dieser riesigen Stadt entgegenschlug. Mein Blick ging hinüber zur grünen Idylle des Central Parks. Jogger machten ihr allmorgendliches Lauftraining, Kinder liefen umher und jauchzten vor Freude über die Freiheit, die sie in diesen Augenblicken genießen durften. Sie warfen sich bunte Frisbeescheiben zu, hechteten ihnen hinterher und freuten sich diebisch, wenn sie erfolgreich waren und sie mit einem akrobatischen Sprung gefangen hatten. Ältere Menschen spazierten gemütlich umher, setzten sich auf eine der vielen Bänke, die überall standen und zum Verweilen einluden. Es war der perfekte Beginn eines perfekten Tages.

Alain lag noch friedlich schlafend im Bett, hatte sich sein Kissen unter den Kopf geschoben und schlummerte wie ein kleines unschuldiges Kind. Ich genoss es, neben dem Bett zu stehen und dieses friedvolle Bild seiner völligen Entspanntheit in mich aufzunehmen. Ein kleines Lächeln umspielte seinen Mund. Er schien zu träumen und es waren bestimmt schöne Träume, die dieses Lächeln in sein Gesicht zauberten. Vielleicht träumte er auch von uns, träumte davon, wie wir uns liebkosten, uns küssten, uns die ewige Liebe schworen.

Ich trat an das Bett, setzte mich und streichelte sein Gesicht. Langsam öffnete er seine Augen und schaute mich erstaunt an.

»Du bist schon auf?« Er war doch einigermaßen erstaunt, denn sonst war ich die Schlafmütze, die nicht aus den Federn kam.

»Ich will gleich mit Conny in die Stadt, wir wollen eine kleine Shoppingtour machen.«

»Das trifft sich gut«, erwiderte er spontan, »ich wollte nachher mit Antoine zu John in die Galerie gehen. Wir haben noch einiges wegen der Vernissage zu besprechen.«

Er sprang aus dem Bett, verabschiedete sich mit einem Kuss und verschwand ins Bad. In diesem Moment klopfte es an die Tür. Ich öffnete und Conny kam herein.

»Bist du fertig?«, fragte sie und musste lachen, denn sie sah, dass ich noch in meiner Unterwäsche vor ihr stand.

»Einen Moment«, rief ich ihr zu, schlüpfte in meine Jeans, zog meine Bluse an und nahm meine Jacke aus dem Schrank, ging zu dem Tisch, auf dem meine Handtasche lag, öffnete sie und überprüfte, ob ich alles darin verstaut hatte, was ich für eine Shopping-tour mit Conny benötigte. Das einzige, was mir einige Sorgen bereitete, war mein knapp bemessenes Budget, ansonsten war ich bereit. Ich zog die Tür ins Schloss und wir stiefelten los.

Wir schlenderten die 59th Street entlang, kamen nach kurzer Zeit auf dem Columbus Circle an und spürten wieder diese pulsierende Stadt, die mit ihrem Lärm und ihrer Hektik auf sich aufmerksam machte. Wir gingen den Broadway hinunter, vorbei an Cafés, Dinern und Speiserestaurants, und mir fiel auf, dass es hier sehr viele französische Restaurants gab, die man auch in Paris finden würde. In eines dieser Bistros kehrten wir ein. Soweit ich mich erinnere, hieß es »Chez Napoleon«, war sehr nett eingerichtet und so ganz nach unserem Geschmack.

»Wie bei uns zu Hause«, schwärmte ich und Conny nickte zustimmend. Eine nette Kellnerin trat an unseren Tisch.

»Bonjour«, begrüßte sie uns, »was darf ich Ihnen bringen?«

Wir waren doch sehr überrascht, hier in New York unsere Sprache zu hören. Ich bestellte mir einen Café au lait und ein Baguette mit Bayonneschinken, Beaufortkäse und Tomaten belegt. Conny allerdings konnte sich noch nicht entscheiden und bestellte nur einen Café au lait.

»Du musst wohl auf deine Figur achten«, neckte ich sie und was machte sie, sie steckte einfach die Zunge heraus, lachte und schwieg. Das Baguette war köstlich und ich fühlte mich wie zu Hause. Ich klaubte meine wenigen englischen Worte zusammen und versuchte, mit der Kellnerin ins Gespräch zu kommen und plötzlich, wie aus heiterem Himmel, begann sie mit uns französisch zu sprechen, fast akzentfrei, nur mit einem leichten Slang, den sie sich im Laufe der Jahre angewöhnt hatte. Wir waren hocherfreut, als sie uns erzählte, dass sie aus Paris kam, aber mittlerweile schon fast zehn Jahre hier lebte.

Als sie uns erzählte, dass sie aus Paris stammte, war natürlich unser Interesse geweckt.

»Wo bist du aufgewachsen?«, fragte ich sie.

»Ich bin in der Rue Bonaparte geboren, bin dort zur Schule gegangen und habe auch meine Jugend hier verbracht.«

»Warum habe ich dich nie gesehen?«

»Wieso fragst du mich das?« Sie schaute mich verdutzt an, weil sie im ersten Augenblick meine Frage nicht verstand.

»Weil wir ein Bistro auf der Rue Bonaparte haben und ich dort aufgewachsen bin.«

Ihr Gesicht strahlte. »Nein, das glaube ich jetzt nicht«, jauchzte sie, sprang auf und umarmte mich. »Endlich treffe ich jemanden aus der Heimat, es ist ein unglaubliches Gefühl.«

Sie hatte vor lauter Aufregung vergessen, uns ihren Namen zu sagen.

»Ich heiße Chloé Ledoux, vielleicht hast du den Namen schon mal gehört.«

»Ledoux, Ledoux, warte mal, ich glaube ich kann mich daran erinnern«, erwiderte ich.

»Hattet ihr nicht die Confiserie, die immer so leckere Pralines hatte? Meine Mama war öfter in dem Geschäft und hat bei euch immer die Calissons aus der Provence gekauft, sie war wie verrückt nach diesen Dingern.«

Tränen stiegen Chloé in die Augen. »War diese Dame deine Mama, ich glaube sie hieß Colbert, stimmt's?«

»Stimmt genau«, sagte ich, »und ich bin Amélie.« Ich sah Conny an, die die ganze Zeit geschwiegen hatte. »Und das ist meine beste Freundin Conny.«

Ihr Chef schaute immer wieder zu uns herüber, aber als er hörte, dass Chloé und ich aus derselben Stadt kamen, ja sogar in derselben Straße gewohnt hatten, und wir uns hier in diesem Bistro das erste Mal begegnet sind, drückte er beide Augen zu und ließ uns gewähren. Ich kann mich nicht mehr genau daran erinnern, wie lange wir zusammen saßen. Die Zeit war so kurzweilig und Chloé war unglaublich wissbegierig, denn wann hatte sie schon einmal wieder die Gelegenheit, mit jemandem zu sprechen, der sogar die Straße kannte, in der sie aufgewachsen war?

Aber irgendwann mussten wir uns trennen, denn für uns wurde es Zeit, ins Hotel zurückzukehren. Wir tauschten unsere Telefonnummern aus und versprachen, uns gegenseitig anzurufen. Conny und ich spürten, dass sie die kurze Zeit mit uns sehr genossen hatte, und als wir uns von ihr verabschiedeten, weinte sie, stand an der Tür und winkte uns hinterher, bis wir um die nächste Straßenecke verschwunden waren.

Chloé hatte mein ganzes Mitgefühl, denn ich konnte verstehen, dass sie Heimweh hatte und dankbar dafür war, dass wir ihr ein Stück Heimat zurückgebracht hatten. Wenn ich ganz ehrlich sein soll, ich bewunderte sie, dass sie es schon eine so lange Zeit in einem fremden Land ausgehalten hatte. Ich hingegen würde jeden Tag leiden, würde mich Tag und Nacht nach Paris sehnen. Es war ein Erlebnis, hier für einige Tage in New York zu sein, aber ich spürte schon meine innere Unruhe und der Wunsch, endlich wieder daheim zu sein, wurde immer stärker. Ich war nicht so weltgewandt wie Conny, fühlte mich dort am wohlsten, wo ich zu Hause war.

Im Hotel angekommen, ging ich auf unser Zimmer, um mich für die Vernissage vorzubereiten. Es war 6.00 Uhr abends, noch zwei Stunden bis zum Beginn der Veranstaltung. Ich war neugierig auf Johns Galerie, aber dass ich der Ausstellung jetzt entgegenfieberte, konnte ich nicht behaupten. Sicherlich würde ich ausgewählte und interessante Gemälde sehen, aber sie waren nicht von Alain und das war der kleine Unterschied. Ich erinnerte mich, wie aufgeregt ich vor Alains erster Ausstellung war, wie ich unruhig umherlief und die Daumen drückte, dass alles reibungslos über die Bühne ging. Für mich war es, genau wie für Alain, eine Premiere, von deren Gelingen seine ganze berufliche Zukunft abhing. Umso glücklicher war ich, als alles vorüber war.

Jede Veranstaltung in Shoemakers Art Gallery war ein gesellschaftliches Ereignis. Als wir vor dem Gebäude ankamen, hielten so viele elegante Limousinen, wie ich sie noch nie in meinem Leben auf einmal gesehen hatte. Die Damen, die in die Gallery stolzierten, erinnerten mich an den legendären Auftritt von

Tante Charlotte am Abend der Vernissage in Paris. Sie trugen große ausgefallene Hüte und ich wunderte mich, wie sie unter diesen riesenhaften Gebilden überhaupt noch etwas von den Bildern sehen konnten. Elegante Kostüme, High Heels, deren Absätze mir die größten Schwierigkeiten bereiten würden, wenn ich darin gehen müsste. Aber diese etwas überkandidelten Damen trugen diese Dinger mit einer Selbstverständlichkeit, dass mir fast schwindelig wurde. Handtaschen von Saint Laurent, Hermes und Louis Vuitton, die locker die Einnahmen eines Jahres in meinem Bistro überschreiten würden, baumelten mit der gleichen Selbstverständlichkeit an ihren Armen, wie die teuersten Geschmeide um ihren, manchmal schon recht faltigen, Hals. Hinter diesen aufgetakelten Hühnern versteckten sich immer Männer, die nicht wussten, wo sie mit ihrem Geld hin sollten. John Shoemaker begrüßte alle Damen mit einem gekonnten Handkuss. Man stand zusammen, nippte affektiert an einem Glas Champagner und übte sich in belanglosem Smalltalk. Die meisten interessierten sich nur nebenbei für die ausgestellten Gemälde, vergaßen aber nie, vor dem einen oder anderen stehen zu bleiben und geistreiche oder weniger geistreiche Kommentare von sich zugeben.

John stellte uns in einer kurzen Ansprache als seine Freunde aus Paris vor, die es sich nicht nehmen ließen, diese Vernissage zu besuchen. Mit Erstaunen lauschte ich Connys Worten, als sie mir Johns Ansprache übersetzte. Ich musste lächeln: Dieser kleine Schwindler. Er hatte uns doch eingeladen, aber das verschwieg er aus lauter Höflichkeit. Vielleicht war es auch ein Werbegag, um dieser festlichen Veranstaltung einen internationalen Touch zu verleihen, aber bei näherer Betrachtung musste ich mich revidieren, denn er war so bekannt, dass er diese Taschenspielertricks sicherlich nicht nötig hatte. Egal. Er erreichte jedenfalls mit seinem Hinweis auf den gesellschaftlichen Status seiner französischen Gäste die gewollte Wirkung, denn als er seine Ansprache beendet hatte, und wir uns vor den versammelten Gästen verbeugten, bedankten sich diese mit lang anhaltendem Beifall.

Alain hielt sich die ganze Zeit in der Nähe von Antoine und John auf, wurde rumgereicht und mit vielen hochkarätigen Gästen bekannt gemacht. Er führte interessante Gespräche mit Kunstliebhabern und vielleicht sogar mit zukünftigen Mäzenen. Sollte es tatsächlich einmal der Fall sein, dann hatte er dies sicherlich auch John und Antoine zu verdanken. So gesehen hätte sich unser Besuch in New York in jedem Fall gelohnt.

Nach der Vernissage gingen wir noch in ein nahe gelegenes Bistro, um den Abend gebührend zu beenden. Nachdem wir ausgiebig gespeist hatten, erhob sich John.

»Liebe Freunde, vielen Dank für eure Unterstützung am heutigen Abend, es war eine gelungene Veranstaltung, und ich hoffe, dass sie auch euch gefallen hat.«

»Das hat sie«, riefen wir begeistert und applaudierten voller Freude.

»Und nun, ihr Lieben, ist es mir eine große Freude, Alain ein Angebot zu machen. Ich möchte im kommenden Jahr die Werke von Alain in meiner Galerie ausstellen.«

Erstauntes Schweigen, Alain bekam vor lauter Freude einen roten Kopf, mir liefen dicke Freudentränen über die Wangen, Conny schwieg, schaute Antoine mit erstaunten Blicken an und der lächelte wissend und zwinkerte ihr zu. Er hatte heimlich die Gemälde von Alain fotografiert, ein Portfolio zusammengestellt und es John während unseres Besuchs gezeigt, und dieser war davon so begeistert, dass er sich spontan bereit erklärte, im nächsten Jahr eine Ausstellung für Alain zu arrangieren. Es war eine riesige Überraschung, die uns so spontan traf, dass wir beide vor lauter Freude heulten.

Danach haben wir natürlich in der Nacht vor unserer Abreise kein Auge zugemacht, dafür waren wir zu aufgeregt. Am nächsten Morgen waren wir zwar müde, aber voll fröhlicher Gedanken. Wir hatten uns mit Conny und Antoine zu einem letzten Frühstück in der Lounge des Hotels verabredet. John ließ es sich nicht nehmen, mit uns die letzte Stunde vor unserer Abreise zu verbringen, und begleitete uns sogar noch zum Flughafen. Wir waren in diesen Tagen richtige Freunde geworden und versprachen, uns recht bald wiederzusehen.

Und ich? Ich saß mit neuem Selbstbewusstsein im Flieger, schaute zum Fenster hinaus, genoss den Flug über den weiten Atlantik und lächelte sogar über einen älteren Herrn, der vor mir saß und sich krampfhaft an einer Tüte festhielt. Allerdings alles mit dem nötigen Respekt, denn ich wusste, was es hieß, Flugangst zu haben.

Nach einem siebenstündigen Flug landeten wir um kurz nach 5.00 Uhr nachmittags auf dem Flughafen Charles de Gaulle in Paris. Wir waren gerade mit unserem Gepäck auf dem Weg zu Antoines Auto, als ich plötzlich das krächzende Geräusch einer halbverrosteten Hupe hörte.

»Das kann nur Mama sein«, schoss es mir durch den Kopf und da sah ich sie schon, wie sie mit heruntergekurbelten Scheiben am Straßenrand stand und uns zuwinkte.

»Hallo, ich bin hier, hier bin ich«, rief sie und fuchtelte mit ihren Armen in der Luft herum, als wollte sie jeden Moment in die Luft gehen.

Ich lief zu ihr, herzte und küsste sie und Tränen der Wiedersehensfreude liefen über mein Gesicht. Endlich wieder daheim. Nachdem sie auch Conny, Antoine und Alain begrüßt hatte, verstaute sie schnurstracks unser Gepäck im hinteren Laderaum unseres klapprigen Lieferwagens.

»Kommt, setzt euch, wir fahren nach Hause.« Wir stiegen ein und winkten Conny und Antoine zu, die zu ihrem Parkplatz gingen und ebenfalls ihr Gepäck einluden.

»Adieu«, rief ich den beiden zu, als wir an ihnen vorbei fuhren, »wir treffen uns im Bistro.«

Ich schaute Mama von der Seite an und sah, wie sie entspannt hinter dem Steuer saß und lächelte. Und dann stellte ich die Frage, die mir schon die ganze Zeit auf der Seele brannte.

»Mama, woher wusstest du eigentlich, wann wir in Paris landen?«

Sie druckste ein wenig herum, wollte nicht so recht mit der Sprache raus, aber schließlich entschloss sie sich, das Geheimnis preiszugeben.

»Conny hat mich angerufen und mir gesagt, dass ihr um 5.00 Uhr nachmittags hier eintrefft.«

Natürlich war es Conny, darauf hätte ich auch selbst kommen können. Sie war immer für eine Überraschung gut und dafür liebte ich sie.

Wir fuhren durch die Stadt, standen im Stau, hörten überall ein ohrenbetäubendes Hupen, es war Rushhour und wir waren in Paris, in meinem geliebten Paris.

Als wir vor unserem Bistro ankamen, staunte ich nicht schlecht, denn ich glaubte, dass Mama für die Zeit, in der sie uns vom Flughafen abholte, geschlossen hatte. Aber das war ein Irrtum. Noch wusste ich nicht, welche Überraschung auf mich warten würde. Als ich die Tür öffnete, traute ich meinen Augen nicht, da stand doch Tante Charlotte hinter der Theke, hatte eine Schürze um und hantierte an der Kaffeemaschine herum.

»Tante Charlotte, was machst du denn hier?«

»Was ich hier mache? Das siehst du doch, ich koche Kaffee, damit die Gäste was zu trinken haben.« Dann lachte sie, kam hinter der Theke hervor und nahm mich in die Arme.

»Wage es ja nicht, mich Kindchen zu nennen«, flüsterte ich ihr zu.

»Aber ... Kindchen, das würde ich doch nie tun.« Wir schauten uns an und mussten aus vollem Herzen lachen.

In diesem Augenblick schossen zwei weiße Blitze hinter Theke hervor, die sich Augenblicke später als Petit Fleur und Cherie entpuppten. Sie sprangen an uns hoch, quietschten und jaulten vor Freude, aber als dieser Anfall vorüber war, verschwanden sie genauso schnell wieder und legten sich, wie ein verliebtes Pärchen, in ihr Schlummerkörbchen.

Nach wenigen Tagen hatte uns der Alltag wieder und so vergingen die Tage und Monate. Ich war inzwischen zu Alain gezogen. Conny und Antoine waren noch immer das verliebte Pärchen, das in der Zwischenzeit in einer gemeinsamen Wohnung lebte und, wie mir Conny glaubhaft versicherte, sehr glücklich waren. Mama war glücklich, dass wir glücklich waren. Sie und Charlotte waren die dicksten Freundinnen geworden und unternahmen viele gemeinsame Ausflüge, fuhren zusammen in Urlaub, gingen ins Theater und besuchten kleine gemütliche Kinos, in denen ihre Lieblingsfilme liefen. Petit Fleur und Cherie waren das Liebespaar des Jahres, obwohl sie weiblichen Geschlechts waren. Das kann ja überall vorkommen und soll bei den Menschen auch nicht unüblich sein, aber Schmutz über den, der Schlechtes dabei denkt. Und wenn Not am Mann war, sprang Alain mit einer Selbstverständlichkeit ein und machte seinen Job, als hätte er sein Leben lang nicht anderes getan.

Nur meine Frage, wo er das gelernt hat, beantwortete er mir nicht. Warum? Ich weiß es nicht, aber das soll dann auch sein Geheimnis bleiben.

Ich jedenfalls war die glücklichste Frau auf diesem herrlichen Globus und aus meinem Froschkönig war der König meines Herzens geworden.

Au revoir, meine Lieben und ein dankbares Merci, dass Sie an meinem Glück teilgenommen haben.

Ihre Amélie.

Die Begebenheiten und Personen in diesem
Roman sind frei erfunden.
Ähnlichkeiten wären rein zufällig
und nicht beabsichtigt.

Leseprobe:

Die Flucht aus dem Paradies ...
und warum Frauen keine Engel sind

1. Kapitel – Schau'n wir mal, was draus wird.

Oh verflixt, dieser verdammte Wecker hat schon wieder geklingelt. Jeden Morgen das Gleiche. Ich schaue mit verschlafenen Augen auf die Uhr, es ist 7.00 Uhr. Na ja, ein Viertelstündchen geht noch. Mit einem wohligen Gefühl kuschel ich mich noch einmal in die warmen Kissen. Aber das hätte ich besser nicht mehr tun sollen. Plötzlich werde ich durch ein unmenschliches Schellen geweckt. »Ich werd wahnsinnig«, schreie ich. 10.00 Uhr. Wie wild geworden springe ich hoch und mein Blick geht sehnsüchtig zu meinem kuscheligen warmes Bett, das nun den ganzen Tag allein ist. Es war bestimmt wieder der Briefträger, der geschellt hat. Komisch, warum schellt der eigentlich immer bei mir? Na ja, auch egal, ich habe jetzt keine Zeit für solche »philosophischen« Betrachtungen. Nicht das Du jetzt denkst ich hätte was mit dem, der will immer in unser Haus und dort die Post einwerfen und außerdem stehe ich nicht auf Beamte, die sind mir ein bisschen zu spießig. In meinem Kopf geben sich die Nebel der Nacht ein Stelldichein. Ich torkel ins Bad und klatsche mir Hände mit kaltem Wasser ins Gesicht und hoffe endlich wach zu werden. Mit letzter Kraft stolpere ich unter die Dusche. Ich drehe die Dusche auf und das eiskalte Wasser lässt mich fast zur Eissäule erstarren. Ich habe das Gefühl, dass jeder Tropfen auf meinem Körper zu Eis wird.

Ich zittere, was das Zeug hält, aber es hilft. Die Nebel in meinem Kopf lösen sich langsam auf und allmählich kehren meine Lebensgeister zurück. Nachdem ich mich warm gezittert habe, schminke ich mich, föhne meine Haare ... und alles im Eiltempo, aber das bin ich ja gewohnt. Ich fliege förmlich zum Fahrstuhl, runter in die Tiefgarage und dann ab in die Firma. Denke ich. Aber wie das nun mal so ist, ein Unglück kommt selten allein. Mein geliebtes Auto will nicht, gibt einfach keinen Ton mehr von sich. Jetzt bin ich aber total genervt, renne aus dem Haus zur nächsten Haltestelle. Endlich geschafft. Von wegen, der Fahrer schließt die Tür und fährt einfach ab. Was hat der sich eigentlich dabei gedacht? Der hat mich doch gesehen. Aber das scheint ihn gar nicht zu interessieren. Ich stehe da, draußen versteht sich und die Bahn fährt mir mit einem lauten Klingeln vor der Nase weg.

»So ein Mist«, fluche ich leise vor mich hin. Das ist wieder so ein Tag, den man am liebsten vergessen sollte. Und nun zu mir. Ich heiße Judith, bin naturblond aber nicht blöd. Bin 28 Jahre alt und ich muss sagen, ich habe keine Probleme mit meinem Alter, obwohl ich immer noch solo bin ... und ich gefalle mir. Na ja, einiges würde ich schon noch gerne ändern, wenn ich ehrlich sein soll. Was mich stört, ist mein Po, der ist zwar stramm aber doch etwas zu dick. Aber ich denke diese Einschätzung ist wohl doch ziemlich weiblich. Woher ich das weiß? Ganz einfach, weil mir die Kerle ständig auf den Hintern starren ... Und dann mein Busen. Wohin damit? Egal, schließlich soll man doch zeigen, was man hat. Männer lieben solche kugelrunden Sachen. Sie schauen uns doch sowieso nicht in die Augen, wenn sie einem gegenüber sitzen. Ob im Bikini, im engen Pulli oder in der etwas zu engen Bluse, die Kerle glotzen dir immer auf die Titten, stimmts? Aber jetzt mal im Ernst. Eine Frau kann doch bei einem Mann alles erreichen, sie muss nur den richtigen Weg finden. Also nach meinen Erfahrungen gehört nicht viel dazu, einen Mann herumzukriegen. Aber wem erzähle ich das, du weißt sicher auch, wie das geht? Also nach dem ganzen Stress habe ich mir überlegt, mir einen Mann mit Geld zu suchen. Bin ja mal gespannt, ob das klappt. Ich habe auch schon einen im Visier. Willst du wissen wen? Das ist einer, der immer in meiner Nähe ist. Genau, ich meine meinen Chef. Der baggert schon eine ganze Weile an mir rum. Immer wenn ich auf dem Flur bin, geht der rein zufällig an mir vorbei, lächelt mich ständig süffisant grinsend an, überhäuft mich mit Komplimenten und lobt sogar den Kaffee, den ich gar nicht gekocht habe.

Er sollte sich lieber bei unserer Bürohilfe bedanken, denn für diese Art von Dienstleistungen ist sie zuständig. Aber bei der gibts nicht viel zu gucken. Sie ist klein, pummelig und unscheinbar, trägt eine Brille und hat ansonsten nicht viel zu bieten. Aber das muss ich zu ihrer Ehrenrettung sagen, sie ist eine ganz liebe Kollegin, immer freundlich und hilfsbereit. Nur das genügt den Kerlen wohl nicht. Die wollen was sehen. Sie brauchen Frauen mit Charisma, vor allem oben rum. Na, so ist das halt. Ich bretzel mich mal ein bisschen auf und dann schau'n wir mal, was daraus wird. Tage später. Ich habe die Sache mit meinem kaputten Auto schon fast vergessen und auch der Fahrer der Straßenbahn hat bei mir, während mein Auto in der Werkstatt war, richtig Pluspunkte gesammelt. Der hat doch tatsächlich auf mich gewartet, als ich mal wieder zu spät war und völlig abgehetzt an der Haltestelle ankam. So wie der aussieht, ist der bestimmt verheiratet. Ich konnte nämlich sehen, wie er seine Stullen in seine Aktentasche packte. Also eine Hellseherin bin ich deshalb nicht, aber mal ganz ehrlich, welcher unverheiratete Kerl macht sich, bevor er zur Arbeit geht, Wurststullen. Der steht mit Sicherheit in seiner Pause an der nächsten Pommesbude und haut sich die köstlichen Schlankmacher rein. Frikadellen mit viel Senf und Currywurst mit Pommes.

Wenn sie dann Feierabend haben trinken sie noch ein leckeres kühles Pils und die Welt ist für sie wieder in Ordnung. Sorry, ich war ein bisschen auf Abwegen. Also weiter. Das Wochenende naht. Der Tag läuft so lala, genauer gesagt, es ist Freitagnachmittag. Was mache ich heute Abend? Gehe ich mit meinen Freundinnen aus? Nach ja, schau'n wir mal, da wird sich schon was ergeben. Ich bin immer sehr spontan musst Du wissen. Es kann aber auch passieren, dass ich überhaupt nicht weggehe, mich in die Badewanne lege und ein leckeres Glas Wein schlürfe. Es muss ja nicht immer Aktion sein. Es ist auch mal ganz schön, ein Wochenende für mich alleine zu haben, finde ich. Die letzte Woche hat mich sowieso ziemlich genervt. Es ist kurz vor Feierabend, ich habe gerade meine Tasse in die Kaffeeküche gebracht, als mir wieder mal mein geliebter Chef über den Weg läuft.

»Oh Mann, der schon wieder«, denke ich, hoffentlich quatscht der mich nicht schon wieder voll.« Und prompt passiert das, wofür ich nun im Moment überhaupt keinen Nerv habe.

»Hallo Judith, hast du heute Abend schon was vor?«, säuselt er mir ins Ohr. Bitte? Was soll das denn jetzt? Hat der etwa sexuellen Notstand oder warum macht er mir eine solche Offerte?

Ich tue so, als hätte ich ihn nicht gehört, aber der Kerl dackelt hinter mir her wie ein Hündchen.

»Warte doch mal«. Ich bleibe natürlich stehen. Was soll ich auch anderes tun, er ist ja schließlich mein Chef. »OK«, denke ich, »brings ganz schnell hinter dich.« Ich schaue ihn an und merke wie ihn meine Nähe schon wieder nervös macht.

»Ich wollte dich für heute Abend zum Essen einladen«, hüstelt er verlegen. »Hast du Lust?«

»Ob ich Lust habe?«, fragt der mich. Der Gedanke ans Essen lässt meine ganzen guten Vorsätze da hinschmelzen. Wenn du wüsstest. Mir hängt der Magen bis in die Kniekehlen und du fragst mich solche Sachen? Das ist jetzt aber wirklich nicht fair.

»Also wie ist das jetzt, ist er verheiratet oder nicht?«, schießt es mir durch den Kopf. Das Einzige was ich weiß, es steht kein Bild auf seinem Schreibtisch. »Weißt du was ich meine?« Genau. Diese süßen Bildchen mit den schmucken, wohlerzogenen

236

Kindern und der glücklich lächelnden Angetrauten, die schon durch ihren Blick das ganze Glück dieser Welt auf sich vereint und nicht den geringsten Zweifel daran lässt, dass der Mann ihr gehört. Allerdings bin ich noch nicht dahintergekommen, was das bei den Männern ist. Warum stellen sie sich so ein Bild auf ihren Schreibtisch? Ist es Koketterie oder pure Absicht, um sich noch interessanter zu machen? Appellieren sie damit an das »Ich-will-dich-trotzdem-haben-Gefühl« der Frauen? Ich schaue ihn mit einem Bedauern im Gesicht an und sage ganz beiläufig.

»Ich wollte mich heute Abend eigentlich mit meinen Freundinnen treffen?«

»Lass den ruhig ein bisschen zappeln«, denke ich, »so schnell kriegt der mich nicht rum.«

»Schade«, sagt er enttäuscht, »da kann man nichts machen.«

Mein Gott, dass die immer so schnell aufgeben, haben sie noch nicht begriffen, dass eine Frau erobert werden will. »Ich sag dir nachher Bescheid, ob es klappt«, erwidere ich und verschwinde eilig in der Kaffeeküche. Dabei weiß doch jeder, dass ein Kerl der dich zum Essen einlädt, anschließend seine Belohnung haben will ... also fast jeder. Aber trotzdem, wow, das ist der Hammer. Ich flüstere mir leise zu: »Lass dir jetzt nichts anmerken, spiel bloß die Coole, auch wenn es dir schwerfällt.« Ich warte bis kurz vor Feierabend, dann rufe ich ihn an. »Du«, säusele ich ins Telefon, »wenn du immer noch magst, ich kann es heute Abend einrichten.« »Ehrlich?« Er ist total verdattert und hat wohl nicht mehr damit gerechnet.

»Ich finde es super, dass wir zusammen weggehen, ich freue mich riesig, du wirst es nicht bereuen.«

Nicht bereuen? Was meint der jetzt wieder damit? Dachte ich es mir doch, der will anschließend seine Belohnung haben. Ach die Kerle sind doch so leicht zu durchschauen. Ich bin ja mal gespannt wohin er mich schleppt. Ich mache mich zurecht, ziehe ein Kleid mit einem tiefen Ausschnitt an und auch die High Heels dürfen nicht fehlen, denn schließlich weiß man ja als Frau, wie man einem Kerle imponiert.

Pünktlich um acht Uhr schellt es an meiner Tür. Mein Gott ist der pünktlich, hoffentlich hält der das durch. Als er mich kommen sieht, springt er doch tatsächlich aus dem Auto und reißt wie ein Chauffeur die Wagentür auf. Er lächelt mich verlegen an und bedankt sich, dass ich seine Einladung angenommen habe. Ja, ja so ist das, im Büro der große Zampano und beim ersten Date der kleine schüchterne Junge, der kaum ein Wort herausbekommt. Die Autofahrt verläuft dann auch entsprechend schweigsam. Also ein Macho ist er schon mal nicht, sonst würde er keine Gelegenheit auslassen, mir zu zeigen, dass er der Größte ist. Ein Pluspunkt für ihn. Übrigens, ich stehe überhaupt nicht auf solche Gockel, die den ganzen Tag herumlaufen und keinen Spiegel und kein Schaufenster auslassen, um ihre »Männlichkeit « zu bewundern. Ja glauben die denn allen Ernstes, die können einer Frau mit diesem albernen Getue imponieren? Die sehen ja doch nur sich selbst und eine Frau ist für sie nur eine Trophäe, die es zu erobern gilt. Wenn sie uns dann haben, ist es auch schon wieder vorbei und sie wenden sich dem nächsten Opfer zu.

Das Schlimmste sind die Typen, die sich ständig zwischen die Beine fassen und kein Mensch weiß, was sie da suchen. Also mal ganz ehrlich, mein Ding ist das nicht. Dann lobe ich mir doch eher den, dem noch vor Aufregung die Finger zittern. Da weiß ich wenigstens, dass er wirkliches Interesse an mir hat. Ich weiß natürlich nicht, wie du darüber denkst ... du musst ja auch nicht unbedingt meiner Meinung sein. Es gibt sicherlich auch genug weibliche »Machos«, denen es imponiert, solch einen Typ an der Hand zu haben und die gerne so ein Dingelchen zwischen den Beinen hätten, einfach nur zum Spielen, damit sie wissen wie es sich anfühlt, wenn er erwachsen wird. Also liebe Männer, hört endlich mit dem Rumgefummel auf. Eine Frau überzeugt sich gerne in Natura davon, was ein Kerl in der Hose hat. Na ja, sei es drum, soll jeder nach seiner Facon selig werden. Ich hab meins und das genügt mir und Spaß habe ich auch damit ... und zwar dann, wenn ich es will. Oh, verflixt, jetzt habe ich doch in dem Trubel ganz vergessen, dir meinen Verehrer vorzustellen.

Dass er mein Chef ist, weißt du ja und wie er heißt? Alexander. Nein, nicht Alexander der Große, also ich meine groß ist er ja, so circa eins neunzig aber was sonst noch alles groß an ihm ist weiß ich? Woher soll ich das jetzt schon wissen, ich hab ja noch nicht einmal mit ihm gegessen. Als wir vor dem Lokal ankommen, bleibt mir erst einmal die Spucke weg. In diesen noblen Schuppen will der mit mir gehen? Mein lieber Mann der lässt es aber krachen. Ein französisches Nobelrestaurant? »Judith«, sage ich mir, »nun bleib mal ganz ruhig das ist durchaus angemessen!« Schon an der Tür erwartet uns ein Oberkellner. Er hilft mir aus dem Mantel. Habe ich etwa einen Hörfehler, oder hat der gerade gnädige Frau zu mir gesagt. Ich glaube ich bin im Film, ich muss aufpassen, dass ich nicht die Bodenhaftung verliere. So hat mich ja noch nie jemand genannt. Ob ich es genieße? Na klar, würdest du das nicht tun? Wenn ich nicht schon groß genug wäre, würde ich glatt noch zehn Zentimeter wachsen, so guttut das. Aber trotzdem Mann bleibt Mann, Charme hin Charme her, er versäumt es natürlich nicht, auf meinen Busen zu starren, so viel Zeit muss sein. Dann kommt er mit der Speisenkarte und stellt sich neben mich. Ja ist es denn möglich, schon wieder starrt mir dieser Kerl in den Ausschnitt, am liebsten möchte er wohl meine Halbkugeln herausnehmen und mit ihnen spielen. Aber hier ist Essen angesagt und sonst gar nichts. Aber ich denke mir: »Guck du nur, betrachte es als üppiges Trinkgeld.«

Ein Trinkgeld kommt ja immer gut an. Jedes Mal wenn er an unserem Tisch vorbeikommt, lächelt er mich an, sehr diskret natürlich, wie es sich für einen Oberkellner in einem Nobelrestaurant gehört. Aber Alexander bekommt das doch mit, schaut mich an und raunt mir hinter vorgehaltener Hand zu: »Was glotzt dich dieser Typ immer so an? Merkst du das eigentlich nicht?«

Ich, ganz Unschuld vom Lande, lächle ihn an und verneine seine Frage mit einem unschuldigen Augenaufschlag. Soll er doch denken, dass ich es nicht wahrgenommen habe, das kann nur gut für mich sein. Dann bringt der Kellner den Champagner. Alexander prostet mir zu. Ich trinke das Glas, wie es sich für eine feine Dame gehört, mit einem Schluck leer und bekomme prompt einen Schluckauf. Er, ganz der Gentleman, erfasst meine Hand und schaut mir verliebt in die Augen. »Es ist wunderschön mit dir«, flüstert er mir zu.

»Ich darf jetzt nichts Falsches sagen«, hämmert es in meinem Kopf und ich spüre, wie mir der Champagner in den Kopf steigt.

»Sag lieber gar nichts«, höre ich meine innere Stimme und bleibe stumm, lächle nur zurück und lasse meine Hand in seiner liegen. Gut gemacht Judith, und nun die Überraschung, die Vorspeise.

Ach du lieber Himmel, Austern. Noch nie in meinem Leben habe ich Austern gegessen. Um Gottes Willen, was mache ich bloß mit diesen schlüpfrigen Dingern? Ich schau sie mir genau an. Also appetitlich sehen sie ja nicht gerade aus. Soll ich etwa dieses komische Zeug schlürfen? Ich schaue auf Alexander, will wissen, wie er das macht. Er nimmt das Austernmesser und löst das Fleisch mit einem geübten Griff aus der Schale, träufelt Zitrone darauf und schlürft sie genüsslich grunzend in sich hinein. »Dieses alte Ferkel«, denke ich, »das hört sich ja grauenvoll an.«

Aber egal, das Zeug muss runter. Mit geschlossenen Augen schlucke ich, einmal, zweimal, dann ist es überstanden. Also, wenn er noch mehr solche Überraschungen für mich hat, geh ich lieber eine Currywurst essen. Aber er verschont mich doch mit weiteren spektakulären Überraschungen. Der Wein,

ein vorzüglicher »Cabernet Sauvignon«, tut sein Übriges.

Nach dem vierten Glas gerate ich schon langsam an den Rand einer Halluzination. Sogar mein inneres Ich fängt schon an zu lallen. Oh man reiß dich bloß zusammen, sonst will er dich gleich hier vernaschen. Bei diesem Gedanken muss ich unwillkürlich lachen. Alexander schaut mich fragend an. Warum lache ich eigentlich so blöd? Soll ich es ihm etwa erklären? Soll ich ihm sagen, dass ich in diesem Moment nur an Sex denke und dass ich nichts dagegen hätte, wenn er es gleich hier mit mir tun würde. Vor allen Leuten? Bist du jetzt völlig durch geknallt?

Ende der Leseprobe